趙金禾
中篇小說集

幸福 其實很簡單

趙金禾 著

自序——寫在前面

我的作品已經擺在你面前，或者說你已經拿在手裡，你可以跳過這篇〈寫在前面〉的自序不讀。如果你出於好奇，讀讀也不會上當。

一本書出來了，有沒有序文，好像沒關係。讀者要讀的是書，才捨得掏錢。不過有序文寫得好的，讀者喜歡，也是受了誘惑才肯買書的。這就是說，序文有序文的好處。

我就是個喜歡先看序文，再決定買書的。序文是推介，是導讀，或是成書動因，或是成書經歷，對於要不要買這本書，是有價值的。錢鍾書有個著名的觀點，意思是，你讀我的書就得了，就像吃雞蛋，管母雞幹什麼。

他不主張要知道作品之外的東西。我歸結他的意思，是扯蛋，不扯雞。

在一次文學講座上，我說我對錢鍾書的那個觀點不以為然。蛋有雙黃蛋，有綠殼蛋，有白殼蛋，還有紅殼蛋。人們都說土雞蛋好吃，爭著要土雞蛋，我們為什麼不能研究一下什麼樣的母雞生什麼樣的蛋呢？

我把我這觀點叫扯雞又扯蛋。那次文學講座之後，文友們在網上開展了一場大論戰，那主題詞赫然標明「扯雞與扯蛋」，很是熱鬧了一陣。

我這本中篇小說集，都是在大陸主流文學期刊上發表過的，發表時間的跨度，將近二十年。二十年的光陰，要改變多少東西淘汰多少東西啊，所幸本書裡的八部中篇還立得起來，站得住腳，也是秀威不棄的眼光。

我曾想讓熟識我的名家朋友給我寫個序，扯扯我這隻雞，扯扯我生的這些蛋，我又退卻了。

我見過許多作者的作品，序言作者差不多都是文壇大腕，明顯是出於應付，朝好裡說，朝高處拔，讀過作品之後，只能讓人搖頭。

請名人寫序成了風氣呢。

我不想跟風，還是相信讀者吧：你們有自己的眼光，有自己的心智，有自己的審美，有自己的判斷。我敢說，你讀了我的作品，會有種感動，溫馨著你的心靈。

我不是走紅作家，書商不會盯著我，讀者不會捧著我，出版社不會求著我，我不過是一個普通的寫作者，就像農民用石頭砌牆，大石頭還得有小石頭塞呢。我做我的小石頭，也是一處風景。

其實現在是個出書的時代。無論什麼樣的人，都能將厚厚的書呈在我面前「請趙老師指正」。一方面叫出書難，一方面是出書成災。唐以前，一個讀書人花一年的時間可以讀完全部經典。今人呢，窮其一生，還讀不完一年的出版物。

一個偶然的機會，認識了學者蔡登山先生，便有了這次在寶島台灣出書的緣份。說了半天，最終我贊同錢鍾書，是在我自己有了某種經歷之後。其實呢，這個世界上有我的一本書不多，沒有我的一本書不少，就像沒有我地球照樣轉一樣。只因為有我，這個世界是不是不一樣呢？一笑。

我的作品已經擺在你面前，或者說你已經拿在手裡，你沒有跳過這〈寫在前面〉，你讀到這裡了，你會說，趙金禾這傢伙變得聰明了，不只不扯雞，也不扯蛋，只說了幾句貼心的話。

呵呵，我感覺到我的悖論，我似乎在扯雞了，趕緊打住。

二〇一二年十一月一日於武漢武昌柴林東區

目次

後灣二月

黑皮和潤月的日子定在五月初八。正月裡下了一場雪。黑皮踏著雪去後灣。幾匹黃狗衝到他面前，汪汪直叫，他沒防備，跌了個仰馬四叉。後灣那個門樓裡，有清清脆脆的笑聲傳出。黑皮說：「你喚狗們嚇我呀。」潤月說：「那裡呢。」黑皮說：「我起不來了。」潤月說：「裝。」黑皮說：「還不快拉我一把。」潤月伸手拉他。他齜牙咧齒地站起來，挪步有些吃力。潤月的妹細月也從門樓裡出來了，喊著：「姐，哥摔傷了？」潤月說：「你快過來。」姐妹倆架著黑皮，一步一步地試著走。細月說：「誰叫哥這麼長時間不來的，連狗都認生了。」進了門樓，有一盆炭火在堂屋裡，姊妹倆扶黑皮坐下，黑皮揉著腿說：「伯母，還沒起來？」伯母在臥室裡回答：「人老了，不中。一下雪就不敢下床。」細月說：「寒婆婆過江，凍得直汪。」伯母說：「笑你老娘，日後你不老的。」潤月望著黑皮，說：「彩電買了嗎？」黑皮說：「我就是來跟你說這個事的，一定要彩電呀？」潤月垂下眼皮說：「要。」黑皮說：「一年半載的也通不了電，白白擱著。」潤月說：「擱著總是個東西。」

炭拿來了。細月用火鉗夾著炭，又架到火盆裡，燒得嗞嗞響，炸著火星了。細月說她要出去一下，潤月問去哪兒，她說：「我去砍幾棵大白菜，白菜煮千張，哥最喜歡吃的。」黑皮說：「走路小心點。」細月說：「你操你們的心吧。」

一笑，提著籃子，拿了砍刀出門。雪停了。一群孩子打雪仗，飛來的雪團打在細月身上。細月拍拍衣服，罵了句「個鬼東西」，便問其中一個小孩：「你三爺回來了嗎？」小孩說：「三爺說不告訴你。」細月摸摸小孩的頭，說：「好，去玩吧，小心別掉到雪窩裡去了。」小孩點頭走了。細月還站在原地未動。

二月一過，黑皮作了些料秧下種的準備，就到後灣商量結婚的事宜。潤月家裡沒有男人，有些農活也是黑皮過來操持。潤月的母親說：「你就搬過來住吧，遲早要過來的。你一個人燒火料灶的，不方便。」黑皮就搬過來了，父母死得早，十幾歲就撐起一個門戶。灣裡人都喜歡他。捨不得他走。他說：「都是前後灣，只隔幾條田埂，又不遠。」灣裡人也都幫他搬。不吃他的，只跟他開玩笑：「搬過去了就好預支了啦。」有的反駁說：「什麼預支不預支的。結不結婚是形式，只怕早就婚了吧。」黑皮由他們過嘴巴癮。

潤月在上房睡。黑皮在下房睡。中間隔著一堵不曾上頂的牆，堂屋那邊的上房是母親，下房是細月。夜的靜謐鋪天蓋地。路過後灣的火車的響聲，比前灣聽著威風，哐哐且且哐哐且且像跑到枕頭上來了。潤月在那邊翻身，床板的響動，黑皮感覺著新鮮，他要翻身的時候儘量輕些。他怕潤月知道他一直睡不著。黑皮早上起得早，出完豬欄糞、雞欄糞，天才亮。吃早飯的時候，母親數落潤月和細月：「有指望了不是？也不起早些幫個忙。」又對黑皮說：「莫太慣肆了他們，做事喊她們一起做。」在授予他領導權似的。他說：「我又不是做不來。」吃罷早飯，碗筷還沒收，隔壁拉板車的花八子過來，說：「吃了？」潤月說：「吃了。二叔吃了？」花八子說：「吃了。」細月邊收碗邊說：「二叔拉板車還可以吧？」花八子說：「談什麼可以不可以的，比種田活泛點。」潤月說：「二叔的田今年又荒著呀？」母親說：「荒著可惜。」花八子說：「我也是想著可惜。不瞞你說，我就是來找大侄子說這事的。」下巴朝黑皮一撮。黑皮受寵似地說：「找我？」

花八子說：「找你，我沒見外你。」黑皮說：「二叔說。」花八子說：「我一個光人，也只那兩畝田。大侄你曉得的，四十歲弄了個四川女的，過了一兩年，生了個兒子，拿了我大幾百塊錢的積蓄，跑了。」黑皮插了一句：「跑到那裡去了，曉不曉得？」花八子說：「曉得是曉得。」黑皮說：「去把她弄回來呀。」細月在洗碗，說：「說得輕巧。」花八子說：「算了，弄不回來的，要回自己會回。」潤月說：「不是說回四川探親嗎？」花八子說：「她走的時候沒找到錢。就來信說要回來，還要帶父母來看看，需要六百塊錢路費。我就寄去了。兩年了，她沒回。唉，不說這，提起葫蘆根也動的，叫人傷神。」接著說想把他的兩畝田交給黑皮種，什麼也不要，只要黑皮代他交兩畝田的任務。黑皮看見潤月給他遞眼色，又弄不清什麼意思，還是說了：「可以。」二叔一走，潤月就說：「你怎麼這蠢？」黑皮說：「怎麼蠢？」潤月說：「不要什麼？你就該死，你只有種田。」黑皮說：「我們不失什麼，只是力氣，力氣用了有來的。」潤月說：「不說別的，三家合著一頭牛，你要用人家也要用，田一多，扯得過來？」黑皮說：「也是個事。不過也只多兩畝田。」潤月說：「兩畝田！」母親說：「個死丫頭，說話就說話，不要一撐一撐的。」細月洗了碗，抹了鍋，出來說：「已經好幾個人跟我說過，要我們把他們的田種著，也都是百麼事不要，只頂任務。」潤月說：「這些人，他們寧可買糧食頂任務，讓田荒著長野荸薺苗！」黑皮說：「都答應下來怎麼樣？我們單獨買牛！」潤月說：「你想死在田裡呀？要死你去死！我不跟你去死的！」

潤月愛這片土地，也知道種田的艱難。外面世界很精采，她嚮往。這個心思她沒跟任何人說過，黑皮怎麼會理解呢。

牛輪到潤月家裡來了。三家人，輪流飼養。一家人飼養十天。三月的陽光，驅逐了水冷草枯，提拔了新一代的青草。讀過初中的細月，心中總有些詩意。她牽著牛繩。牛在田園埂上啃草。她看到冬泡田裡有魚。她撿起一塊土坷垃，朝水面一丟，鰺子魚朝前一標，還有喜頭魚翻了個花，又無事似的悠悠游動。細月一喜。她把牛繩朝牛角上挽，脫了鞋，赤腳踏進水田裡。一股有些過份的清涼從腳板心滲透到全身。她躡起手腳，靠近喜頭魚。喜頭魚度過了許許多多的安全日，沒了警覺。她勾腰一伸手，十個指頭便捉住了。出水沉甸甸的。是鞋板喜頭，有半斤重。她的眼光還在水裡搜索。又有新發現。她折了一個灌木枝子，從魚腮穿過去，像插旗子一樣把魚插在田埂上。她一連抓了三條鞋板喜頭，就在進軍第四條時，腳掌子沒站穩，倒在水田裡了。衣服都打濕了，一連打了幾個噴嚏。回到家裡，母親一見到她就說：「你這是在放牛還是在放蹶？」她把一串魚一揚說：「你看。」母親說：「這是在哪兒弄的？」細月說：「沖裡的水田唄。」母親說：「為幾個魚，弄得像泥巴狗子。還不去換衣服。牛呢？」細月把魚朝地上一扔，說：「沖裡。」母親說：「也不怕它跑了。」細月到房裡去脫衣服，母親遞熱水瓶給她，說：「你洗。我去看看。」

母親繞過大塘，在塘埂子上朝沖裡望，不見了牛，只有幾個半糙子伢在那片水田裡號來號去。不一會兒，細月來了，在母親身後問：「媽，牛呢？」母親說：「你還問我！牛跑了！」細月說：「能跑到哪裡去，急什麼。」母親說：「不急不急！灣裡又不是沒有丟過牛的，強盜白撮子又沒有死絕。他們牽去殺肉吃了肚子疼是不？」細月說：「你老回去，急得麼樣子又是我的罪過。」母親的手搭在前額，還在四下望。細月前後灣地找，沒找到。她問那些捉魚的伢們，伢們說，朝童子湖那邊跑了。細月立即順著大路朝童子湖那邊攆。她跑一陣，累了，就停下來走幾步。氣平喘了些，又跑。還是沒見牛的影。身上汗濕了，敞開押襟的紐扣，爾後脫了毛背心跑。她跑得要哭。眼淚在眼睛裡打轉。要是找不到牛，她就不回去了，死在外面。她見著人，就問人家看到牛跑過來沒有。到了湖灘子，見到好多自由自在的牛。湖灘子是放牛場，都是附近灣子的，都愛到這裡放牛。一長串牛，緩緩地朝湖灘走。人騎在牛背上，朝前一聳一聳的。早出晚歸。路離得遠，中飯不能回家吃。三四里，五六里，七八上十里路來放牛的也有。這都是在閒月。忙月就只有在灣子前後牽著放了。牛隨時要上軛，有時連放的時間也沒有，只得成天地嚼乾稻草。最養牛的，還是在湖灘子裡去散放，把牛繩子往牛角上一挽，隨牛發瘋。閒月的牛，膘肥肉溫。忙月的牛，跟人一樣，累死累活，瘦得毛都長了，毛都稀了。

細月一眼就認出自己的黑水牯。黑水牯正搭在一頭黑母牛身上。母牛溫順得很，一動不動的。

「難怪我的牛煩躁的，原來是要會情人哩。」

細月朝後一望，是一具眉清目秀的年輕人。不覺有些臉紅。年輕人一笑。細月去牽牛繩。年輕人說：

「是你的牛？」

細月點點頭。

年輕人說：「謝謝你。」

細月說：「謝謝我？」

年輕人笑了，說：「噢，不，謝謝你的牛……」

細月說：「那你應該去對牛說。」

年輕人果真走到黑水牯身邊。拍著它的背笑說：「謝謝你的合作。」細月這才笑了，說：「對牛彈琴！」

秧下了，用尼龍薄膜一蓋，防寒保暖。要不了幾多天，落泥的穀種就泛綠了。再有幾個大晴大曬的日子，秧苗就看著被提升起來了。也不過是十天半月的，就要栽頭穀秧了。

開始整栽秧田了。犁耙耖鋤，潤月細月都會。只是沒有那麼多套農具，牛也趕著三家共用，所以都由黑皮頂著。黑皮就吩咐潤月細月：「你們去切田埂，挖田角。」或是：「塝上的那個三斗丘要灌水。」姐妹倆聽他的，母親常常送壺水到田畈裡來。從陶壺裡倒出一碗涼茶，由潤月或是細月送到黑皮手裡。黑皮不聲不響地喝完。又趕著牛做活。

母親在家燒火料灶。黑皮潤月細月成天泥裡水裡。褲腳總是捲著忒高，赤腳大板的。腿腳上的泥巴，回家的時候，站在大塘的步踏上洗一洗。水很清亮，落日的餘輝在水裡蕩蕩漾漾。黑皮沒注意，一下把潤月擠倒到水裡。渾身已經濕淋淋，連頭髮都濕了。濕襯衣貼在身上，凸凸凹凹的地方都清清楚楚，她罵黑皮「個鬼東西」，跑回去換衣服。細月笑道：「你現在把我姐推到塘裡，日後是不是要推到河裡？」點著煤油燈吃罷晚飯。都洗了澡，潤月說累了，早早上床。睡也沒睡著，她叫細月倒點開水來喝。細月說：「沒感冒吧？」潤月說：「看你說的，我有那嬌嫩。」黑皮也進房去問：「沒病吧？」潤月說：「存心咒我啊。累了，就這樣躺著，蠻舒服的。」細月坐在床沿上，黑皮坐在凳子上，三個人就說著話。他們扯到單獨買牛的事。黑皮突然說：「我們把結婚的事免了，怎麼樣？」細月叫起來：「什麼，你說什麼？」黑皮說：「我是說我們結婚的時候，不那麼張牙舞爪的。」細月說：「張牙舞爪？」黑皮說：「我是說，不搞得那麼吵鬧，少買些東西。有些該買的可以挪到以後再去買。」潤月說：「是不是說我不該買彩電？」黑皮說：「我是說能省就省幾個，買牛。」潤月坐起來，說：「不行。我一生也只這一回。再說，我不想熱鬧我媽也是要熱鬧的。我媽守寡把我們守大……」她說得喉嚨哽住了。細月說：「算了算了，以後再說。」黑皮說：「把栽秧界過了再一門心思辦，好不好？」潤月掛著淚一笑，說：「問你自己。」

水田白汪汪一片。半夜起夜扯秧。栽秧頭。天還沒亮，秧頭就打在田裡。趁涼快，一早就可以栽了。潤月細月栽秧都是快手。胯張得開，腰勾得低，一衣秧十七八棵，寬寬的。分秧的左手像機器，幾個手指一掄，均勻得很。不栽補秧，不栽獨根秧。不栽冤秧。不栽稀拉秧。行行距距，又工又整。右手像雞子啄米，快伸快縮，水花都不濺。棵棵樹得挺直，轉起衣來快。黑皮栽得慢些。右手插在水裡咕啦咕啦響，響聲帶起水。響聲落下秧。有氣有勢。比不上潤月細月栽秧動作秀氣，他的本事是一衣到底不伸腰。栽完一個秧頭，順手又解一個秧頭，就要伸起身，借解秧頭舒展一下骨頭。黑皮總栽田上沿。田上沿有些刺枝子，也常有水蛇蟮魚蜈蚣蟲出沒。她們兩個都怕。以前栽秧的時候，她們總是邊栽邊朝田上沿複水，讓那些扭扭的傢伙們先溜走。姐妹倆常常來興，想把黑皮籠在田上沿。如果她們不伸腰，有時要籠個幾行。細月說：「籠裡的是什麼呀？」潤月說：「烏龜。」黑皮說：「烏龜不要緊，我就怕當王八。」說著哈哈大笑。潤月說：「好啊，你！」也笑。細月說：「看我搭救你。」她一路朝裡多栽幾棵，不一會黑皮就跟兩姐妹齊頭並進了。

一連栽了七天秧。多數時候是黑皮負責整田。不等著田栽。他才跟潤月細月一起下田栽秧。潤月細月的右手頭插翻了皮。有時候插在瓦片上，有時插在麥梗上，有時插在枯枝棒上了。傷了肉，用布把指頭包起來，還得下田。速度顯然慢多了。不說是痛，連包布也插進泥裡。細月忍痛說：「以前不是這樣的。今年變鬼了。」潤月說：「多栽那麼多田，今年要把人栽死的。」她勾腰朝胯後一望，說：「媽呀，還有那麼一大片白。」細月說：「起坡歇歇吧，姐。」潤月說：「栽懶了是不是？」她還沒決定歇不歇，整完田的黑皮又來栽秧。他一下田，她倆的神也來了。黑皮對細月說：「你看你腿肚子上的那個螞蝗。」細月扭頭看，說：「這傢伙什麼時候搭上的，脹得這肥。」她把螞蝗捉下來，走到田埂上，用一根細樹枝朝螞蝗的屁眼一穿，血一標，把螞蝗的內面翻成外面。潤月說：「你真捨得勞神。」細月說：「它吸我的血，我要它的命。」黑皮說：「螞蝗怎麼只咬你不咬我？」細月說：「你是臭肉。」黑皮說：「那你就是香肉啦！」正說著一隻螞蝗朝黑皮游去。他說：「你看。」螞蝗在黑皮腿旁弋了一圈，沒興趣似的，便朝潤月遊去，沒經過任何試探，就咬上了，細月笑起來：「姐的肉也是香的，也是香的。」潤月把螞蝗撈下來，丟到田埂上，笑說：「個笤貨似的。」

一列火車從旁經過。田畈裡的栽秧的人直起來望。火車像個大蜈蚣蟲，衝過來了，又衝過去了，車身上的牌子一晃而過，但許多眼尖的都看清楚了：「北京—廣州。」車窗都是敞開的，看得見一些人的上半身，他們也在瞄鄉下人。瞄鄉下田裡栽秧的人。在鐵路旁邊的斜坡上，有些玩耍的孩子。他們朝車廂扔石頭。扔中沒扔中的，都叫他們很開心地又跳又問。黑皮吼他們：「那是扔得的？」孩子起先一愣，接著一哄而散。散遠了，又叫：「又沒扔你，要你管。」潤月說：「莫說小孩扔，連大人也有時扔哩。」黑皮說：「那是吃屢的大人。」潤月說：「看著坐在火車裡的人就有氣。」黑皮說：「騷氣。」潤月說：「我們灣裡除了那些跑生意的，哪個出過遠門的？」黑皮說：「你呢，你出過嗎？」潤月說：「你不曉得？」黑皮說：「我們什麼時候出一出。」潤月說：「說哩。哪有閒工夫？火車打門口過，我也沒有坐過火車的。」黑皮說：「細月坐過嗎？」細月說：「鬼坐過。」其實黑皮也沒有，他說他想去廣州玩玩。細月說她能到漢口去玩玩就不錯了。潤月說：「我只想到縣城去玩玩呢。」

外面跑生意的人，大都回來了，幫家裡人搶栽一下，或請人栽。芒種打鼓夜插秧，要趕就趕個早。有收無收也隨它去。口糧總保得住的。政府強調今年不准荒田。都怕政府說。也算是個招數。花八子二叔回來了。他說細月潤月黑皮替他種了田，到底是自己人好說話些。他買了一床好毛毯送給潤月黑皮。潤月感到這個情送得太大，不接。花八子二叔說：「說直點，我現在有兩個活錢。要是沒有我送十塊二十塊，還不是我的個心？」又對細月：「唯願二叔發了，到你結婚時，二叔送你個金戒指。」細月說：「那我還栽不栽秧啊？」二叔說：「栽秧的時候就取下，不栽秧的時候就戴上。」細月說：「也不嫌麻煩。」黑皮說：「把你嫁到城裡去就不麻煩了。」細月說：「那好，這事就交給哥了。」幾個人都笑。二叔說：「有合適的，二叔給你留個心怎麼樣？說真的。」細月不笑了，說：「我也說真的，我是這個種田的命。我要和媽和姐在一起，嫁個跟哥一樣願意到家裡來的人。哦，聽說二叔要在鎮上安家了是不是？」二叔笑道：「聽誰說的？」細月說：「不管誰說的，反正我曉得。到時候我們也要吃二叔的喜糖的。」二叔哈哈大笑。母親插話說：「沒得上下，跟二叔這樣說話。」花八子二叔說：「沒什麼。到時候，我回來請。」細月說：「拖著板車回來請啊？」花八子二叔說：「拖拉機。」細月說：「小汽車。」花八子二叔笑說：「好，小汽車。」

二叔走了之後，黑皮說：「我想旅行結婚。」潤月不作聲。黑皮說：「我們也確實該趁機會出去玩玩。一年到頭把人捆在田裡。」潤月仍是沒作聲。黑皮說：「城裡人都興。」潤月說：「那是城裡人。」細月說：「人與人不同。」黑皮說：「鄉里人不是人？」細月說：「旅行結婚好。」黑皮說：「好，二比一。」

潤月說：「什麼二比一，我說了我不贊成的？」細月說：「你贊成？」潤月說：「要問媽贊不贊成。」細月說：「媽那裡我去說。」潤月笑道：「好。」細月拉著姐的手叫起來說：「好哇，可以去漢口去廣州了！」潤月說：「看把你樂的，又不是你去。」細月說：「你們帶我去呀。」母親在那邊房裡接話：「細月，真是個蠢東西。」細月說：「媽的耳朵好尖呀。」這邊三個人抿著嘴笑。

一天中午，細月剛在大塘洗了泥巴腳，就聽說有人找她。她一看，愣住了。想不到是那個叫余望甫的放牛郎。細月說：「你來了。」望甫說：「沒想到吧！」細月說：「不來才沒想到哩。」余望甫說：「怕我不受歡迎，正農忙的。」細月說：「我說過歡迎來玩的嘛。再說，忙也忙得差不多了。」潤月站在門口說：「細月，只顧跟人家講話，叫人家進屋坐啊！」細月一笑，說：「你看我。」讓余望甫進了屋，向家裡介紹道：「這是我認識的一個……熟人。」母親連聲說：「坐，坐。」黑皮拖凳，潤月倒茶，細月反而束手無策了。細月最後找到一句：「飯弄好了，隨便扒口好不好？」母親說：「那有問客殺雞的。潤月，你去炒幾個雞蛋，煮點鹹蛋，把那刀臘肉取下來。弄些瘦肉炒個紫菜苔。」潤月應聲去了。余望甫說：「不不不，我不餓，你們吃。」細月說：「講什麼客氣，你這人。」黑皮說：「我們細月日後到你們灣子去你這樣待承她就行了。」細月拿眼睛橫他。吃罷飯，母親問余望甫是哪個灣的，家裡情況麼樣。細月說：「媽，查戶口呀。」余望甫笑。母親說：「我說我的話，跟你什麼相干？」下午還有栽育秧田的一點活路。黑皮說：「細月，那點活你就不必去了。」余望甫起身接話說：「你們忙，我該走了。」潤月說：「你們聊聊，日頭落土再走也來得及哩。童子湖那邊也不是蠻遠的。」母親也說：「嫌招待不好是不是？歇一夜，明天吃了早飯再不留你。」細月沒說話，只是望著望甫。望甫笑著說：「好，那我還坐一會兒。」母親忙自己的事去了。兩人說了一會子話，望甫提議說：「走，我們到田裡去看看。」細月說：「那有什麼看頭。」望甫說：「我在我們灣裡栽秧數頭一，我去栽給你看看。」細月說：「不去不去。」望甫說：「你把我當客。」細月說：「當然是客。」望甫說：「我想有一天你不把我當客才好。」細月說：「好哇，去就去。」母親從菜園子回來，沒見到兩人，出門一望，已是往大塘那裡去了。潤月從田裡伸直腰，說：「你們怎麼來了？」細月說：「他手癢，要栽秧。」黑皮說：「那怎麼成。」潤月說細月：「你也不懂事。」望甫已經脫了鞋襪，下了水田。挨田埂另起一衣。細月跟著他下衣，一樣的棵數，不斷後退，追趕著。黑皮和潤月也相互較勁了。黑皮說：「你慢點，當心你的手指頭翻天覆地了。」潤月說：「要翻明年翻，今年再是翻不了的。」不一會兒，秧田栽完了。細月仰面躺在田埂上。把雙腳一伸，望著藍天白雲說：「哇，今年差點把我栽死了。」潤月說：「起來喲，客人笑話你了。」細月趕緊起身說：「你們的秧栽起了身嗎？」望甫說：「也只剩下一點育秧田。」細月說：「要不要我去幫工？」望甫說：「要，噢，不要。」細月說：「到底要還是不要啊。」潤月故意大聲說：「要，你去，你現在就去吧。」細月曉得話裡的話，揚起拳頭要打潤月。潤月跑，細月追，從這條田埂跳到另一條田埂，扭作一團才甘休。都在大塘的步踏上洗了手腳。望甫穿了鞋襪。回到家裡，母親在摘菜，笑迎著說：「都栽完了？」潤月說：「完了。」潤月請望甫坐。望甫說：「對不起，我得走了，麻煩你們了。」黑皮說：「不能走，不能走，怎麼樣也得歇一夜。」母親拉住望甫不許走，望甫說：「我是一定得走的，伯媽。以後我會來。對不起伯媽，我今天空手大巴掌來的。」母親說：「看你這伢說哪裡的話。只要你經常來伯媽就高興。」全家送望甫出門，黑皮說：「你去送送，細月。」細月說：「算了吧，他又不是不會走。」潤月說：「個蠢東西。」望甫笑著走了，細月還在凝望。

旅行結婚準備就緒。出發的前一天晚上，一家人說話說得很晚。路過的火車叫了，母親才說：「嗯，轉鐘了，我要睡了。」潤月細月黑皮三個人還在潤月房裡嘰嘰咕咕的，潤月靠在床頭，一個呵欠讓細月撤退了。撤退前，細月給黑皮丟了眼色，意思是你可不用走，結婚證都領了的，不怕的。黑皮會意，卻仍跟在細月後面撤了。身在床上，黑皮睡不著。他想俏俏地，摸著黑，再進潤月的房。或者輕輕地，翻牆過去。又怕嚇著潤月。黑皮總是試圖親熱潤月，潤月說：「等不得了？總不是歸你？」黑皮說：「我不是那個意思。」此時，黑皮把牙一咬，想安下心來睡，還是睡不著。他聽到那邊的床板有響動。他回應似的，也翻了個身，也故意把床板弄出響聲。接著黑皮聽到了奇跡。那邊在敲牆壁，一，二，三下，黑皮也敲牆壁，回應三下，沒等那邊再敲，黑皮不是黑皮似的，壯了膽子，摸進了潤月的房裡。兩個人赤身裸體地一抱，便這樣簡單地跨過了一段人生。沒有任何儀式。

第二天早上，黑皮背著借來的大背包，跟潤月沿著鐵路，趕近抄直地走了六七里路，到了三陂鎮，找到了花八子二叔。二叔說：「到漢口的火車一早就開走了，一天也只有一趟。再是下午六點鐘才有。小地方的小車站就是這樣，快車都不停的，你們是搭下午的火車還是在我這裡歇一夜呢？我想留你們一夜。」潤月說：「不不，不麻煩二叔。」二叔說：「這樣吧，我用板車送你們去縣城，到縣裡去搭火車方便些。」潤月說：「那還不是麻煩二叔？」二叔說：「我是要到縣城去拖貨，正好今天去要放空去，呵呵，順便拖你們兩個。」

三個人坐在板車上，牲口小跑著，跑慢了二叔還吆喝一聲，威風地打牲口，潤月心疼牲口說：「就慢慢走吧。反正我們是玩。」太陽曬得人有些熱燥。二叔說：「你們怎麼不帶把傘呢？」潤月說：「曬熟了的，哪個怕曬呀？」二叔說：「太陽也有毒。在田裡曬那是沒有辦法的。出來玩，還被太陽烤。」二叔把自己的草帽往潤月的頭上扣。潤月扣著感覺蔭涼些。路邊樹蔭底下，有歇著的板車，板車上堆滿貨物。牲口也站在樹蔭底搖頭擺尾，板車的主人則墊著塊麻袋睡覺。黑皮說：「拉板車也是辛苦。」二叔說：「錢無善賺。」黑皮說：「條條蛇咬人。」

到了縣城，二叔直接把他倆送到火車站。剛好火車進站了。二叔叫他們上車去補票，突然塞給潤月一張一百元的大票子，不讓潤月黑皮他們多說。他手一揮，示意他們快上車，說了句「路上小心」，就轉身走了。沒有坐位，他們身子貼著身子，一直站到漢口，還沒進漢口火車站。迎面就有個人問：「廣州的火車票要不要？」黑皮說：「什麼時候的？」那人說：「中午十二點。」黑皮抬頭看到大掛鐘是十一點四十五分，說：「要兩張，有嗎？」那人說：「有。」潤月湊過來說：「多少錢一張？」那人說：「一塊二。」黑皮以為自己聽錯了，說：「多少？」那人說十二塊。黑皮在心裡說：「這麼便宜？」於是問：「假的還是真的？」那人說：「這假得了？你去問，問了再把錢。」有一位排隊買了廣州車票的人瞟了瞟那人手上的票，說：「是真的。」黑皮連忙掏出三張大團結給那個說：「找我六塊。」那人說：「一百二十塊！一塊二都不懂！」黑皮和潤月同時一驚說：「一百二十塊。」那人說：「怎麼，嫌貴呀？那你去排隊吧。」那人轉身走了，口裡還罵罵咧咧地說：「個把媽養的，鄉里人，不懂板。」黑皮去售票窗口排隊，還沒排到跟前，窗口的門就關了。潤月蹲在靠牆的地方守著背包。見黑皮怏怏地走攏來說：「怎麼啦？」黑皮說；「車快開了，停止售票。」潤月起來說：「那怎麼辦？」黑皮說：「只有等下一趟。」潤月說：「下一趟是什麼時候？」黑皮說：「我去問問。」他到問事處問，是下午四點鐘的。已經過了中午時，他們在有蔭的花壇旁邊坐下來。潤月說：「餓了嗎？」黑皮說：「餓了。」潤月從包裡拿出自己烙的一摞軟餅，還有毛殼雞蛋，鹹鴨蛋，母親硬是要她帶著的一罐頭瓶臭豆腐。黑皮說：「這多拿出來做麼事。」潤月說：「你吃呀。」黑皮說：「一餐能吃幾多。」潤月說：「吃得幾多是幾多，又沒哪個往你肚子裡塞。」黑皮咬著餅，潤月替他剝著毛殼蛋。一個毛殼蛋恨不得整的吞了。潤月說：「慢點，哪個在跟你搶呀？」潤月吃起來文明多了。有戴著紅袖章的婦人過來了。她指著地上的蛋殼說：「是你們丟的嗎？」潤月說：「是的。」婦人說：「兩塊錢。」潤月說：「什麼兩塊錢？」婦人說：「隨地亂丟果皮什麼的，罰款兩塊。」黑皮說：「我們撿起來。我們改正也不行嗎？」婦人說：「不行。罰了你兩塊錢你才曉得改正。」黑皮說：「我們是鄉里人，我們不知道。」婦人說：「我不管你是哪裡人。你不知道你再丟我再罰你兩塊。」黑皮說：「我交一塊錢行不行？」婦人說：「交一塊行。我帶你去學習班，另外一塊再補交。」婦人把潤月說得笑起來了。潤月說：「算了算了，交了算了。」婦人說：「對。你通情達理。」潤月說：「我是買個安。」婦人收了錢，給了黑皮一個小紙片，黑皮當即一撕，又要往地上丟，婦人及時說：「你想又買個安？」黑皮縮了手，婦人笑著走了。

他們再沒有胃口吃了。把東西收了。黑皮說：「我們去轉轉吧，還有幾個鐘頭。」潤月說：「到哪裡去轉？轉遠了怕誤車，近處轉也還是人，房子。算了不轉。」黑皮不作聲。潤月說：「等會還要去站隊買票。」黑皮說：「我現在就去看看。」站隊買票，多花了些時間，又不是栽秧割麥搶火色，時間不算事。票買到了，比票販子手裡的便宜個幾十塊錢。只當是賺了個大幾十的。這樣想黑皮心裡很暢快。這暢快也感染著潤月。潤月笑說：「我以為你把街買回了哩。」黑皮說：「站了好半天才開始賣。賣的時候老有人插隊。

窗子像巴滿蒼蠅似的。」潤月拍拍包說：「餓了吧？」黑皮說：「到車上去吃。」上了車，車準時開。兩人坐在一處。黑皮讓潤月靠窗。五月的天氣，好清爽。從車窗裡灌進來的風，在身邊呼呼響，在臉上涼溜溜的，好舒服。兩個人望著窗外不眨眼睛。車過長江大橋，更是叫他們覺得好玩。潤月說：「餓了吧？」黑皮說：「好，拿出來吃。」黑皮吃軟餅，還是潤月替他剝蛋殼。黑皮說：「冤枉丟了兩塊錢。」潤月說：「兩塊錢稱幾斤鹽要吃大半年。」黑皮說：「照你那樣說，我們出都不該出來的。」潤月說：「是我要出來的？」她有點氣，黑皮抹著嘴說：「好啦。你吃呀？」潤月說：「我吃不下。」黑皮說：「不吃點怎麼行。」潤月說：「我想吃再吃。」她突然變得快快的，兩臂往茶几上一伏，頭枕在臂上，要睡了。

當他倆立足在廣州車站廣場的時候，四處的房子，四處的人群，四處的車輛，好像把他倆撕成了碎塊，不知由哪一處來主宰自己。茫然的感覺朝他們襲來。心裡發虛，不知何處安身。太陽不是很毒。天氣好悶人。潤月隨地蹲下身子，手支著頭。在車上睡不好吃不好的勞頓，肢解了在異地的新鮮感。黑皮說：「找住處，先把住處找到。」潤月說：「我的媽呀，比栽秧割麥還累人。」黑皮扶起她。她說她想喝點什麼。黑皮買了一瓶汽水，潤月喝了一口就不想喝。她不喜歡那個味。黑皮像吹喇叭似的舉起汽水瓶，咕嚕咕嚕喝乾了。潤月問多少錢一瓶，黑皮說一塊。潤月說：「我的媽呀，這貴。」黑皮說：「都是這個價。」潤月想喝清水，像在家裡那樣，一葫蘆瓢在水缸裡一舀，端起來就咕咕的，好痛快。黑皮去上廁所，看到洗手間的自來水，他喝了個飽，出來對潤月說：「你也去上上廁所吧，裡面有自來水。」她去了，解了溲，喝了水，出來對黑皮說：「解個溲也要兩角錢，我的媽呀。」

他倆去了幾家旅社，住房很貴，退出來了。路燈齊刷刷地一亮，他倆的心齊刷刷地一暗。找了好長時間還沒找到合適的住處，潤月很疲勞，黑皮也還是打起精神來，說：「你想想，我們是到了廣州哇。那麼想到廣州來，來了，簡直不敢相信。」潤月說：「你餓了？」黑皮說：「還是上午十點鐘在車上吃了的，現在怕是有十點鐘了，能不餓？」潤月心疼他了，說：「到街上買點什麼吃吧。」黑皮說：「算了。看包裡還有沒有點什麼。」還有兩張餅，包裹的紙油透了。潤月聞了聞，說：「沒壞吧？」黑皮說：「讓它到肚子裡去壞。」潤月說：「這不夠的。」黑皮說：「夠了，又沒做事。」還有幾個蛋，被擠壓得像扁粑。潤月拿出來清理粉碎的蛋殼，也沒糟沒塌地被黑皮送進了嘴裡，然後記起似的說：「你呢？」潤月說：「我不餓。」黑皮說：「你總是『我不餓我不餓』的，打從一出門，你簡直沒吃什麼東西，不勉強吃點怎麼行。」潤月說：「我想吃的東西沒有。」黑皮說：「你說，我給你去買。」潤月一笑說：「鍋巴稀飯，你去買吧。」黑皮歎了口氣說：「賤命。」潤月也說：「賤命。」

兩個人又進了一家旅社的門，再無意撤退，貴點就貴點。他們登記，理所當然地要間房，服務員小姐不准許他們住在一起。你說你們是夫妻你拿結婚證來。你說你們沒帶結婚證你們就不能住在一起，有介紹信也沒用，有身份證也不能證明你們是夫妻。就這樣，他們得分開住。各自在自己的房間的床上輾轉了一會，倒也安然入睡了。第二天早上起來，他倆感覺著新鮮。在早點攤子上一個人吃了一碗麵條，便向人打聽他們將遊玩廣州的風景點及其路線。先去了白天鵝賓館、東方賓館遊了遊，接著去了東方遊樂園。第三天他們坐在越秀公園的長條上商議，不能再待了。

去深圳要特許證，沒去成。默了好半天。好在他們有去海南島天涯海角的總目標。買了去海安的長途汽車票。下午四點鐘才從廣州開出，第二天上午十點鐘到海安。十幾個小時的車程，把一車人顛簸得好苦。也許是體質勝一籌，也許是總目標帶來的興奮，他倆不嫌太苦。夜間行車，有要小解的，司機便把車停在靠公路的黑糊糊的樹林子旁邊。車裡下空了。男的女的各自找處所方便。他倆手牽手，走在一棵大樹的背後。黑皮很快方便了還等著潤月方便。她突然大叫「不好了。」黑皮嚇了一跳，說：「什麼？」潤月一笑說：「好事來了。」黑皮不能回車上拿衛生紙。潤月也不能磨磨蹭蹭地作妥善處理，他倆手牽手，一夜不曾合眼。他們在夜的掩護下身子貼著身子，嘴貼著嘴，夠浪漫的。

從海安坐船到海口也要通行證。這對他倆的打擊太大了。他們問人，從哪裡可以弄到通行證。先住下來。海安的住宿太貴。三四個人才能單獨住一間。他們咬牙包下一間房，終是成兩人世界。黑皮去打熱水讓潤月洗身子。黑皮也洗了洗。兩個人上館子吃東西。一家館子漂亮，服務小姐也漂亮。小姐領他倆就坐，問他倆吃什麼，請他倆點菜。潤月想吃魚，說了聲「魚」，又問「一盤魚多少錢」。小姐說：「吃了再算。」潤月說：「我只問問價。」小姐說：「二十塊半。」潤月馬上說：「我不要魚。」小姐說：「要什麼？」潤月說：「有青菜嗎？」小姐說：「有。」潤月說：「多少錢一盤？」小姐說：「五塊。」潤月說：「這樣，我們等會再點吧，我們先喝茶。」小姐說：「好的。」茶上來了。小姐去鄰桌張羅。潤月悄聲說：「我的媽呀，五塊！一盤青菜！五塊不炒二三十碗青菜呀，在我們家裡。」黑皮說：「總得吃呀。」潤月仍悄聲說：「走，我們走。」黑皮不想走，不動。潤月說：「走哇，我們重找地方。」倆個想溜開，服務小姐過來了，說：「吃什麼，再請點吧。」潤月說：「還等一等，我們還有兩個人要來。」他倆趁小姐為別人服務去了，便逃出了這家餐館。他們買了麵包，喝了幾碗開水，飽了。兩個在床上為他們的勝利大逃跑笑得打滾。

沒法弄到通行證，他們去海南島終究無望。也不怎麼失望。能出來一趟也就不錯了。黑皮買了一張海南島的地圖。看地圖，他們的手指沿著地圖的路線無數次地去了天涯海角。他們再不想去別的地方了。兩個人坐在床上算帳，雖然節約，也還是用去了不少錢。外面也就這麼回事。古話說，一生不出門是個福人，沒錯的。在海安住了一夜之後，他們搭汽車到湛江，在湛江坐火車到武昌。也不想在武漢待了，坐車回縣城。又搭車回三陂。他們不想去打擾二叔，因為出去一場，什麼都沒買點，走得進去嗎？兩人又沿著鐵路回到了他們的家。他們不講他們旅行結婚的經歷。灣裡人問起來，他們隨便說點什麼，兩個人顯然地，對外人沒多少話。別人不知他們究竟是丟失了什麼，還是得到了什麼。

潤月黑皮出去了十天，余望甫又連著來了兩次。細月告訴哥哥姐姐說，她想馬上結婚。潤月說：「跟望甫？這麼快呀？」黑皮說：「真的？」他詢問的眼光轉向母親。母親說：「風風火火的，你曉得她是真的假的。」細月說：「媽，看你說的，這能騙人哪？」潤月說：「我倆剛用了錢……」細月說：「不要家裡一分錢。」黑皮說：「這麼灑脫呀，我們細月不值錢哪？」細月說：「個鬼哥，瞎說。」黑皮說：「你倒是跟我們說清楚哇。」細月說：「叫媽說。」母親說：「你沒長嘴呀？」細月說：「他從小就愛畫畫。一個畫能畫幾百遍。他畫的畫被人看中了。具體的我也說不清楚。拿到外國去賣了五萬塊錢。」潤月說：「什麼？五萬？」細月說：「五萬。他說給我聽我也吃驚。漢口有一個什麼人，要請他專門去畫。給他房子，給他工資，還有好多的獎勵。」黑皮說：「那是什麼畫呀？金畫銀畫？」細月說：「說穿了我也好笑。」潤月說：「什麼好笑？」細月說：「畫的就是牛，各種各樣的牛。」潤月說：「我的媽呀，是紙牛，這麼值錢。」細月說：「都是外國人要。叫他給我們畫個紙牛，我們只想換個真牛回來就行了。」細月說：「你莫說，他想到了。他說他給我們買頭牛的。」黑皮說：「真的呀？」潤月說：「我的媽呀。」

望甫又來了，這回來是接細月到漢口去看看的。黑皮笑說：「就這樣走哇？」細月也笑說：「怎麼走哇？」黑皮說：「不用八抬大橋來抬呀？」細月說：「哥總是瞎說。」細月去了幾天，回來說：「望甫又被北京的一個什麼人看中了。就在這個月，他要帶著他的那些畫去北京，人家要他到個什麼畫畫的學校讀書。要讀四年。」黑皮說：「他現在提不提結婚？」細月說：「提，怎麼不提？」晚上上床睡覺，潤月躺在被子裡說：「我怕望甫跟強強一樣，落後把細月蹬了。」黑皮翻了個身，一隻腿擱在潤月身上，說：「睡吧。」潤月說：「你只曉得睡。細月的事你不操心。」黑皮說：「有她姐操心。」潤月不讓他擱，說：「你是她什麼人？」黑皮說：「哥唄。」又把腿子擱到了她身上。她沒再推，只是揪著他的腿說：「哥，哥！哥就是哥的樣法！你什麼時候到望甫家裡去一趟，看看他家裡的意思。」黑皮說：「真是女人的見識。」潤月說：「什麼女人的見識？你男人的見識呢？把你男兒的見識拿出來呀？」她又要推黑皮的腿子。黑皮說：「說話就說話，莫動手動腳的好不好？」潤月說：「你這腳在幹什麼？是豬蹄子呀？」黑皮的手開始動起來，說：「好哇你罵人。我是豬，你是什麼呀？你是什麼呀？說。說。」黑皮癢潤月的腋下窩。潤月忍不住笑著扭動。黑皮一個翻身上馬。兩個緊緊抱作一團。事畢之後，潤月抱怨說：「這麼晚了，明天還要起早床。」黑皮攤在一邊說：「起什麼早床？就那麼幾塊田的稗子草，一天兩天還扯不完啦？」潤月說：「那塝上的幾塊田還要車水。」黑皮說：「那是什麼奇事。」潤月說：「奇不奇事手腳總要到堂。」黑皮笑說：「你又談手腳。」潤月說：「我談手腳怎麼啦？」黑皮說：「那我就又想動手動腳……」潤月說：「你敢。」黑皮又要翻身上馬。潤月投降說：「好啦好啦，別沒得趟數。」於是都心滿意足地睡了。

第二天黑皮和潤月照例起了早床。照例清著雞欄糞還有牛欄糞。細月稍微起得晚點。她一起來，把臉一抹，還沒睜眼似的，就踏著露水到田畈去。趁早扯稗草涼快些。有幾塊田的稗草不知怎麼瘋長起來了。賣種的坑了人是怎麼的。田還是肥。秧棵很快就長得封行了。人還是要勾腰扯。還有野荸薺苗，浮萍，雞腳草。伸開的五指，在秧棵的行行距距裡抓。一把一把地抓。連根抓，抓起來，挽成一砣，然後拋起來一丟，不偏不倚地落在田埂上。有時候不丟，而是挽成一砣之後，用腳踏進泥裡，漚爛肥田。太陽好高了。小南風一吹，秧棵像翻浪似的一層層，也叫細月看著發呆。說不定有一天她還是要離開這裡。望甫是不可能像黑皮哥一樣的了。她一想起要丟下母親，要丟下姐姐，心裡就作梗。三個女人的家，雖然有了黑皮哥，黑皮哥不能代替她細月。細月發現前面的一處秧棵被挽成了一個窩。秧葉和秧葉都牽起來了。窩裡有小蛋。這是等雞蛋。等雞是一種俗稱的鳥名。這鳥不知是在等誰還是在被誰等，裡面的故事她還一直沒弄清楚。一聽這個名字就知道是一個很悲很慘的故事。細月總不敢問人，黑皮也看到這等雞蛋，說：「哎，撿到一碗蛋湯了。」說著要去拿蛋。細月說：「哥。」黑皮說：「怎麼啦？」細月說：「你要吃蛋讓媽給你弄就是，只是別動這等雞蛋。」潤月說：「算了，留著它，不然等雞回窩不見了蛋該多傷心。」細月走攏去細看，說：「你看，快出殼哩，抱到功份了。」於是她雙手扯著秧草，不伸腰。扯了的隨即踏進泥裡，為的是快些繞過鳥窩，讓等雞回來。潤月笑對黑皮說：「你看細月瘋了。」

余望甫從北京寄一筆錢給細月，還來了信，明說錢是買牛的。潤月的擔心消除了。牛買回來的那天，黑皮說：「在強強家裡人面前，我們要把腰也挺得直些。我在三陂碰到強強了。」細月說：「提他幹嗎！」黑皮說：「不是關於你的。」細月說：「你以為我要聽關於我呀？」黑皮說：「他問我出不出去。」細月說：「出到哪能裡去？」黑皮說：「到縣城去找工作。他說他有路子。願意幫我。」細月說：「你聽他的！」在灶屋裡洗碗出來的潤月說：「你說的什麼呀，我沒聽清。」黑皮重說一遍，潤月沒作聲。黑皮說：「你不高興？你以為我想出去呀？」潤月說：「不跟你說。你快去洗澡吧，我已經在鍋裡溫著水了。」黑皮說：「我還要去潤菜水。」潤月說：「明天一早潤不行呀？」黑皮說：「今晚潤了，明天一早，又是一個樣的。」黑皮挑著糞桶出去了。

月色很好。黑皮在大塘挑滿一擔水，去了塘那邊的菜地。他用糞瓢一瓢一瓢地潑到菜地裡，土吸水吸得咂咂直響。他感覺著菜根伸展的聲音。他朝縣城那個方向望。那個方向有縣城的燈火。他看到一個人影朝他飄來。他說：「你跑來做麼事。」潤月走近了，說：「我還以為你掉在塘裡了哩。」黑皮說：「瞎擔心。」潤月說：「幾擔水的個事，怎麼搞了半天。」黑皮說：「要潤就潤足。」潤月說：「完了嗎？」黑皮說：「快了。」潤月說：「媽硬要我來看看。」黑皮說：「媽也是瞎擔心。」潤月說：「瞎擔心！你曉得我爸是怎麼死的？就是潤菜水栽到塘裡了的。」黑皮說：「那是不會玩水吧？」潤月說：「不說這個，不說這個。我倒想說說強強跟你說的事。當著細月不好說。」黑皮說：「你當真啦？」潤月說：「他是不是真跟你說了的？」黑皮說：「我說謊？」潤月說：「說得誠不誠懇？」黑皮說：「還可以吧。」潤月說：「你覺得呢？」黑皮說：「那不是笑話。」潤月說：「不是笑不笑話。你想不想出去？」黑皮手拄著糞瓢不動，說：「你不知道我哇？」潤月說：「我是在問你。」黑皮又潑著水說：「我發瘋啊，人家要在一起不能在一起的多得很，我們能在一起還分開呀？」潤月說：「不是這話。」黑皮說：「那是什麼話？」他又停了活。潤月說：「我要你出去。」黑皮說：「要我出去？」潤月說：「要你出去。」黑皮被鎮在月光裡了。潤月說：「家裡的事有我。」黑皮喃喃地說：「你怎麼這樣想。」潤月說：「種田有什麼好？拼死拼活的，能得些什麼？與其兩個人都死在田裡，不如出去一個。」黑皮說：「世上種田的多得很。」潤月說：「所以就沒人在乎死一個活一個，我早就想你出去的。這是個機會，只要強強說的是。」黑皮說：「回去吧，水潤完了。」潤月還站著不動，說：「我並不是想日後跟著你出去。你在外面做，我在家裡做，千苦萬苦我願意。我不想你也死在這鬼田裡。想看個電視也沒得電，天一黑只有睡覺，再不就是像人家那樣熬油點燈打麻將，把人都變豬了。」

買牛、辦田、勞作，幾輩子人就這麼折騰過來，又折騰出什麼來？旅遊結婚，使潤月對外面精彩的世界又有一番認識。農村人不是人。潤月要黑皮找找強強。黑皮答應不好，不答應也不好，只說以後再說。潤月說：「你莫把我的話不當話，你明天就去。到縣城去找他。」黑皮說：「等他回來再跟他說不行嗎？」潤月說：「你曉得他什麼時候回來？」黑皮說：「他說他這幾天要回來一趟的。」他撒了個謊。潤月說：「好，他回來你一定要跟他說說。」黑皮沒作聲，潤月又補一句：「一定。」過了幾天強強自然是沒回。潤月問黑皮：「強強怎麼還沒回呢？」黑皮說：「也許是有事打暫了。」她一連問過幾次。有次被細月聽到了。細月說：「姐，你提強強是個麼意思呀？」潤月想了想，說：「姐不瞞。」她把強強說的事說了，也說了自己的想法，說：「你怎麼想，細月？」細月說：「叫我怎麼說呢？姐。」潤月說：「你怎麼想就怎麼說。」細月說：「我只能說，我理解姐。」潤月說：「理解就好。我起先還怕跟你說得。因為是強強說起的，我想強強也沒有其他的意思。除了跟你那個事，人倒是熱心快腸的。」。姐妹談得很開。細月跟黑皮在地裡鋤棉花草的時候，細月說：「哥，我問你個話。」黑皮說：「你問。」細月說：「姐是不是想你出去做事？」黑皮說：「你曉得？」細月說：「曉得。」黑皮說：「我很為難。」細月說：「什麼難？」黑皮說：「你看，灣裡有出去了的，男的在外頭，女的在屋裡，兩頭扯倒。」細月說：「你不瞭解姐。」黑皮說：「我還不瞭解你姐？」細月說：「這方面不瞭解姐。」黑皮說：「怎麼算了解？」細月說：「姐覺得，家裡有個男人在外頭做事，是很光彩的。在外頭做事不一定是要有錢，是有勢。說起來某家某人在外頭做事，不管是做什麼事，總是在外頭，總是有世面的。強強甩了我，其實姐姐比我還吃不住哩。」黑皮說：「那強強說的事她做麼事又那樣認真？」細月說：「吃不住在姐心裡，姐為你，也為這個家，能找強強就找強強，姐姐覺得不是我們欠他的是他欠我們的。」黑皮說：「我還真不瞭解。」潤月的「好事」來了，回家去洗了的。接著又杠著鋤頭到地裡來了。細月說：「姐，你在家歇歇不行哪？」潤月說：「又不是下冷水田，歇個麼事。」鄉郵員把信送到灣裡來了。有余望甫寫給細月的信。潤月把信帶到地裡來了，潤月隨手遞給細月，細月遞給黑皮說：「哥看看。」黑皮說：「又不是寫給我的，不能看。」細月說：「什麼不能看呀？」又朝黑皮一遞。黑皮看了，說：「嗯，真不錯，這個望甫。」又說：「怪得細月要給我們看的，信裏連一句親熱話都沒有嘛。」潤月接話說：「你以為是你！」黑皮說：「嘿嘿，什麼意思嘛。」他又把信遞給潤月看。潤月看了信，還給細月說：「你看，我們買了牛還沒有給他回信，忘記了。只顧喜。」細月說：「什麼只顧喜呀，我回了信的。可能他沒收到。」潤月說：「那就趕快再寫。」黑皮說：「回去就寫。」潤月說：「你也跟他寫一封不行嗎？」黑皮說：「行是行，我的幾個像雞爪扒了的字，拿不出手。」潤月說：「又不是考字。」黑皮說：「好。我寫。」

黑皮說出去就出去了。好快。在縣河砂站管河砂。當然是強強的道行。強強的同學是站長。強強跟站長一說就成了。工資獎金福利待遇不低。強強是在稅務局，也正好管收河砂站的稅。強強在算稅的時候，略為馬虎一點，河砂站就能討到不少便宜。黑皮說：「真是難為你。」強強說：「你別這樣說。我有愧。」黑皮說：「說什麼有愧。」強強說：「我是說我對細月有愧。我能為你們家辦點事，我心裡就好過點。」強強結婚的時候，黑皮的禮送得很重。當然不僅僅是因為強強的媳婦是財政局長的女兒。潤月生小孩的時候，強強的回禮也重，連喜酒也不喝他的。黑皮一個月要回來一次。他買了個破而不敗的自行車。來回五六十里路，總是騎自行車。下雨天，從三陂到後灣的一段路不能騎，他便順著鐵路推車走。比搭班車自由，也還省錢。潤月敞著胸奶孩子，見黑皮一回來就挑吃水，挽草把子，說：「不累呀。」黑皮說：「不累。」細月搶著做，不讓哥做，黑皮說：「我又不是客。」忙月他總是要請假回來做的。仍是犁耙耖鋤，挑一擔挽一砣的。但肩膀不是像原先那樣盛力。開始兩天還要紅腫。當然是要咬著牙。黑皮一想起屋裡又剩下三個女人勤扒苦做，他就心裡疼。他就有些失悔。不該出去的。晚上睡覺的時候，黑皮悄悄揉著膀。他和潤月的中間隔著小孩。潤月的手伸過來了，伸到黑皮的肩膀上，輕輕地撫摸著。黑皮的手捉住潤月的手。沒有言語。潤月說：「有點痛，是不是？」黑皮說：「沒事。」潤月說：「我曉得，我看見了。穀草頭上肩的時候，你有些呲牙咧齒的。」黑皮說：「我怎麼這麼無用。」潤月說：「蓄住了的，是這樣。我真不想你回來做，又沒有辦法。」黑皮把潤月的手挪到自己的嘴上親著。潤月說：「你想過來就過來吧，把孩子朝床裡面挪一挪，讓他單獨蓋個小被窩。」黑皮說：「算了。」潤月說：「我知道你想。」黑皮說：「你的好事才轉去，怕像那回一樣，又弄得轉來了。」潤月說：「你回了六天，我的好事就來了五天，有些紊亂，你明天又要走了……」黑皮說：「算了，你打了一天的穀，旋了一天，累……」潤月漸漸有了細微的鼾聲。雞子叫了頭遍，潤月細月就起床了。又要去門口的禾場上抖穀草。黑皮驚醒了，也要起來，潤月說：「你不起來，你多睡會。」黑皮還是要起來。這時，小孩突然哭起來了。潤月側著身子把乳頭塞進孩子的嘴裡，孩子就不哭了。過了一會，潤月試著抽出乳頭，孩子咂著嘴，又睡安神。潤月感到奶水脹鼓鼓的，仍在瀉。潤月說：「來，快吃兩口。慢點糟蹋了。」黑皮就吸吮著。甜甜的。

到第二年秋種的時候，望甫來信要細月去北京。黑皮正在家裡，也看了信。信裡還說要潤月也去玩。學院給望甫配了單獨住房，把他當特殊人才對待。他的畫又被外國人買了一批，把細月養起來是不愁的。細月接到信突然嗚嗚地哭起來。母親說：「個傻丫頭，喜得這樣，人家知道了要笑話的。快別哭！」細月哭著說：「我不去，我不去！」母親說：「說什麼傻話！」細月哭著說：「我說過的！我不離開姐姐呀！我不離開媽呀！」潤月也紅著眼圈說：「你不能跟姐一輩子的！」細月說：「能！能！他在外頭，我就在屋裡，像哥跟姐一樣！」黑皮說：「讓你姐送你一起去看看。又不是去結婚，又不是把家定在那裡。」細月還是嗚咽著說：「哥不曉得，哥不曉得！」黑皮裝出笑說：「我不曉得什麼呀？」細月說：「就是去結婚！就是跟著他在那裡！他不要你們為我花錢！他跟我說了的！我沒告訴你們呀！」潤月晚上抱著孩子跟細月睡，勸細月說：「不走是不行的，別傻了。你走到天邊也是我的好妹。從小在一個床上睡，睡得人長樹大。吃飯做活，形影不離。姐妹的情份是捨不了的。」她說著也是三把眼淚四把流的。她還故意破涕為笑說：「我還想趁這個機會去見個世面哩。」細月臨走的頭一天，背著潤月對黑皮說：「哥，我有個話要說。」黑皮說：「什麼話你說。」細月說：「姐在家裡吃的什麼苦你曉不曉得？」黑皮說：「曉得。」細月說：「我姐這些時的臉，總是黃臘臘的沒得一絲血色。」黑皮說：「是的。」細月說：「為什麼？姐說過嗎？」黑皮說：「沒有。」細月說：「姐在家挑一擔挽一砣，泥裡水裡，連好事來了也不顧。兩次大放血。她讓媽和我絕對不要告訴你……」細月已經說得眼淚流。黑皮傻了似的，半天不吱聲。細月用手抹著淚說：「哥，你也莫嚇不過。再不會發的。我領姐去看過醫生。醫生說以後注意就行。」黑皮突然站起來說：「細月，我想回來。」細月說：「回來？」黑皮說：「回來。」細月說：「姐不同意的。」黑皮說：「我不好直接跟你姐說。她跟你在那裡去了，你找機會跟她說。不然我會急得發瘋的。」細月說：「好，我說。」黑皮說：「她從你那裡回來我就要回來了。」細月說：「那邊呢？」黑皮說：「那邊不會有什麼。去沒有什麼手續，回也沒什麼手續。也不是非有我不可，人家少一個人也是少一個人的負擔。」細月說：「強強對你呢，還是那樣？」黑皮說：「還是那樣。不過他的日子也不怎麼好過了。」細月說：「怎麼呢？」黑皮說：「他挪用了一大筆稅款，不能團糊。人家在查他。」細月說：「報應。」

第二天黑皮也要早早起來送細月潤月去縣城搭車。潤月突然小肚子痛。痛得厲害。苦苦地叫著：「媽呀，我的媽……」痛得要在床上翻跟頭。小傢伙也哇哇直哭，母親也慌忙起來，抱著小傢伙，輕輕拍打著說：「莫哭莫哭，我兒乖，莫哭莫哭。」黑皮抱住潤月，昏天黑地似的叫著：「潤月！潤月！潤月！」細月去叫來福慶和灣裡的其他幾個人。他們把竹床四腳朝天，鋪墊絮，被單，再綁上能夠抬起來的兩根長杠子。讓潤月躺在上面。七手八腳地料理好之後，幾個漢子輪換著往三陂鎮衛生院抬。一路小跑。吃藥，打針，掛吊瓶，連著三天，又痛過一陣，也就沒再痛了，醫生沒檢查出什麼病因，只說還要觀察。潤月住在又漏雨又過風的病房裡，好幾個病人擠在一處，要側著身子才能走路。下過一場小雨，是細月打著雨傘護著姐的身子。潤月一直嚷著要回家。還是福慶他們幾個人抬，回家安靜是安靜了，但一成一天不想吃，連米湯、罐頭都不想嚥，人一天天消瘦。孩子常常要媽，往媽身邊爬。爬到媽的胸前，用嘴去拱隔著襯衣裡的乳頭。潤月吃力地抬手，掀開襯衣讓他拱，拱得她很累，上氣不接下氣。細月看不過眼，把孩子抱開，送給母親，由母親去哄。潤月的眼角兜淚水。細月替她擦，自己也眼淚汪汪的。潤月細聲說：「你不能待在家裡了。望甫在望。」細月說：「別擔心，姐。」潤月說：「要著急的。」細月說：「我要寫信去的。」潤月說：「寫信莫說我病了。」細月說：「嗯。」潤月說：「不叫他擔心。」細月說：「嗯。」在信裡，細月全說了。望甫回信要細月照料好姐，還寄回三百塊錢，要細月給姐買點好吃的。細月把信念給姐聽，姐輕輕點頭，微微笑，紅著眼圈說：「你再寫信說，我的病好多了。按姐說的寫，莫再哄姐。」細月點頭。母親抱著孩子進來說：「你看，我哄好了，他看到你也不哭。」潤月說：「媽有經驗。」勉強一笑。母親說：「小東西嘣著我的空奶不曉得嘣幾大的勁。嘣得我生疼。晚上睡在我的懷裡，他翹起個小嘴要嘣。糊裡糊塗嘣起我的手膀子。我的手膀子都被小東西嘣得青一塊紫一塊的。」潤月不眨眼地望著小傢伙，又勉強地笑說：「拖累了媽。」母親說：「什麼屁話。」

福慶來說，木蘭山那邊有個老太婆，九十歲了。人家叫她神仙，不妨求她治治。細月說：「迷信。」福慶說：「俗話說的，求不到官來秀才在。求一求，興許好了呢？」母親說：「是的是的。福慶說得是的。」福慶說：「我以前也不信那些事。我妹就是她治好的，我才信了的。」細月說：「我不信。」母親說：「你不信不要你信。你不管。」母親又說：「神仙我去求。福慶，叫你妹跟我一起去。我不知道地方，帶個路不行？」福慶說：「我帶信叫她來就是。」母親說：「叫她明天一早就來，我們明天吃了早飯就去。」福慶說：「好的。」母親說：「要麻煩她了。」福慶說：「你老看著我們長大的，一向對我們好，不然我媽怎麼要我們喊你乾媽。」母親說：「乾媽這回就遇到潤月這個病，也不知道我前生做了什麼壞事。」母親說得流眼淚。福慶安慰了乾媽幾句，就去了。

福慶走了好幾里路，親自去叫的。他妹大丫把手裡的活路一放，跟丈夫作些交待，當時就跟福慶回來了。還提了些東西過來看望乾媽和潤月。第二天一早，兩個人就趕天趕地的，趕到三陂，然後搭車到縣城。在縣城還要搭車，搭了車還要走幾里路，過了河，才到了地點。老太婆家裡的堂屋很大，牆上掛滿了錦旗，都是頌揚老太婆渡人開慧治病的。灣裡人做自己的事沒有人觀望。老太婆見來了客人，叫她的老伴，一個老頭，倒茶。老頭遞過茶說：「一批人剛走，你們剛好遇到了清靜。」老太婆隨意地坐在她倆對面，說：「你們是從西鄉三陂那邊來的。」母親一驚，果然神了。老太婆說：「你為你女兒求醫。她是陪你來的。」母親忽然撲通一聲下跪，直朝老太婆磕頭。「不過，你是臨時想到我這裡來的。」大丫把母親扶起來了。母親說；「是的是的。」大丫說：「我們吃過早飯，一直往這裡趕。」老太婆說：「你們早上一個人吃了三個荷包蛋，肚子裡還有點蛋黃哩。」她吩咐老頭做飯她倆吃。又對他倆說：「不用跟我講客氣。能招待你們吃飯也是緣份。」吃了飯。老太婆說：「你女兒肚子痛。」母親說：「是的是的，一直肚子痛。」老太婆說：「已經痛了二十幾天了。有時是大痛，有時是隱隱地痛。隱隱地痛，你女兒一直忍著。你們以為她不痛了。」母親的眼淚刷地湧出來，雙手捂著臉哭。大丫也直抹眼淚。老太婆說；「凡事講個緣份。治病也有緣。你女兒的肚子裡已經黑了。我可以抓一抓她的病氣。」說著，老太婆眼睛一閉。不一會睜開眼說：「她會好些的。她又打嗝，又放屁，肚子裡咕啦咕啦像在煮粥，行動了。她一直沒沾米粒吧？」母親說：「是的是的。請老神仙幫她斷根。」老太婆說：「我試試吧。」臨走的時候，母親要給錢。老太婆說：「不收錢。」母親說：「飯錢也要給的。」老太婆說：「神仙就不講人情啦？請你們吃飯還要飯錢？」母親說：「我總要給點香錢，只當我給菩薩燒了香的。」老太婆說：「你口袋裡也沒有多少錢了。你還要坐車回去。你回去再買香燒是一樣的。」

她倆天黑的時候趕回家了。母親一進門，細月就告訴母親說，姐姐想吃東西了。已經吃了小半碗稀飯。母親去潤月房裡，潤月已經躺在床靠上了，背後墊著一床被子。母親問：「你肚子是不是行動了？」潤月說：「是的。今天下午我突然感到肚子一策一策的，連著打了幾個嗝，連著放了幾個屁，好多了。」母親抓著潤月的手說：「神仙顯靈了，神仙顯靈了！」她趕快點燃從縣城帶回來的香，連連磕頭說菩薩保佑，菩薩保佑。母親詳細講著老太婆說準了的許多事。細月也不再作聲了。

潤月在好轉。鄉下的秋天也宜人。潤月能在地上走動。她對細月說：「你再不能在家待了。你要走了。」細月說：「我還過些時。」潤月說：「還過些時！你看，我也好好的，活路也忙下地了，你再不走我就要拿棍子攆了！」黑皮也催她走。望甫三兩天就有信來，也是懸望。黑皮決定送她。潤月說：「你把她送到漢口，送上車。她一人又是沒出過遠門的。」黑皮把細月送到了漢口，買了火車票，給望甫拍了電報，時間，車次，都說清楚了，讓他去北京站接人。黑皮買了站臺票跟著細月進了站。細月上了車，到坐位上打開了車窗，把頭伸出來說：「哥，我去了就打信回來的。還是那個話，哥一定要照顧好姐。我就是一個姐，最好的姐，你懂嗎，哥？」淚水已經打溼了她的臉面。黑皮點著頭，也紅了眼圈。他返回縣城順便去了單位一趟，拿了工資，還有照顧他的福利補助。他給頭頭遞了一句話：「也許我再不能來了。」頭頭覺得他踏實，肯幹，人也聰明嘹亮，捨不得他，說：「我不會虧待你的。」黑皮說：「我不是那個意思。」他要趕緊回去，說：「我很感謝你，我一兩個月沒做事你還給我工資。」頭說：「怕吃虧的人我就要他吃虧，不怕吃虧的人我總不讓他吃虧的。」

冬天又來了。冬天又去了。潛伏在冬天裡的春天又出面了。潤月的病又發過幾次。發了的時候，潤月立起跟頭叫：「我的老子喲，你把我接得去啊。」黑皮要把她往漢口協和醫院送，鎮上的醫生也管不了多大的事。吃點止痛藥，或打點止痛針，再麼就是吊兩瓶葡萄糖液，加點什麼止痛劑，就完了。至於病人怎麼樣，就交給老天了。潤月強著不去漢口，也就這樣一日一日的挨著。

又是料秧下種的時候，潤月能坐在下秧田旁邊趕秧雞了。她手裡的竹篙有時揮動，有時在地上磕碰幾下，嘴裡叫著：「喔！喔！」能把秧雞趕跑。落泥不多時的穀種要曬太陽，尼龍薄膜掀開。秧雞總要飛來襲擊一下的。孩子還不能走路，總喜歡在地上爬。爬得滿身是灰。屙了尿，和成泥巴，大人沒注意，就爬成了滿身泥。潤月總是說：「媽，莫讓他在地上爬。」母親說：「你不是這樣爬大的呀？」母親看著外孫爬，很高興。孩子爬夠了要大人抱，潤月經不得孩子的戲鬧，抱不得。母親抱。孩子長得像肉球，胖胖墩墩的，小手膀子就像剛從塘裡挖起來的嫩藕，一節一節的愛死人。母親也難得抱動，又不能不抱，也怕抱起來摔傷了孩子，於是用腰帶將孩子攔腰繫住。潤月覺得好笑。母親說是雙保險。她要是一不小心跌倒了，她就朝後倒，孩子就倒在她身上，甩不出去。潤月有時淚汪汪地說：「媽，你養了我，還要養我的孩子。」母親說：「水總是往下流的。你什麼時候看到水往上流？」母親便逗孩子說：「水往下流喲。」孩子咯咯笑，不料灑了一把尿，噴了母親一身，還濺在母親臉上。母親笑死了，說：「個小東西！這樣往下流哇，這樣往下流哇，把你的個雀雀摘下來去餵雞。」母親伸出手指彈孩子的雀雀。潤月也笑得極開心。病後少有的笑。

栽秧界一到，潤月正愁自己幫不上忙，靠黑皮一個人是無論如何忙不過來的。黑皮說：「你愁什麼呀，活人還被尿脹死？」潤月說：「你有三頭六臂呀？」黑皮說：「我請工不行嗎？大不了花幾個錢。」黑皮一出門，碰到郵遞員，說是有他的匯款單要他簽字蓋章。原來是細月又寄錢回來了。同時還來了信，信裡說的就是用這錢請工。信裡自然是問候了一家人，包括胖胖墩墩的小傢伙。信裡還說，望甫畫畫越來越長進了。他能夠用十個指頭畫畫。兩手抓兩把墨，稀裡嘩啦地往紙上一丟，然後是十個手指在紙上亂抓亂抓的。一抓就抓出一座山，一抓就抓出一汪水，一抓就抓出一片樹林，一抓就抓出水田，還有牛，還有秧綠，還有人，真是好玩。細月說望甫在電視有過十指抓畫的表演，不知家裡人看到沒有。黑皮把這些話念給家裡人聽了之後，母親笑罵說：「這個傻丫頭！我們能看到什麼呀？她忘了家裡有電視機沒有電哩。」母親這話無意戳到潤月的心病，她說：「算了，把電視機賣了吧。」黑皮說：「不賣。我不信鄉裡永遠沒有電。」母親說：「有了電，我們就能經常看到望甫他們是吧？」黑皮想作點解釋，結果還是說：「是的，是的，媽。」潤月說：「我聽人說，電視機放著不用，要壞的。」黑皮說：「也是的。」潤月說：「那不賣怎麼辦？」黑皮說：「這樣吧，把它搬到二叔那裡去，三陂有電，一來二叔可以看看，二來是用著可以不壞。」母親說：「我沒聽說東西有用著不壞的。」黑皮說：「媽，這是電子的東西，用著壞不到哪裡去。」母親說：「我不曉得什麼墊子席子。我只曉得好好的東西，只有越用越壞的，」潤月說：「媽，也不能那樣去算帳。二叔對我們不錯。聽說二叔最近也要結婚，就是二叔找我們借也是要借的。」母親說：「那倒是。」第二天早上天還沒亮，就有人敲門。黑皮在床上說：「誰呀？」外面答：「我，二叔。」潤月和黑皮不知二叔這早來有什麼急事，於是趕快開門迎進。黑皮說：「二叔，有事麼？」花八子二叔一笑說：「沒事。能有什麼事呢。」黑皮說：「這麼早跑來……」二叔接話說：「我今天沒事，趕早回來看看。我還帶來幾個人，都是我的朋友。來幫忙栽秧的。田整出來了嗎？」接著大丫和她的丈夫也來幫忙了，像約好的，福慶和灣裡的幾個人也過來幫忙整田，連牛和犁耙一起。第二天，童子湖那邊的望甫的繼父也來了。犁耙水響只三天，該栽的都栽了。該做的都做了。三天裡，田裡不斷人，灶裡不斷火。潤月只有坐在灶下給母親當下手。往灶裡添草把子。稻草把一塞進灶堂裡，火就一篷。她的面額就一陣溫熱，火光也在她的面額上跳動起來。在灶上忙著的母親看著潤月說：「我兒的氣色好多了。」

二叔結婚是在三陂。只有黑皮能去。潤月走不得，也坐不得車，不能去。母親丟不得家裡的事，也不能去，黑皮走出了門，潤月說：「轉來。」黑皮說：「怎麼啦？」潤月說：「你去照照鏡子。」黑皮真的轉來跑到房裡去照了照鏡子，自己的衣領沒牽好。他整理了一下，出來說：「再好了吧？」潤月在躺椅上直起身子說：「過來，過來。」黑皮走到潤月跟前，潤月伸出兩手，黑皮朝下蹲了蹲，潤月再把他的領子前後牽了牽，說：「走出去，一點也不灑脫，人家道論你屋裡的女人不是。」黑皮傻笑，任其擺弄。要不是母親在旁邊，他要拉著她的手親一下的。他看著她又黑又瘦的臉，心裡好酸。

鎮上的那女人有房子，二叔就在那女人屋裡舉行婚禮。二叔和那女人的許多朋友，好熱鬧。彩電一直開著。喜歡看新娘的看新娘，喜歡看彩電的人就看彩電。燈光雪亮，新郎新娘也雪亮似的，光光彩彩。黑皮想，熱鬧有熱鬧的好。他和潤月的結婚也太冷清了。他對灣裡人說，是在外面去結的婚。在外面對人說，他是在家裡結的婚。他的婚就那樣結了，玩也沒玩著，婚也沒婚著。什麼時候有錢了，真想借個機會熱鬧一次，他想。喜糖放在大筲箕裡，有人端著筲箕，不斷朝客人面前一伸，在他旁邊的一個小孩子，手裡捏著一把糖，嘴嚼著糖，像嚼蠶豆似的。小傢伙還仰著臉跟他媽說：「媽媽，結婚就有糖吃是嗎？」媽媽說：「是的。」小傢伙說：「媽媽，你什麼時候結婚呀？」聽到這話的人都大笑。黑皮也笑。福慶進屋了，四處張望。福慶進屋的臉有些慘。他見到黑皮也沒跟黑皮打招呼。黑皮見他去拍了一下二叔的肩，不管二叔願不願意，把二叔一拉，拉到牆角，附著二叔的耳朵，嘀咕了些什麼。二叔的臉陡然陰了，也慘慘的，二叔和福慶回過頭來看看黑皮。兩個人同時走到黑皮跟前，拉著黑皮朝屋外走。外面很暗，從雪亮裡走出來的眼睛不適應。二叔說：「黑皮，家裡出了點事。福慶才告訴我的。你跟他先回去，我一會也回的。」黑皮的兩腿發顫了，說：「什麼事？福慶哥，你說？你說呀？」二叔說：「黑皮！不是二叔說你，你怎麼這樣經不得事呀？有麼事回去再說，天塌不下來的！」兩個人摸黑走回去，黑皮老遠就聽到母親慘慘的哭訴聲。黑皮一下子癱在地上了。福慶叫著：「黑皮！黑皮！」把他架起來，幾乎是拖著他走進了灣子，走進了家。在盞汽燈的白熾光亮裡，潤月已經直挺挺地躺在地鋪上。地上鋪著稻草。稻草上墊著棉絮。潤月的身上罩著一床白被單，黑皮撲通一聲跪下，死死抱住潤月慟哭。嘴裡不斷叫著：「潤月！潤月！潤月呀！我應該早辭了工回來呀，我回來你就不會那麼吃苦了呀，就不會得病呀……潤月，潤月，是我害了你，我為什麼要去呀……」潤月的面容很安詳，似乎在說：「黑皮，我不後悔，我不後悔！」別人勸他，企圖把他板開，也無濟於事。有人說：「二叔來了。」二叔欄腰抱住黑皮說：「起來，黑皮！聽二叔的！你還要料理後事哩！」二叔板開了黑皮，黑皮還是把潤月的手扯著不放。有幾個人扳開黑皮的手，說：「聽二叔的！」他才鬆開了手。要商討喪事怎麼辦的時候，福慶說：「灣裡老老少少都說，乾媽一生為人好，潤月接乾媽的代。灣裡人想熱鬧一下，都要趕情，要我跟你遞個話。」母親在堂屋裡的哭聲聲灌耳。黑皮淚流滿面地說：「我沒說的，福慶哥。我們結婚沒熱鬧，送她走就熱鬧些吧……」他說不下去。因為潤月年少輩份大，灣裡家家戶戶都送了情。有的是毛毯，有的是布料，有的是煙，有的是錢。堂屋四周都牽了繩子。繩子上都掛滿寫有「音容宛在」、「德傳千古」之類的挽聯。那些毛毯布料也都依次搭在繩子上，進房穿屋都還要低著頭。潤月的遺體在家裡停了三天三夜。門口的禾場上是兩盞夜壺燈。守靈的是灣裡人，陪死人也是陪活人。

家裡只有三個人了，兩個大人加一個孩子。孩子總是往潤月的那個房裡奔，總是要媽，也總是使黑皮和母親眼淚流。灣裡人也常來坐坐，跟母親說說話。母親的話總是重複的。她總是跟人說：「那天牛屙了泡牛屎扒在屋側邊的田埂上，潤月拿起糞耙想把牛屎扒在田裡。我叫她不要去她要去。我說我去，她不。她也倔強。她拿起糞耙一勾腰就栽倒了，栽倒在秧田去了……」母親一說就抹眼淚。別人也跟著抹眼淚。母親對黑皮說：「過了這些天了，是不是要打個信跟細月說一下子。」黑皮說；「還是暫時不說好。」母親說：「也是。細月曉得了，也不知是怎麼死去活來……」母親的喉嚨又哽住了，眼淚直漫。又過了幾天，細月打信回來問姐的病。她說她天天做惡夢，吃不好睡不好，搞得望甫也不安神。她要黑皮哥給個準信。黑皮這才不得不打信去說，你姐姐去了，把過程說了一番。但好長時間沒見細月、望甫回信。黑皮和母親不免擔起心來。

又打了封信去，也不見回音。母親說：「我的眼皮一直跳。」黑皮說：「你老莫瞎想。」福慶來坐坐的時候，母親對福慶說：「我真想再去求求神仙。」福慶說：「死了的。」母親說：「什麼死了的？」福慶說：「那神仙死了的。」母親好半天無話。有看相的到灣裡來。看相的對母親說：「你老是個福相。」母親說；「還福哩。一件衣服成兩半，前一幅後一幅是不是？」看相的說：「是真的福相。只是你老眼睛下面的那顆痣沒生好。那叫淚痣。」母親默默點頭。潤月總在她面前晃動。吃飯的時候，她總不忘給潤月供飯。一雙碗筷占住桌子的一方。那個靈牌面前的長明燈長明著，長到七七四十九天她還讓它明著。

單位給黑皮寄來了工資。黑皮不要，專程送到單位。他說：「謝謝對我的關照。我決定回家種田算了。」頭說：「好吧，我們理解，需要幫忙的事，捎個信來，我會幫你的。」頭要留他吃飯，他急著趕回。到了三陂，他想到二叔家裡去喝點茶。但他又怕麻煩二叔，在路邊買了兩個乾餅子，邊走邊嚼了。拖拉機停在門口院子裡，二叔正好在家。一進門，黑皮一驚，細月淚流滿面地坐在那裡，新任嬸嬸握住她的手，也是眼淚巴沙的。二叔也坐在一旁用手掌抹淚。細月見黑皮，立即起身撲過來，頭搭在黑皮的肩上嚎啕大哭。哭過一陣，經二叔二審的勸解，才緩過氣來。黑皮從二叔口裡得知望甫出了車禍，也去世了。細月說，望甫剛剛給她買了一輛女式自行車，他推著車回來，一輛汽車的剎車失靈，就把他軋了，自行車還是好好的。接到哥的信，說姐去了，那也正是望甫火化的那天。她無法向哥向母親說明事實，也就暫時瞞著，不好回信。黑皮說：「這事再怎麼告訴母親呢？」細月說：「所以我回來才先到二叔這裡。」他們商量，還是暫時不告訴母親。二叔開著拖拉機把細月和黑皮送回家。母親見到細月，自然是痛哭一陣。細月哭著勸慰媽。細月回來的時間好長好長了。也不是回來做客的樣法。她穿了先前在家穿的衣服，跟黑皮一起到田畈裡去做活。灣裡人說她蓄白了又曬黑了。說她還是農村人的樣法，一點也沒變。她把她的痛苦藏著。母親只要問起望甫，她就瞎編。黑皮也幫她編。編過之後，她便把自己關在房裡哭。勸解的，只有黑皮了。有一天，在滿畈秧綠的田埂上，細月說：「哥。」黑皮說：「嗯。」細月說：「咱們今後怎麼辦？」黑皮重複一句：「咱們今後怎麼辦？」細月說：「我們結婚吧。」黑皮說：「結吧。」細月說：「我懷了望甫的孩子。」黑皮說：「我只當是我的孩子。」他倆沿著田埂走著，細月突然站住了。旁邊就是墳場。潤月的墳就在這裡。墳上長滿了青草。有一隻花蝴蝶在潤月的墳頭上飛來飛去。細月心裡一動，說：「你就在這裡等一下。」她跑到大路旁邊的小賣問買來好幾瓶汽水。黑皮說：「你這是為麼事呀？我又沒說要喝汽水。」細月說：「給姐喝……」她的聲音顫抖著。她說有回她跟姐到三陂鎮壓上去玩，姐想喝汽水，硬是捨不得錢，沒買，到清水塘裡去捧了幾口才解渴的。她說她突然記起這個事。她說好現在要讓姐喝個夠。她叫黑皮撬開瓶蓋，她就拿著汽水，一瓶一瓶地圍著潤月的青草墳潑灑。她的眼淚也潑灑著，黑皮已是跪在墳邊慟哭。在他倆身後站著望甫寄錢買回來的那頭牛，嚼了幾口青草，揚起頭，朝著遠方的意義叫了幾聲，歸於平靜。

美國笨蛋

巴柔長著一頭金髮，披肩的。藍眼睛，高鼻子，相貌身材都不錯，應當說是屬於好看的那種美國四十歲女人。我去美國之前，是從照片上知道的。關於她的許多事，我也是聽說的。她婆婆那個家族，都看不起她，認為她笨，是個笨蛋。她也不知道自己怎麼了，反正是這個家族的人不喜歡她，都懶得答理她。好在他們各有各的住處，各忙各的，能答理的時候也不多。她丈夫簡遜是不能不答理她的，只要她不出大亂子，也就這樣過下去，簡遜不求別的。

巴柔曾經有過兩個男人，都是同居，也為兩個男人各生了一個兒子。她跟簡遜是從小就在一起長大的，有中國「青梅竹馬」的那種意味。簡遜沒結過婚，他娶巴柔也是遭了家族反對的。反對也只是表明態度，不能決定簡遜的選擇。簡遜起先也不覺得她笨，漸漸地也不能否認她那些笨舉，不知她到底笨是不笨。笨也得兜著，畢竟是夫妻，簡遜也還愛她。

巴柔沒有工作，待在家裡做家務，照料一個還在讀小學二年級的女兒德馬。她有過工作，也做過好多種工作：醫院護士，銀行職員，商店店員，設計公司的描圖員，幼稚園的教師，等等，不下二十種，每種都幹不長。不是她不想幹，是老闆「炒」了她。一個月內幹過五六種工作，也被「炒」過五六回。有老闆對她說，我要是像你的話，我就不工作，就應當待在家裡。

她不知道為什麼，回家問簡遜。簡遜也不好直說「你是個笨蛋」，只說，待在家裡就待在家裡吧，家裡也要有個人照應，免得我們請保姆。簡遜是一家電話公司的技師，收入不薄，養幾個人也養得起。巴柔也沒有什麼可抱怨的，也不去想想人生經驗教訓什麼的，倒也活得自在。

巴柔的最大特點，就是對人好。別人對她不好，她轉個身她就忘了，不放在心裡，所以對她不好的人她也是好。沒有仇，沒有恨，只有愛。有人只要對她稍微表示了一點好，她就感動。她感動的方式跟別的美國女人不一樣：一見面，她就將你緊緊擁抱著，嘴巴在你臉上親著，還臉貼著臉，手掌在你背後撫摸著，拍打著，時間可長達三分鐘。可惜對她好的人不多。按常理說也是，誰願意對一個笨蛋好呢？

跟巴柔同住一條街的，有個叫波比的人，極為善良，厚道。由於一次工傷事故，內臟受了傷，肝也切除了一大半，一直在家休養。身體白白胖胖的，看上去跟健康人一樣。他有的是空閒，巴柔就經常上他家聊天。波比聽的時候多，說的時候少。巴柔說得最多的，是說她總想做點事，不想這樣閒著。波比也幫她找過事，她幹了三天也還是被「炒」。波比知道她被「炒」的原因：太有自己的想法，太想干擾別人的想法，因此就只有讓她回家去「想法」吧。

巴柔感激波比，把波比當知音，去波比家裡更勤。波比妻子是做著兩份工作的人，家務事落在波比身上。巴柔來家裡一聊，波比要做的一些事不能做。波比有時是一邊做事一邊聽巴柔說話。時間一長，波比妻子有看法，對巴柔明說「不可以這樣」。巴柔也算是知趣，不來了，或者說是來少了。因此巴柔也就跟波比有了電話聯繫，慢慢變成了電話聊。有時免不了是波比妻子接電話。接一次兩次沒什麼，接多了也煩了，很兇地質問巴柔：你想幹什麼？我不喜歡你這樣。就掛斷了電話，還逼波比表態：只要是巴柔的電話，就要掛斷。

有天巴柔看到波比散步，就追上去。追到波比身後，大叫一聲「波比」，把波比嚇了一跳。波比轉身，她就張開雙臂，緊緊抱住了波比，嘴巴在波比臉上親著，手掌在波比背後撫摸著，拍打著，時間超過了五分鐘。這是被波比妻子撞見了，站在不遠的地方看著手錶數出的準確數。而波比只是直著身子，一動不動。他的雙手也不抬起來接應，不配合，只是像個站立的塑料製品模特，沒有表情。巴柔沉浸在自己的興奮裡。氣得喘著粗氣的波比妻子，終是衝到他們跟前，指責巴柔說，你到底有什麼企圖？你勾引我的波比？她一把將巴柔掀開，拉著波比的手說，你給我回去！我看得很清楚，你是無辜的！

波比只能是聳聳肩，搖搖頭而已。一街人都知道這事，都覺得是巴柔想勾引波比。後來簡遜也知道了，心裡不高興，也不好多說什麼。他知道巴柔的為人，不懷疑巴柔對他的忠誠。有回他只是試圖讓巴柔聽聽他的意見，他剛開口說，我就不喜歡別人擁抱我。他還沒有展開說，巴柔就說，你是不是想告訴我應當怎麼樣不應當怎麼樣？我不是小孩子，我不要人教我！簡遜就不再說了。

巴柔是不在乎別人對她說什麼的。當然，別人說她什麼也只是在心裡，尊重人權保護隱私是美國人的準則，沒人想跟這準則對抗。波比妻子對巴柔總是橫眉冷對。巴柔問心無愧，見了波比妻子也還是「嗨」著打招呼，波比妻子沒有一次答理巴柔的，巴柔不往心裡去，該是怎麼樣還是怎麼樣。只是許多事情就由不得她了，譬如在波比妻子的干預下，波比對巴柔就不能不疏遠。巴柔傷感是傷感，也還是認了。

巴柔沒有朋友，也總是想交朋友。那怕是跟生人見面，沒搭上兩句話，就問人家的電話號碼，或是伊妹兒網址。回到家裡，她不是跟人家打電話，就是給人家發伊妹兒。在電話裡，人家自然是應付她。沒有正兒八經的事情要講，無端地打擾人家，耗人家的時間，哪能管長。因此她的電話朋友總是不斷淘汰不斷出新的。而伊妹兒呢，她常常是選其一個「主送」，許多個「抄送」，多到三十個以上。內容也多是從網上下載的一些文章，文章段落，一些購物資訊，再就是她自己或女兒德馬的照片，極少有回覆的，她也樂此不疲。

簡遜不干預巴柔的事情，只要是不叫他生煩就好。有一段時間，巴柔常常是望著電話機或是電腦螢幕發呆，無端的流眼淚。這是德馬發現的。德馬放學回家，見媽媽這樣，問媽媽沒事吧？媽媽說沒事。德馬說，媽媽是不是想兩個哥哥？

德馬知道，媽媽想兩個哥哥常常是想得哭的。兩個哥哥跟著他們的父親分別在夏威夷的兩個島。去夏威夷，從東部到西部，要穿越美國大陸，坐飛機也得十七八個小時，去看一回是很難的。坐飛機的那筆錢也不是容易來的。簡遜工作的一點積蓄，要積著蓄著買好點的房子，不能隨便動用，這是簡遜說過多次的。簡遜不想住在這一條街，想住到遠離城市中心的郊區去。他想有自己的大草坪，草坪裡有樹，樹底下有吊椅。跟巴柔在草坪上丟飛碟，打羽毛球，累了躺在吊椅上晃晃蕩蕩地休息。獨獨立立的一棟自己的房子，不存在有沒有人答理巴柔，巴柔是不是快樂些呢？這是簡遜的想法，為巴柔。

德馬把媽媽發呆流淚的事告訴了爸爸，這才引起了簡遜的注意。簡遜發現巴柔臉上總是一片愁雲籠照，沒有以往的嘻笑，也不愛說話，見人也不再「嗨」，喜歡擁抱人的舉動也沒有了。飯量也少了，有時是簡遜端著碗像餵小孩子那樣餵她，她才乖乖地吃一點。晚上也只是坐著，不想睡。簡遜想撩她做愛，讓她高興，她也不想。她的身體一天天消瘦，這才叫簡遜慌了手腳，帶她去看心裡醫生。心理醫生說她患有嚴重的情感焦慮症。心理醫生建議簡遜讓她多跟人交流，多談吐，隨她的意願，做她喜歡做的事情，她就會開心起來，病態才會慢慢消除。

簡遜一咬牙說，巴柔，你去夏威夷吧。

要是以前說這話，巴柔會跳起來，摟著他親。現在她竟然無動於衷，像沒有聽見他的話。簡遜又說了一遍，巴柔這才說，為什麼要去夏威夷？

簡遜說，去看你的兒子呀？

巴柔說，有誰看我？

問得簡遜沒有話說。

有天簡遜帶巴柔去參加一個聚會，巴柔有了歡顏。於是就經常帶她出去，見了人她也「嗨」了起來。隨之她那喜歡擁抱人的那種習慣也復活了。只是他很忙，不能老是帶她出去聚會。也不能把她繫在自己的褲腰帶上，變成一把鑰匙。簡遜為此也憂鬱起來。

正是在這樣的時候，來了一個中國人。這個中國人就是我。我和她的故事開始了。

我剛剛從文聯的崗位上退休，不料相濡以沫三十二年的妻子突然去世了。兒子媳婦從美國趕回中國奔喪，在中國的家住了一個多月。為了我不至過於悲傷，沖淡或是緩解一下我的悲傷情緒，他們竭力要我到美國散散心，逼我辦了簽證。他們按期先回了美國，我待妻子滿「五七」之後，就到美國來了。

兒子鐘惦在美國娶的是美國女人，叫蘇里。她講得一口流利的中國話。她不像別的外國人說中國話疙疙瘩瘩的，閉上眼睛聽，不看她的金髮碧眼，還以為她是北京人。結婚四年，每年都要回一次中國家。她懂中國人情世故，表達也很到位。我曾說蘇里是中國式兒媳婦，蘇里說我是美國式父親。我不太明白「美國式父親」是怎麼樣的，蘇里說是坦率，開朗，達觀，愛子女之所愛，以至對子女缺點的相容。我想這也不是美國特有的，這是全世界開明父親的開明處。

在這個美國家庭裡，巴柔是蘇里的嫂子。我來美國之前，蘇里對我兒子說過，爸爸來了不會寂寞，有個玩伴。兒子說，你說的是巴柔嗎？蘇里說對，巴柔有的是時間，爸爸也有的是時間，不是正好？平時我們忙，也只有週六週日才能陪陪，爸爸也會寂寞呀。一個美國人，能如此理解我的喪妻之痛，也是難得。

果然，一到美國的這個家，我還沒有坐定，巴柔就興奮非常地跑來了。她穿得很有趣：身上好像披著一面美國國旗。那是套裝裙式的，式樣也很別致。她一見面就張開雙臂，緊緊擁抱著我。在巴柔背後的門板上，有兒媳蘇里寫的一條中文標語：這是爺爺的家，爺爺回家了，歡迎歡迎！蘇里是以我兩歲孫女芒果的口氣寫的。我已經是淚水直漫。巴柔見狀，對我兒子說，我知道你爸爸是在為你媽媽難過。兒子將她的話翻譯給我聽，我就拍了拍她的肩，我見她的眼圈也紅了。

兒子為岔開這個話題，問我來美國的一路情況。我來美國是個特別的歷史時期：九一一事件以後。我應當是九月十二日上午九點在首都機場登機的，去了機場才知道美國受到恐怖襲擊，美國暫時關閉了國內外航空線。我滯留在北京，到了十五日美中開航才起程。在底特律轉機遇到點麻煩。安檢人員三次請我出列接受檢查。要我打開提包，脫下皮鞋，解開皮帶，前前後後的人卻沒什麼，我忍不住說，怎麼，我長得像中東人嗎？我不懂英語，檢查官也不懂中文，我說了也只當是白說。我不懂英語的一路麻煩也不少。兒子說，爸爸得好好學英語啊。

兒子兒媳早就要我學英語的，我只是說好，沒有行動。我是覺得沒有那個必要。我是個寫作勞動者，我的讀者在中國。兒子說假如我到美國來有一百個收穫，會英語就會有一千個收穫。不會英語是失去了許多機會成本。這回一踏上美國土地，真想學了。蘇里說，巴柔早就想學中文，這下好了，您和巴柔就可以——，她一時想不起那個表達的詞語，問我兒子，有個詞怎麼說？我兒子說「互教互學」。蘇里說，對，互教互學。她也把這意思跟巴柔一說，巴柔喜得跳了起來，像個孩子，又對我伸出雙臂，有再一次擁抱我的意思。我沒有心裡準備，她一揚手，手指戳了我的眼睛，戳得我眼冒金光。我忍著痛，揉了揉眼睛，避開了她的姿勢。巴柔對我說了一聲sorry（對不起）。兒子看著我的眼睛說，沒事吧？蘇里則朝巴柔望了一眼，用中文說，真是！

巴柔對我兒子說著什麼。兒子說給我聽，巴柔說我們每天可以在一起玩，不會叫我寂寞。巴柔問我喜不喜歡打球，藍球，羽毛球，乒乓球。巴柔還說她有中國跳棋，問我會不會下。我說我喜歡運動，就像我喜歡生命。兒子說給巴柔聽，巴柔雙手一合掌，說OK。她說著，突然一聲「啊」，就要轉身走，又停住說著什麼。蘇里說，她說她忘記了飯煮在鍋裡了，要先回去一下。她話是這樣說，又說起別的話，又過了一會兒，蘇里提醒她說，你別忘記了你的飯煮在鍋裡了。她才用了一句sorry，邊說邊往門外退，走了。

我一時適應不了那個時差。頭臉不洗，也不想吃，倒頭就睡。我是美國時間下午五點鐘到的，一直睡到第二天中午一點也還不想起來。也不是睡得很好，迷迷糊糊的，昏昏沉沉的，似睡非睡似醒非醒的，叫我好不舒服。喉嚨也上了火，疼痛起來。想拉大便也拉不出。在國內是每天早上起來必拉的，形成了習慣。起來坐了好半天馬桶，也沒有一點成績，要拉的感覺還一直糾纏著我。兒子媳婦都上班去了，不能陪我。他們留字條說，想吃什麼就自己做得自己吃，吃的東西都在冰箱裡。吃了出去轉轉，記著回家的路，別把自己搞丟了。我笑了，我的孩子把我當孩子了。

我洗了個熱水澡，清醒了許多。也感到餓了，打開冰箱一看，裡面塞滿了食物，都是西式的成品或半成品，牛奶、果汁等飲料。還有蘿蔔白菜之類。食品廚裡有大米，小米，麵粉，麵條。正猶豫弄什麼吃好，我的親家，七十來歲還很健朗的美國老太太提娜從樓上下來了，跟我打著手勢，還指著自己的嘴巴，做著咀嚼的樣子。接著提娜掀開了灶臺上的鍋蓋，我湊近一看，鍋裡已經煮好了的東西，原是胡蘿蔔丁，青豆，蘑菇，番茄，麥片，混雜在一起，成一鍋糊糊。提娜拿碗筷盛給我吃。淡淡的，甜味。我吃不慣，也得吃。大約是餓的原因，不擇食，也不能擇。

提娜一直是笑的坐在旁邊，看著我吃。不時還說著什麼，我自然是聽不懂，她也只管說。我只有笑，或是毫無意義地點頭。她也知道自己說了是白說，就攤開雙手，聳肩搖頭，還笑著翻了翻白眼，一副小女孩般的天真。接著她不再說了，便是相對無言。我的咀嚼聲顯得很響，提娜又笑了起來。電話鈴響了，提娜起身去接電話。

我吃了一碗糊糊，不是飽了，是感到飽了。提娜接了電話，到我跟前說著什麼，提到「巴柔」的名字，我猜是巴柔打來的電話。果然，不一會巴柔就來了。她手裡拿著一個圓圓的木盤，木盤一面鑿了有規則的洞洞。還提著個小布袋。袋裡裝的什麼不清楚。巴柔走到我跟前，雖是兩手拿著東西，仍是張開了雙臂，將我擁抱了一下，便把那個木圓盤擱在桌上，取出布袋裡的東西：原來是幾種顏色的插在木圓盤洞洞裡的木棋子。這就是中國跳棋。中國跳棋的盤子通常是硬紙殼做的，棋子是玻璃彈子。這跳棋移民到美國，就變成了木的。木棋子好，插進木板洞洞裡，穩穩當當的，不會像玻璃彈子那樣受力就滾動。

我還是小時候玩過這棋的。如今哪有興趣玩這個？因我所處的時空變了，也就跟巴柔玩起來。巴柔很認真，每走一步，有番思考，像思考中美大事，我覺著有趣。一連三局，都是巴柔輸了，都是輸十多步。巴柔不服氣，還要再來。每局結束，她便說「彎木耳」，我觀她那個表情，知道是說再來一次的意思。她不斷要再來一次，大有百折不撓的架式，我就有意讓她贏，不然沒完沒了。她高興得什麼似的，贏了還想贏。我也讓她連贏兩回，她握我的手，快活得像個小女孩。一個美國女人率真的憨態，也讓我開心。我讓她贏的時候，也故意裝作認真思考。我的棋子明明可以多跳幾步，甚至可以一跳到底，我裝糊塗，跳了幾步就不跳了。她慶幸我的「失誤」，笑得響亮。五局過後，巴柔還沒有休戰的意思，我只有說著NO，也像美國人那樣攤開雙手，聳聳肩，表示下次再來。巴柔也明白，OK著收拾棋子。

提娜一直在樓上拉小提琴。她是個音樂家，詩人，一生的職業是圖管理員。她只會跟圖書打交道，跟藝術打交道，不會跟人打交道。三十五歲那年就跟丈夫離了婚，一個人帶著四個孩子，三次再婚，沒一次是滿一年的。孩子們一個個長大了，也受不了她那只顧藝術而不顧其他的腦子。三十三歲的蘇里是最小的一個，她讓母親跟著自己住，也供母親花銷。提娜愛花錢買書，買音樂碟，一個月五百美元的養老金不夠花，還向銀行借貸，總是弄得蘇里替她還。蘇里對母親有所限制，提娜有時還不滿意。

提娜對中國女婿是滿意的。中國女婿把中國人孝敬老人的美德引進到美國，以自我為中心的美國老太太才把愛的眼光投到了中國女婿身上。提娜愛烏及屋的意思，對我也極好。正是在我和巴柔下棋的時候，提娜開車去了商店，給我買了毛衣，大衣，襯衣，牛仔褲，帽子，圈脖，手套，都是秋天或冬天穿戴的，一大包。我們下完棋，提娜下樓打開包，當著巴柔的面，要我一件件穿著試試。巴柔也參與為我的試穿行動張羅著，也不斷OK著。有的顏色太花俏，式樣太古怪，我不喜歡，也不好說不喜歡，只有是跟著巴柔說OK。

提娜的這片真心讓我感動，也激起我的悲傷。妻子在世的時候，操持著一切家務。我除了讀書寫作，寫作讀書，什麼事都不做，也不會做。我的衣食住行，點點滴滴，都是妻子從頭到腳地為我操持，我幸福得退化了。想著這些，淚水頓時模糊了我的眼睛。提娜知道我為什麼傷心，順手將我攬在懷裡。在她一米八幾的高挑個子面前，我的頭只平她的下巴。我靠在她胸前，禁不住抽泣起來。我感到提娜的眼淚滴到我頸子裡了，我也聽到巴柔在抽泣。我淚眼望著巴柔的時候，巴柔也一下子撲了過來，把我和提娜一起抱住。

蘇里回來了，看到這一幕。提娜指著眼淚對蘇里說著什麼。蘇里翻譯說，我媽媽說，過去的事情過去了，不要傷心，傷心會老的。我笑了笑說，我六十了，已經很老了，還怕老嗎？蘇里把這話翻譯過去，又把提娜的話翻譯過來，提娜說的是，你看上去不像我的親家，像是我的兒子。我們都忍不住哈哈笑了。

蘇里問我吃了沒有。這是中國式的問法。我說是你媽媽弄好我吃的，我還指著那些衣服，說是她媽媽給我買的。我說她媽媽真好。我問蘇里「你真好」用英語怎麼說。她教我說「由爾賴史」，我就對提娜說「由爾賴史」。說得他們又笑。蘇里說我說得好，說就這樣學，在生活中學，一定學得好。兒子也回來了，問我怎麼樣，當然是問我怎麼過的。我說我下午一直跟巴柔下棋，很開心。也說到提娜給我買衣服的事。這時提娜要準備出門，用中文對我說著「再見」，其實說成了「再現」。我笑著糾正，提娜仍是說著「再現」。兒子笑說，好啦，以後再糾正吧，別耽誤提娜了，她要去會她的男朋友，今晚不回來了。巴柔拿著她的中國跳棋，也隨提娜一起出門了，也說著中文「再現」。

兒子媳婦要提前去幼稚園把我的小孫女芒果接回來。昨天接回來的時候，我在睡覺。今天一早芒果就去幼稚園了，我也還在睡覺。此時我也非常想看到芒果，我便跟他們一起去了幼稚園。

幼稚園就在出門那條街的盡頭，沿著草坪走十分鐘就到了。幼稚園不能隨便進，大門旁邊有一個鍵，蘇里伸手去按了一下，對著那個鍵說了句英語，門自動開了。進了門，坐電梯，到地下室才是幼稚園。老師是幾個年輕的黑人女子。兒子媳婦跟她們打過招呼，就看到芒果從地毯的那一端跑過來，抱住媽媽的腿，又抱住爸爸的腿。兒子指著我說，這是爺爺，叫爺爺。芒果一對大眼睛瞪著我，遲疑著。

蘇里說，快叫呀，這就是爺爺，你不是總說想念爺爺奶奶的嗎？

蘇里不經意提到「奶奶」，我一下子心酸了，眼眶也熱了。芒果終於叫了「爺爺」，聽起來像是叫「ㄚㄚ」的味道，我答應著，將芒果摟到懷裡，我的臉貼著芒果的臉。

這回去美國使館簽證的時候，遇到的是個年輕的巴基斯坦女人。排隊簽證的人說，在她那裡是最難得到簽，許多人被拒簽都是在她手裡。還有人說她的中國男朋友是不是將她甩了，才對中國人仇恨？我眼見排在我前面的三個人都被她拒簽了是實，其中一個被拒簽的還大聲跟她吵了起來，她乾脆把窗簾一拉，置之不理。過了好半天她才啟開窗簾。我走到她的窗前，沒想過她是不是已經從她的情緒中回過神來，也沒想過她這情緒會不會對我的簽證產生影響。我是木然的。巴基斯坦女人問，你叫鐘景觀嗎？我說是。巴基斯坦女人問，你兒子跟美國人結婚了嗎？我說是。巴基斯坦女人問，有你兒媳婦訪問中國的簽證影本嗎？我被這個問題問得心裡堵住了。堵住的東西頓時在心底翻騰起來，我的眼淚也頓時直漫。巴基斯坦女人一時愣住了。我說，一年前我和我妻子也是站在這裡，也是被問到同樣的問題，被拒簽了。現在是我一個人站在這裡，妻子卻在一個多月之前突然去世了。我哽咽著說不出話。我將她要的那個材料遞給她，她掃了一眼，就給了我一張小紙條。我還在我的情緒裡，直到她說，祝你開心。我才意識到我是被簽了。我走到簽證大廳外的一角，面壁飲泣。我只能是我一個人去美國了，妻子再也不能親眼看到她的小孫女，而只能是憑藉著我的一雙眼睛……

現在，我的小孫女在我的懷裡，我看著她，也是替她奶奶看著她，淚水不止。兒子伸手撫了撫我的背。蘇里也如此動作。我感到我也不能無節制地讓他們看到我的傷心。我抹著眼淚對芒果說，我們回家吧，乖乖。芒果用英語說了句什麼，把兒子媳婦說笑了。她爸爸說，你用中文說，爺爺聽不懂英語。芒果用中文說，爺爺，誰欺侮了你嗎？沒事吧？乖孩子是不哭的。我也破啼為笑了。

我們回家，到了大街上，老遠就看見巴柔在向我們這邊招手。巴柔站在她家門口的臺階上，待我們走近了，她對我說，嗨，你好。她說中文。我回她的是英文「你好」。她手裡拿著一本厚厚的小紅皮書，對我兒子說著什麼。兒子對我說，巴柔特地去買了本英漢字典，她說她是真想學中文哩。蘇里說，她這話對我說過一百遍，這回倒是買了本字典。

巴柔和我們一起回到我們的家，她逗著芒果玩了一下，又記起她的字典，翻了翻，對我說，推克瓦克？我不懂，她又夾夾生生的說，散步？我對兒子說，她是說要我跟她一起去散步？兒子說是。我說現在？兒子說是。我猶豫著。兒子說，爸，去吧，能夠單獨接觸一下美國人也好。我說語言不通，這個散步會有趣嗎？兒子說，要學會交流。爸不是作家嗎？這也是一種體驗哦。

我想也是，便和巴柔出了門。天開始黑了。路燈亮了。整個城市很寧靜，大街上白天見不到多少人，晚上更是少人走動，除了見到幾個溜狗的。因為不是市中心，來往的汽車也少。成為一景的是，街道兩邊，都停滿了小車，一輛接一輛。房子都是尖頂的兩層樓帶地下室。那種構造及顏色，像童話世界。房子與房子的間隔，都有草坪，樹，花，臨街也是一家一家的小小植物園，鐵柵欄或木柵欄，將植物園分割成一塊塊的。有許多綠色植物修繕得整整齊齊的，像一道牆，也成了沒柵欄的柵欄。到處插著星條旗：草坪，窗口，大門，屋頂。據說這是九一一之後的特色。九一一激起了美國人民的愛國熱情。

巴柔跟我並排走著。一時找不到交流的工具。眼前的夜景，讓我有了靈感似的，我指著路邊的草說，英格裡奇？我的意思是，這草怎麼用英語說。巴柔懂了，告訴了我。我跟著學，學得不準，巴柔反覆教。巴柔還將嘴巴對著我，讓我看清她的發音形狀，發音部位：類似漢語「古人」的發音，我自己也覺好笑：草，古人。巴柔接著就指著「樹」說英語的名字，那發音很像中國名模曲穎的名字，我就跟著學：曲穎。「曲穎」就是樹，我又笑。

巴柔誨人不倦。她跺著腳下的路，說「肉的」，指著房子說「號史」，指著燈說「那特」等等。我也教她用漢語說「草」說「樹」說「路」說「房子」等等。她總把「樹」說成「霧」，把「草」說成「巧」，怎麼也不能糾正，算是那麼回事吧，我也不苛求。

一個多小時的散步，巴柔能背下我教的十個漢語單詞了。她考我，我只記住了五個英語單詞。她「哦哦哦」地歡呼起來，歡呼她的勝利似的，轉身將我緊緊擁抱。我示意該回家了。她說，勾紅？我想這「勾紅」就是說「回家」的意思吧？我指指家那個方向，她就說ＯＫ。果真是「回家」的意思。回家路上，她要我教她說漢語「回家」。我一句「勾紅」，她一句「回家」，一直說到家門口分手。

芒果睡了，兒子媳婦還沒睡。兒子說，爸，等你吃飯哩，等不及，我們就先吃了。怎麼樣？玩得高興吧？忘食了哦。我說了和巴柔在散步當中互教互學的情景，兒子說，好，這就好。蘇里也說，爸學會了英文，我們也不怕爸外出給弄丟了。兒子說，每天學一點，哪怕只學三個單詞，一年下來也不少。蘇里當即送了我一些特製的小小的單詞卡片，還有磁帶，她以前用的小型學習機。逼得我不能不學了。

提娜從她的男朋友那裡回來了，顯得很是沮喪。她男朋友要她少到他那裡去，少跟他打電話，少纏著他，給他留下一點屬於他自己的空間。提娜受不了這個，越想越不舒服，讓男朋友氣了回來。她一見我，竟然抽泣起來，將頭靠在我肩上，傷心地將我抱住。我無法用語言安慰她，只是輕輕拍了拍她的肩，她抽泣得更厲害了。

她男朋友約那也是個詩人，快八十歲，還做著房地產生意，看上去很年輕的。提娜非常喜歡他。她對蘇里說，約那可能是嫌我老了，約那更老啊。蘇里為了讓母親快活起來，要她外出旅遊，她說沒有那個心情。她提出暫時不叫芒果上幼稚園，她願意照料。她是覺得芒果可以沖淡她的失戀情緒罷。

兒子覺得她年歲大了，怕出事，不同意。提娜說，是不是不相信我？不喜歡我？約那是這樣，你們也是這樣！她更是傷心。他們也就依了她。她總是開車帶著孩子外出。不是到公園就是到圖書館。她也要我跟她一起外出。我也樂意有「外事活動」，多接觸外界。有時她還打電話給巴柔，要巴柔也去。巴柔更是樂意。原先她是不喜歡跟巴柔在一起的。大約是心情使然吧。

過了好些時，提娜住在波斯頓的二女兒法瑞卡快生孩子了，打電話給母親，要她去照料些日子，她也就不能不去。芒果又天天上幼稚園了。由於兒子媳婦越來越忙，早送晚接的任務就落在我身上。兒子要我多跟芒果講中文。兒子不怕芒果不會講英語，只怕她不會講中文。在英語社會，芒果的英語不會有問題。

我接送芒果的時候，巴柔常常是跟我一起去，芒果也往往成了我和巴柔之間的翻譯。有回巴柔對我說著什麼，我只聽出句子裡的「差那」，就問芒果，巴柔在說什麼？芒果說，巴柔很想去中國。我對芒果說，你告訴巴柔：我邀請她去中國。芒果對巴柔說了，巴柔當街跳了起來，跳到我跟前，來了個大擁抱。我對芒果說，「大擁抱」的英語怎麼說？芒果說，背克哈克。我重複著「背克哈克」，巴柔也重複著「大擁抱」的中文，也是有趣。

想不到我的「邀請」惹了禍。巴柔回家將我的「邀請」說給簡遜聽了，要簡遜為她準備一筆去中國的錢。簡遜說她是不是瘋了？我們的錢該怎麼用，該用在什麼地方，你難道不清楚嗎？你想去中國你就自己去爭錢吧，我也沒說的！她說簡遜說話是刺傷她，跟簡遜吵了起來，一連好幾天都不理簡遜。

簡遜把這事跟蘇里說了，蘇里又跟我兒子說了，我兒子就跟我說，爸，您是不是說過邀請巴柔去中國的？我說是啊，怎麼啦？兒子說，我知道您是隨便說說的，不過是中國人的客氣而已，巴柔可當了真哩。於是說了簡遜和巴柔鬧得不愉快的事。

我被中國特色浸泡得入骨了的客套話，不經意地出口在一個不講客套的國家，實在是讓我反省。我學英語的時候，開頭學了幾句客套話，如「你真好」，「你真漂亮」，「見到你真高興」，都是讚揚的話。我見了美國人說這一類話，是為練習我的英語。前幾天我對一位熟識了的美國人多說了幾句，他睜大眼睛望著我說，你到底有什麼企圖？兒子將這話說給我聽，我傻了眼，問兒子他怎麼這樣問我。兒子說那些讚揚的話，你只擰出一句就行了，多說了就虛了，美國人懷疑你別有用心。唉，我們常常說的「東西方文化衝突」，這便是一例吧。

在美國住二十多天了，叫我不習慣的，不是飲食，而是寫作。我用電腦寫作，有十五個年頭了。我是中國最早用電腦寫作的作家之一。兒子媳婦各有一台電腦，還有手提電腦，只是沒有五筆字型的中文軟體。兒子也使用中文拼音輸入法，我的普通話說得不準確，也就沒法使用中文拼音，一時也學不會，很是著急。在國內，每天上午是我雷打不動的寫作時間，沒有五筆字型我簡直要瘋了。

兒子說他想辦法弄五筆字型，但要時間，不比在國內很容易弄到。兒子也跑了有關商店，一時也沒有五筆字型的中文軟件賣。兒子試圖從網上下載，下載了卻是怎麼也打不開。兒子最後想到一個辦法，就是在自己工作和攻讀學位的大學找了中國同學會的人，按中國同學會提供的伊妹兒，給中國同學發電子郵件，講明來美國探親的父親如何如何需要五筆字型的中文軟件，求助同胞。幾分鐘之後，兒子一下子收到幾十封伊妹兒回覆。兒子除了一一謝意，選擇了幾位約定見面，終於得到了我滿意的五筆字型。

只要是沒有「外事活動」，我就要面對電腦寫寫東西。不是寫小說，而是寫寫見聞，寫寫感想，總題為《親歷美國》。每天都有事可記，像日記似的，記下的都是我在美國的生活。對於一個寫作者來說，生活是沒有多餘的。

有時我剛剛坐在電腦跟前，巴柔就來了。她沒有預約，沒有規律，想什麼時候來就什麼時候。來的時候也特別多。除了要我跟她下中國跳棋，還要我跟她一起去打籃球，到公園玩飛碟，到商店買東西，到德馬就讀的小學接德馬。以至德馬搞體能訓練，也要我陪她去看看。如果我表示不願意，她就怏怏的，不說話，默默走開。我表示願意，她就跳躍，將我緊緊一抱也是少不了的，進一步就是親我的臉。我兒子媳婦在家，她也不將她的高興掩飾一下，因此蘇里常常是用中文對我說，整天沒事做，老想讓別人陪她玩，不管別人願意不願意。鐘惦剛來美國那會兒，她也這樣：毛病。

我只是笑笑。我見過許多次，巴柔跟蘇里講話時候，蘇里是愛理不理的。巴柔講了十句，蘇里也只「嗯」一聲了事，只管做著自己的事，或是朝自己臥室裡走去，巴柔想跟到臥室裡，蘇里卻將門關了起來。巴柔的表現只是攤開雙手，聳聳肩，或是朝天翻翻白眼。我覺著巴柔有些可憐，所以我總不好掃巴柔的興，也就咬著牙依她。我想我能如此近距離感受一個美國女人的性情也好。

巴柔感到我對她的友好，常常送些小禮物給我。她是愛送禮物給人的。但沒有多少人願意接受她的禮物。接受一個人的禮物是對一個人的看重。送禮物的人應當感謝接受禮物的人，感謝看重。兒子說有回她好心好意將德馬不能再穿的小衣服寄了一包給法瑞卡，法瑞卡打都沒打開，就原封不動地給她退了回來。當我按中國習慣感謝她，她用中文說，不，感謝你。我見她眼裡有晶瑩的東西。

她送給我的那些小禮物當中，她說她最看重的是瓷質星條旗胸章。這星條旗胸章讓我想到中國那個特殊年代的毛主席像章。那時候有人為表示對毛主席的無限忠誠，將像章扣在赤膊上身的肉裡。巴柔雖沒有那種中國式狂熱，卻有著胸章不離身的熱情。美國星條旗胸章是在九一一之後興起的。一時間以星條旗創意的裝飾品、工藝品、日用品、服裝品，都湧動著上市。美國人將星條旗做成短褲穿，是早就沒有的禁忌。巴柔除原有的星條旗短褲，現在有星條旗頭巾，星條旗領結，星條旗T恤衫，星條旗乳罩，星條旗襯衣、毛衣、運動鞋等。據說當年星條旗的設計者跟她娘家沾親帶故。蘇里否認說，那是八杆子也打不著的。不管怎麼說，巴柔的「星條旗情結」是事實。有一次巴柔對我指指她掛的星條旗胸章，意思是，我送給你的星條旗胸章為什麼不掛？我笑笑，用英語說「保存著」哩。她又是將我擁抱。

關於擁抱，我也跟兒子探討過。兒子說美國人的擁抱是有講究的，手該搭在對方的什麼位置，胸部與胸部該保持什麼樣的距離，臉與臉是怎麼個挨法，都是很紳士的，很風度的。大多數美國人也不是像巴柔那樣隨隨便便就擁抱的，而且隨便得失了分寸，自然談不上規範。

要瞭解一個人，瞭解他的過去是必要的。巴柔為什麼是巴柔，我很想知道她的過去，這畢竟是涉及巴柔的個人隱私，我有顧慮。我問過蘇里：假如我問巴柔以前跟她前任兩個丈夫的事，她會說嗎？蘇里說，她會說的，問她穿的是幾號內褲，她也會跟你說的，就是這麼個人。

蘇里也零零星星說到巴柔的一些事情：以前的兩任丈夫如何對她不好，不把她當人，只當個發洩工具。巴柔也有巴柔的毛病：不管別人對她的感覺，自己想怎麼樣就怎麼樣。譬如說她到人家家裡去玩，已經很晚了，主人說你就早點回家休息吧。但她還是纏著跟人家說話。人家只有說，我開車送你回去好嗎？她說，不，我走回去。仍是囉哩囉嗦的跟人家說話。人家只有走到屋外，是送客的樣子，她也跟到屋外說著。人家說，你那些話以後再說吧。她才不得不走了。蘇里結論說，你說她是不是個笨蛋？

提娜也說過一些事，強化巴柔是笨蛋。有回巴柔應聘去給人家家裡照料小孩。每天晚上照料三個小時，每小時五美金。可她每回都是將德馬帶去玩。提娜說過她，你不能帶德馬去，你是去人家那裡帶小孩的，你又帶自己的小孩去，人家會不高興的。巴柔說，人家不高興人家會告訴我的，不用你說。人家的小孩跟德馬在一起玩，玩高興了，將自己的衣服送了兩件給德馬，巴柔竟然把衣服帶回家了，對提娜說，人家小孩很喜歡我的德馬，給德馬送了衣服。第二天，那家女主人給巴柔打電話，說她家小孩給德馬的那兩件衣服，其中深紅的棉上衣就給德馬穿，另外那件水紅連衣裙還給我好了。

我有我的看法。雖然巴柔有許多笨舉，誰都有笨的時候不是？智者千里還必有一失哩。巴柔會唱歌，會跳舞。尤其是那種踢踏舞，讓我叫絕。她是有藝術天賦的。我把這個告訴兒子的時候，兒子說，她出過一盤自己演唱的歌帶哩。她會德語，也專門學過設計、繪畫。她常常在白襯衣上畫好萊塢明星，拿到市場上去賣。

想想我自己，按流行的說法，我是個作家，可我也只能是寫作，除此之外還能有什麼呢？妻子一去，我還得重新學做飯，學會料理自己。兒子說，在國內，有一門專長就覺得了不起，這裡的人都是有幾門專長的。譬如說蘇里，自己是個醫生，還會四門外語，也是個畫家，還是專欄作家，現在還跟我一起攻讀公共關係與國際事務專業，還能做管道工，油漆工，裝修房子——你看我們這房子，全是蘇里設計裝修的。提娜也是，七十歲了，拉小提琴，彈鋼琴，出外參加演奏，常常發表詩作，也是會兩門外語，還是語言學的研究學者，現在又在大學選學中國電影課。她的四個子女，沒有一個不是拿雙學位的，這就叫素質。這可不是我在老爸面前吹噓「美帝國主義」哦。我說，我現在是一邊享受著「美帝國主義」的精神文明和物質文明，一邊在心裡罵著「他媽的美帝國主義啊」。我和兒子哈哈大笑了。

我在「雅虎中國」網上申請了免費電子郵箱，和國內的朋友也聯繫上了。一些報刊編輯朋友約我寫稿，要我寫寫美國的事情，我也答應了。有家報社請我寫個專欄，叫「美國滋味」，每週三篇千字文。我有些猶豫。應當說我有時間，也有親歷，只是我不想不出門，老窩在屋裡寫。既然來美國了，就要多走走，多看看，感受感受，不然的話，用我兒子的話說，就會失去許多的「機會成本」。無奈那家報社逼得緊，也是友情為重的原故，講好每週只一篇，不能脫銷。我不能不答應，也就不能不當回事。有時白天外出，有時一連幾天外出，我就晚上寫，熬夜寫，寫得存著。好在電子郵件發稿方便。

我的「外事活動」漸次頻繁，巴柔白天來找我也多半撲空。她晚上來找，我也有我的事，我便用我學到的英語短句表達：我忙，對不起，改天好嗎？她也用她學到的中文短句說，好，謝謝，明天見。第二天晚上巴柔又來，我還是只有說「我忙，對不起，改天好嗎」。她一連幾天晚上都來，我也一連幾天的「對不起」。每回來，她也確實總看到我在電腦跟前打字，帶著她那顯然的失望情緒走開。我想她是不會再來，可她還是來，來也不說什麼，只輕輕「嗨」一聲，站在我背後，看著我打字。她的呼吸吹著我的後頸窩，我回過頭來對她笑笑，朝客廳指指，意思是蘇里他們都在客廳裡，你可以去客廳跟他們說說話。她用漢語說「不」。我起身拖張椅子給她，請她坐，用英語說「普利史射當」，她也說「不」，我只有隨她。

她看我打字也看得入神。那一個個的方塊字，帶著五千年的氣息，帶著神奇的意味，也帶著飽滿的姿態，從螢幕上接連蹦跳出來。她也不時伸手指著我教過她的方塊字說，人，地，天，你，我，他，朋友，友誼，美好，真誠，中國，美國。雖然美國腔調有些滑稽，咬字也不是很準，聽來卻也是別一番滋味。我用英語讚揚她，她用中文表達謝意。她一句我一句的，成了中英文的會話訓練。

我記起一件事，對巴柔說過兩天就我要到夏威夷去住些時，跟兒子媳婦一起，還有芒果。她好半天沒吱聲，我回頭看她，見她在抹眼淚。我用英語說，怎麼啦？她的眼淚滾在臉上了。她說，我會想你。我聽懂了她的英語，我說「我也是」，她也聽懂了我的英語。她將手放在我肩上擱了一下，說，其實我也想去。她是想去看看她的兩個兒子，但她沒有那個能力去，我為她心酸。她要走了，我起身送她至門口，她還深深沉浸在自己的情緒裡，第一次少了分別時的擁抱程式。

我在夏威夷住了一個月。那些日子是把自己化在大自然裡了。衝浪，划船，海水浴，躺在沙灘上曬太陽。在浩蕩的太平洋中間，我太小了。地球上的陸地面積全都鋪在太平洋裡，也只占太平洋水面的三分之一。夏威夷有八個島嶼，我們住了六個，只有兩個島沒去，也不能去。我們只能在遠遠相鄰的島上觀望。觀望處還刻著一塊石碑，石碑上就寫著那個家族小島的歷史，觀望也成了一處風景。

在島上，我們都是住在遠離城市中心的海邊，極清靜。海的喧鬧，把靜推向了哲學的意味。有時候兒子媳婦帶著芒果到市中心去逛逛，我一個人待在海邊住處，我喜歡。尤其是當我獨自劃著小船，經過一番驚險衝浪之後，蕩漾在較為寧靜的海灣裡，我覺得我要溶在水裡了。我看見老子的話也寫在這太平洋上：上善若水，水善利萬物而不爭，處眾人之所惡，故幾於道。大智若愚的水，為人師表的水，接納著百川，守常著浩然，不愧為水了。巴柔送過我一本老子的《道德經》，中英文對照的，還有圖畫。巴柔說過很是喜歡老子關於「水」的哲學。她也說過我兒子很像我，看起來柔弱如水，但柔中有剛。她想有「水」的性格，是執著的，也是歡樂的，可就是柔不起來。我想美國人都是以自我為中心的，哪柔得起來呢。

我在夏威夷是歡樂的。我愈是歡樂，我失去妻子的破碎就愈是巨大。我也隱隱約約想到巴柔的兩個孩子，為巴柔不能來夏威夷看孩子遺憾。有時蘇里也突然冒出一句：您覺得巴柔這個人怎麼樣啊？問我。我說，你怎麼突然問起她？蘇里笑說，你沒想過她嗎？她是您的女朋友哦。她調侃歸調侃，我還真想過，要是知道確切地址，倒是可以代她去看看她那兩個孩子的。

在談著巴柔的時候，蘇里又止住說，算了，幹嗎要談她？談她就不愉快，不談她。我說為什麼？我想讓蘇里正兒八經地談談巴柔，我又挑了一句，你不覺得你那樣待她太過份了？蘇里說，太過份了？那您是不瞭解她，瞭解之後你就知道了。又說，您想知道我們來這裡之前她跟我說什麼嗎？我說，說什麼？蘇里說，她說她愛上你了。我說，我太知道她說這話的意思，無異於中國話裡的「我欣賞你」、「你這人很可愛」等等。我兒子在一邊插話說，老爸真算是知道美國人的表達方式。蘇里說，她這人確確實實有毛病，說得您心裡有個底就是了。

我自然是不會把蘇里的話放在心裡。

我們結束了夏威夷之行，回美國東部大陸，提娜，巴柔及簡遜開著兩輛小車來機場接我們。巴柔還是熱情地擁抱了我，提娜也是，簡遜沒有理我，連個招呼也沒有打。我對他「嗨」了一聲，他點了個頭，沒有任何表情，我想上前跟他擁抱一下的念頭也打消了。他不應當是這樣冷冰冰對我的。他對我一直是挺好的，挺熱情的。我來美國是他開車到機場接我的。因為兒子媳婦有事離不開，是他主動要接我的。他個子高高的，也高高舉起寫有我名字的牌子，兒子的墨蹟，中文的，在英語世界裡很顯眼。他站在機場的出口。我走到他跟前，我說我就是鍾景觀，我們擁抱了。他替我提著大包，笑笑咪咪的，且還不斷說著話，當然全是英語。想必那都是些客套之類的話吧，我也只有不斷點頭，說「也史」。到停車場坐進了他的車，他還是說著。他在另外一個州上班，週六周日才能回來一次，回來也總要到他妹妹蘇里家裡來坐坐，跟他媽媽提娜說說話。我見他的時候不是很多，但也能見到。巴柔邀我打籃球的時候，他也跟著去過幾回，玩得也是開心的。

當天晚上，巴柔還一直在蘇里這邊，也跟我說話，也還拿來她的中國跳棋，要我跟她戰一回。我說我「史利卑」，也就是說我「困倦」了。我又說「普利斯」，我的意思是想說我要「睡覺」。巴柔笑起來了。她糾正我，說「普利斯」是中文「請」的意思，「斯利普」才是「睡覺」的意思。我老是把「普利斯」和「斯利普」弄混了，也就是把「請」和「睡覺」弄混了，跟美國人說「請」的時候，我往往說成「睡覺」，說「睡覺」的時候，我又往往說成「請」，常常弄成笑話。巴柔笑的就是這個。

我打著要睡覺的旗號，回我的房間，就打開電腦寫夏威夷之行的感受。敲了兩個小時，並沒有一點睡意。到了晚十一點鐘，兒子見到我房裡有燈光，在門外說，爸，你還沒睡嗎？我說我還在做功課哩。兒子說有個事要跟我說說，問我不嫌晚吧？我開門讓兒子進來。我說還沒走嗎？兒子知道我指的是巴柔，說，剛走。又說，我們出去走走，邊走邊說吧。我便關了電腦，隨兒子出門。

已經是十二月的天氣，外面不是很冷。據說這是美國有史以來最溫暖的冬天。那些仍然保持綠色的植物，在燈光裡也還是養眼。我感覺我還在夏威夷。各家門前為迎接耶誕節的燈光燦爛，遠處大樓每扇窗戶的燈光也是如同白晝，並沒有人在樓里加夜班，有廣告說，那是「為別人亮自己的燈」。

兒子開口說話了。兒子說，爸，我不知道怎麼會是這樣！

兒子說得很是突兀，口氣卻是平靜的。我不知道兒子要說什麼。

我說，什麼事啊？

兒子並沒有急著說他要說的話，而是先笑了，又搖著頭說，真是！

我也笑了，說，什麼呀？這樣覺得好笑？

兒子說，蘇里有先見之明，還是蘇里有先見之明。

我知道是在說巴柔了，我說，怎麼啦？巴柔怎麼啦？

兒子說，我們去了夏威夷半個月之後，巴柔就對簡遜說老爸摸她的屁股，摸她的奶子，還親她的嘴。我聽了並沒有頭腦一炸，情緒也沒有異樣，像聽了笑話，大笑起來。我們像是在討論別人的問題。我說巴柔為什麼說出這樣的話來？兒子說，問題是爸做沒做出這樣的事。我說，你相信你爸會做出這樣的事嗎？兒子說，當然不信。又說，不信是不信，問題是巴柔是這樣跟簡遜說的，簡遜很生氣，認為您占他老婆的便宜。我們一回來簡遜就跟蘇里說了，跟提娜說了。巴柔還寫了許多的電子郵件，起碼有五十封，把這事通報給所有的親戚，所有的朋友，所有她認識的人。我說，她怎麼這樣？兒子說，她就是這樣，她是炫耀，炫耀一個中國人愛她，而且這個中國人是一個作家，一個很優秀的人。

不可思議。我縱然是寫小說的，我也想不出這個情節。作家的想像總是想像不過生活，逃不過生活的巴掌心。

兒子說，別的都不是什麼問題，提娜也這樣說，就是要跟簡遜解釋清楚，讓簡遜覺得沒什麼事就沒什麼事。簡遜相信他老婆說的話，相信他老婆不會瞎說。他雖然知道他老婆笨，但不至於不忠於他。

我首先想到的也是簡遜。簡遜對我那樣好，又是為這事傷害了他，我感到抱歉。叫我怎麼跟簡孫說呢？任何解釋都是被動的。跟巴柔交往的過程中，我一直覺得她天真得像孩子，單純得像少女，坦誠得像基督徒。我是長者，我也不以長者自居，把她當忘年交的朋友。一起散步，一起打球，一起學習對方的語言，沒有不快活的。我找不出巴柔要無中生有的任何理由。不知為什麼，即便巴柔這樣，我也不恨她，反倒可憐她。

我對兒子說不想解釋。我說，只要你知道你爸是個什麼人就行了。別的，我管不了那麼多。兒子說，美國人才不管你是什麼樣的人或不是什麼樣的人哩。簡遜需要解釋。巴柔那裡你倒真是可以不去管她。她還會沒事一樣地跟你打交道的。按正常情理，您既然是摸她了，親她了，占了她的便宜，她還來找您幹嗎？不是送肉上案板麼？可她就是她，還來找你。今天晚上她表現得不是沒事一般？

我也審視一下自己的行為，回憶起一些情景。一次是跟巴柔一起到籃球場投籃比賽。站在罰球線外，一人投一次，投進了可以再投，投不進就歸另一個人投，看誰先投進五十球。巴柔投得好，常常是一連投進四五球。我常常是一球都不進。她就高興得扭起了屁股，像跳迪斯可，將屁股朝我一拱一拱的，拱著我。我的還擊是拍打一下她的屁股，她還是樂呵呵的拱著，儘管我笑著避之。再一次是在草坪上追趕比賽。在一定距離內，先是她追我，再是我追她。她也真會追，每次都追上了我，就雙手從我身後抱住我，瘋笑瘋樂地慶祝她的勝利。我追了她幾輪都沒追上她，她可能是有意放慢步子，讓我追上一回，慣性使使我抱住了她的後身，我沒意識到我的雙手是不是觸到她的奶子。我感覺到許多回她在擁抱我的時候，她親我的臉頰，有時她的嘴唇滑過了我的嘴唇，像書寫的毛筆那樣輕輕一帶，我不認為這是她的性意識，而只是熱情所至。我不知道是不是這些讓她感覺到摸與親。我不知道。

當我將這些細節跟兒子講了之後，兒子說，爸就這樣真實地跟簡遜講吧，我只是當翻譯。兒子當晚就給簡遜打電話，說他已經跟我談了，希望明天跟簡遜談談。簡遜說這也是他的希望，只是明天要出差，三天後回來。

那天晚上我仍睡得很好，我沒有因為巴柔而影響我的情緒。夜裡下了一場大雪，早上我也仍是起來跑步。雪還在下。我聽著我腳步踏雪的聲音，看著滿世界的銀裝素裹，我也感到我心地的潔白而欣然獨笑。回到家裡，兒子媳婦已經上班了，芒果也被送到了幼稚園。提娜在網上給男朋友寫電子郵件。我吃了一碗麥片粥，兩塊麵包，就坐在電腦跟前繼續我的寫作。寫了一會兒，聽到有人敲門，我起身要去開，又自己制止了自己。我怕是巴柔來了。我現在不想見她。

我猜測是巴柔，忍不住想證實一下。我掀開窗簾的一角，從玻璃窗裡往外看，果然是她。她見沒人開門，就悄悄走了，她要走過我的窗前。她看不見裡面，我能看到外面。她沒有戴頭巾，頭髮上還有雪花。臉上的表情快快的。我想，她無的說出有的來，我不計較是我不計較，其實是件大事，為什麼巴柔就不想想這對我是一種傷害呢？幸虧這事擱在我身上，我可以坦然面對。我對自己說，我不再理她是對的。我還同情她個什麼！我倒真覺得她是笨蛋到家了。

到下午，天晴了，太陽出來了。因為是週末，提娜早早將芒果接了回來，卻又臨時要外出參加一個音樂會，芒果便由我帶了。我帶芒果去踏著陽光下的積雪，她快樂得格格直笑。我不斷跟芒果說著中文，有意強化她的中文意識。我指著雪後的各種顏色，她能一一用中文說出來。她特別喜歡的顏色是黃色，黃色的玩具，黃色的衣服，黃色小床，黃色杯子，黃色的食品，都是她著意的選擇。該回家的時候，她突然說，爺爺，我有個黃色的主意。

我大笑，說，什麼黃色的主意？她說去巴柔家裡玩。我哄她說，巴柔不在家。回家路過巴柔家門口的時候，芒果自語著說，巴柔不在家。剛說出這話，巴柔卻開門出來了。芒果說，爺爺，巴柔在家。巴柔下了臺階，走到人行道上，橫在我面前，抬起了她的雙臂，又是要擁抱我的樣子，我忙擺著手，連連說著NO。她苦笑著，改變了手勢，是要跟我握手的樣法，我也實在不忍心再板著面孔對她，就握了手。她則兩手分別抓著我的兩手，像是怕我跑了，抓得緊緊的，還連連搖著頭，說著「對不起，對不起」。我也連連搖著頭，表示了我的不可思議。她大約是「思議」到我的意思，鬆了手，用一個指頭點著自己的太陽穴，像鑽頭似的鑽了鑽。我懂她是指自己的腦袋出了毛病，自責的意思。

我對她的同情又一下子占了上風。我用英語說「沒關係，沒關係」。她又抓住了我的雙手，使勁搖動著，她的眼淚也頓時被搖了出來。

我笑著說，冬特克銳，冬特克銳。意思是叫她不要哭。她見我這句英語也會說，為我高興，不禁笑了。接著她指指她的家，做著下跳棋的手勢，我又是連連NO著，還結結巴巴地說了幾個英語單詞，意思是，簡遜那樣生氣，你還叫我到你家裡下跳棋，那不是毛病也是毛病。我還誇張地像她那樣用手指頭鑽自己的腦子。她又苦笑，說，那就等簡遜回來，你們談了，我們再下棋好嗎？我只有先「OK」。

我跟巴柔說話，芒果一直安靜地旁聽。離開了巴柔，芒果說，巴柔為什麼哭？我彎腰親著芒果，說巴柔哭是因為巴柔不聽話。芒果問巴柔不聽誰的話，是不聽老師的話嗎？我笑了，說是。我又問她，芒果在幼稚園聽老師的話嗎？芒果說聽話，又一連串地說，聽爸爸的話，聽媽媽的話，聽爺爺的話，聽奶奶的話。她一說到奶奶，我就心酸，一時無語。芒果看著我悲戚的情緒，說，爺爺不高興嗎？我趕緊說「高興」。芒果也高興了。

回到家裡，兒子媳婦也都回來了。我向他們報導了剛才碰到巴柔的情形。兒子說，我說得不錯吧？她就是那麼個人。蘇里還是那兩個字的評價：毛病。我們剛說完這些個話，巴柔來了。蘇里見了巴柔，就上樓到自己的臥室裡去了。巴柔想逗芒果，蘇里也將芒果帶上樓去了。我還是很客氣地請她坐。她是空手來的，第一次沒有帶中國跳棋來。我也想趁此機會，讓兒子當翻譯，問問她到底是怎麼想的，怎麼那樣無的說出有的來。我還沒有說話，她就跟兒子說了起來，而且說得聲淚俱下。兒子說，她說一切都是她腦子裡幻想出來的，她只顧她的幻想，沒想到這對我不好。她希望她能夠繼續和我在一起玩，一起開心，就怕簡遜不允許，她就為這個傷心。她也希望我能夠很快地跟簡遜談談，她和我就可以像從先一樣了。

我通過兒子問她，問題的嚴重性，是簡遜認為我占你的便宜。你不是個小孩子，你是過來人，你也不乏聰明，你應當知道，一個要占你便宜的人，會是怎麼樣的舉動，你應當是清楚不過的。你總不至於笨得分不清好壞吧？

巴柔通過兒子說，你是一個難得的好人，我過去相信，現在相信，將來也相信。我見過一些想佔便宜的男人，他們對我好是別有用心的。有個男人請我搭他的便車，他在車裡撩我的裙子，扯我的內褲。我見那種人見得多。你不是那種人，你像波比一樣，不是那種人。

我說，你這話應當去對簡遜說，對我說沒有意義。你發了那麼多的電子郵件，幾乎是向全世界宣佈了我摸你親你，這在中國是個挺下流挺醜陋挺叫人難堪的事，在美國我看也不是個挺好玩的事，不然簡遜還用得著那樣生氣嗎？我的抱屈也是很自然的，不過我堅信你不是出於惡意，所以不記恨你，還理你。你明白嗎？

兒子翻譯著這些話，巴柔不斷點頭。電話鈴響了起來，兒子接了電話，回頭跟我說，法瑞卡打來的，問我「你爸跟巴柔是怎麼回事」，我說「你知道她是個什麼樣的人，你就該知道是怎麼回事」。法瑞卡懂了，哦了一聲說「她就是那麼個人」。

這時蘇里從樓上下來了。蘇里說芒果看圖畫書看得睡著了。蘇里也許是聽到我們的一些談話，下樓來對巴柔仍沒有好臉色。蘇里對我說，你別再理她不行嗎？她沒有頭腦，您也沒有頭腦嗎？我說，她是敵人嗎？即便是敵人，也有談判的時候，也有對話的時候。我又說，這樣吧，你可以將我下面的話轉告她：即便簡遜不計較這個事了，我們以後不可以單獨在一起，也不可以再用擁抱方式身體接觸。這是原則。蘇里說，我跟她說過了，我就是這樣跟她說的。

聽到芒果在樓上叫「媽咪」，蘇里又上樓了。巴柔衝著蘇里的背影說，就蘇里愛多管閒事，與她什麼相干？我知道我該怎麼做，不要誰來教我。這是兒子翻譯給我聽的。

週六和週日都是蘇里開車帶我們出去玩，回到家裡總有巴柔的電話錄音。她也沒有重要的事情要說，只是想打電話，想知道我在不在家。週六晚上她打電話說要過來。蘇里接的電話，說今晚我們很累，擋了她。週日晚上很晚了，她沒打電話就過來了，見人訕訕的笑，無話找話說。蘇里對她更加冷淡，她也還不肯走。我跟她搭訕。我也不過是問問她還在堅持學習中文沒有。她突然拍了拍自己的腦袋，說「你等等」，匆匆回家，很快又過來了，手裡拿著一疊活頁紙，原來是中文學校的教材，還有她做的中文作業。我讚揚她，她又有要擁抱我的慾望，雙臂已經張開了，蘇里一下子插到她面前說，NO NO NO，你還不吸取教訓麼？巴柔的臉也一下子漲紅了，只是笑笑，揚起手，也示意我揚起手，用她的手掌將我的手掌一擊，這樣表達出她的友誼。她說她已經報名去了中文學校，每週三個半天的課，每個月還得交八十美金的學費。

這還真有些叫我吃驚。巴柔跟我說著這些，手也舞之，足也蹈之，不由得人不為她高興。巴柔越說越興奮，聲音也不覺大了些。蘇里說，別把芒果吵醒了。時候不早了，我們要休息，你也該回家了。蘇里將巴柔攆走了，去關了大門，回頭對我說，您如果跟她繼續這樣往來，還會出問題。她這人有毛病，我不是說過多次嗎？怎麼樣？我沒說錯吧？

我不想跟她說什麼。我怎麼對待巴柔，我還是用巴柔的話說，我知道我該怎麼做，不要誰來教我。我到我的房裡開了電腦，寫下了我對這個事情的感受。也許是美國太發達了，什麼都不缺，又是個福利社會，有國家在為他人著想，還有種種保護穩私的管束，人們就用不著為他人著想了。

兒子進來了，說，是不是蘇里說您？我說，你聽到了？兒子說，沒聽到，是蘇里上樓去跟我說的。我說，蘇里說什麼了？兒子說，蘇里問我，你相信你爸爸嗎？我說當然相信。蘇里說也許你爸爸並非有意摸巴柔、親巴柔，只因巴柔太隨意，你爸爸也就隨意起來，美國化起來呢？

我忍不住罵蘇里「放她娘的屁」。兒子笑了起來，說我從來是不罵人的，這回罵起人來還真像回事。兒子說他也頂了蘇里一句：你是不是說巴柔如果願意脫褲子，我爸爸也會隨意上呢？

我也被兒子說笑了。兒子說簡遜給他打過電話，簡遜本來明天回不來，是巴柔給簡遜打過兩次電話，崔簡遜明天一定回來。簡遜說巴柔幹嗎這麼急，以為又出什麼事了。

簡遜按時回來了，是巴柔打電話過來說的。兒子媳婦都上班去了。提娜也因接受了男朋友的考驗，男朋友打電話約提娜出去野餐去了。我接的電話。她一聲快活的「嗨，你好」之後，又是像先前那樣，快活地說了一通學會了的漢語，還夾雜著我似懂非懂的英語，然後才是說簡遜回來了，好不容易等她說了一聲「再現」，我才掛電話做自己的事。

這個白天她沒有來打擾我。到快天黑，兒子媳婦提娜剛剛回家，巴柔簡孫還有他們的女兒德馬就過來了。巴柔手裡還帶著中國跳棋。德馬一進門就問，芒果呢？於是德馬就跟蘇里一起去幼稚園接芒果去了。簡遜見了我，笑容滿面，老遠就伸出他那長長的手臂，緊緊地握住我的手，還順勢將我一抱。我知道出現了peace（和平）。我也想像得到巴柔先跟簡遜談了什麼。提娜見此情景，她將她兒子和我都攬在她懷裡，說著OK。

我想我還是不能不跟簡遜談談，讓他知道到底是怎麼回事，不叫他心裡有半點梗阻。我請他到我的房間裡，兒子也跟著進來了。巴柔則跟提娜在客廳裡說話。

我說，不管怎麼說，讓你心裡有過不高興，我很抱歉。我說一句，我兒子就翻譯一句。簡遜說，沒事啦，沒事啦。巴柔跟我說清楚了。他說一句，我兒子也是翻譯一句。簡遜說著，還指了指自己的腦袋，意思是巴柔這人的腦袋太簡單，又太熱情，許多美國人都接受不了她這個，別人都叫她笨蛋。我也知道她這個人的毛病。但她不是個壞人，我改變不了她，也沒人能改變她，也只有由著她。也讓你受屈了，對不起。

我的眼淚頓時湧了出來。我原想說說所謂「摸與親」的細節，我覺得用不著了。簡遜說，我也沒有必要聽您解釋什麼了。我雖然對您的過去一無所知，但我在飛機場第一次見到您，我就好像感到了您的全部，感到我一無所知的一個中國人的全部。後來發生了巴柔說的事，我當然生氣。我一向認為鐘怙是中國人的優秀，但鐘怙怎麼會有這樣一個爸爸，就像我的爸爸一樣，不是一個好爸爸。今天我回來，巴柔又在我面前哭著說了您的許多好，說她不該有的那些幻想，說得實實在在，我信。真的，我信。

巴柔推門張望了幾次，盼望我們快點談完，她還要跟我下中國跳棋哩。我們談了很長的時間，並沒有限定在這個事情上，而是生髮開來，談及中美文化的差異，認定相通的東西：真誠。真誠是無須護照就能跨過國界，超越時空，走進彼此隔著肚皮的人心。

當我們談完之後走進客廳，德馬在跟芒果玩。蘇里提娜在跟巴柔說話。巴柔起身走到簡遜跟前，將簡遜一抱，也將我一抱，我聳聳肩，搖頭笑了笑，是笑巴柔違反「不可以再用擁抱方式身體接觸」的規定。簡遜明白了我的笑，拍了拍我的肩，說NO sweat。兒子說，簡遜說「沒關係」。巴柔示意她一直拿在手裡的中國跳棋，意思是要我跟她下。我看看手錶，簡遜又說NO sweat。我們就開始了戰局。她又變得活躍了，棋藝也聰明了不少。

我跟巴柔的友誼一如既往。我們的活動，除保留了以往的節目，還增加了重要的一項，那就是我們每個週日下午一起去教堂。有時是我帶她去中國教堂，或是她帶我去美國教堂，我們的心也變得格外虔誠。

教堂是個很聖潔的地方，也是上帝願意去的地方。去教堂會見上帝，挺好的。九一一事發的當天，作為美國急診醫生的蘇里，就開車去紐約，做志願救護者。將近九個多小時的車程，半路堵車，她就乘船。一連志願了四天，親歷了那個悲愴的現場，直到很難找到生還者，才回家。媒體的鏡頭對準過她，她也寫過幾篇文章在報上發表。有個美國教堂請她去講講在紐約的親歷，我和兒子陪同去，巴柔也跟著一起去。

這個教堂稱為「綜合教堂」，接納各種信仰的人。宗旨是追尋人的價值和尊嚴，信仰、公正、平等、和平。蘇里演講的開頭就說，我父親是印度人，我母親是猶太人，我丈夫是中國人，我是美國人，我們家也是個綜合體。大家就笑。她演講的語境，把大家帶到了她親歷的世貿中心現場。大家聽得屏聲靜氣。蘇里在演講結尾說，我們要和平，不要戰爭。我們不選擇結束戰爭，戰爭就要選擇結束我們。

有人站起來自由發言，對上帝提出質疑：恐怖分子製造了這樣慘無人道的惡毒事情，萬能我主啊，您為什麼不制止？叫我們如何信仰？有人說，主是不會錯的，主有主的安排。安排是主的事情，信仰是我們的事情。一位教友講述了一件事：她一個親人是信俸主的，在世貿中心工作了多年。911那天，她那個親人驅車上班，半路上車胎爆了，打老闆的手機，怎麼也沒信號。原來就是在爆胎的時候，世貿中心也爆塌了。她說主就是這樣安排的。我們不能妄自干涉主的事情。主的安排不會讓我們知道，即便主昭示給我們了，我們也不能洩露天機啊。

這是為紀念與這教堂有關的這一年死者的聚會。這樣的聚會每年一次，是慣例。獲得物理博士學位的年輕主持說，用世俗的眼光看，他們都不是什麼重要人物，但他們都值得我們關愛。他們的死，總是提醒我們對於生命的珍惜與熱愛。一位在911事件中的遇難者，非常熱愛我們的教堂。她曾對我說她從小就對教堂的魅力充滿莊重的敬意。魅力到底在哪裡呢？這建築，這裝飾，這燈光，這音樂，這樓梯，這門窗？人們總想到他們不能進去的地方看個究竟。其實這有什麼呢？樓梯上堆著舊檔，門後面放著一個拖把，窗子上積有灰塵，音樂、燈光、裝飾、建築呢，別處也許有更好的，魅力並不是這些，而是我這些人，這些人的相聚相愛相助相扶。這才是魅力，真正的魅力。

所唱的聖歌也是和死亡有關的：

秋天是死亡的開端，但樹葉飄落的時候，向天空展示著她的美麗……
你的悲傷是巨大的，但悲傷幫助你感受別人溫暖的胳膊……

這樣的句子也是美麗和溫暖的。

那些在這一年裡不幸去世者的家屬，都一個個上臺說幾句，表達謝意。一位老者，手腳有些不方便，一跛一跛地上抬，只說了一句：我有個討厭的毛病，就是記不住別人的名字。我只能說謝謝大家。大家笑了。我是我兒子翻譯給我聽了我才笑的。相聚結束的時候，大家站起來，也歌唱，是安慰死者的歌唱。我聽著那音樂的哀婉，靈動，不禁潸然淚下。在我身邊的兒子，知道是觸動了他爸對他媽媽的懷念，也抽泣著將歌詞說給我聽：「在夜裡，當我們呼喚一聲爸爸媽媽，爸爸媽媽就在我們身邊，我們安安靜靜的睡覺……」站在我另一邊的巴柔伸過手來，握住了我的手，也抽泣起來。

在美國住了半年，我要回國了。但我一直沒有跟巴柔說到這個話題。她也沒問。臨到要離開美國的前一天晚上，我來到常常跟巴柔坐著說話的草坪，看著遠處為「別人點亮自己的燈」的樓群，想著自己來美國的種種經歷，也用得著「感慨萬千」。

我聽到腳踏草坪的輕輕響聲。是巴柔。她走到我身邊，挨著我坐下了。

我說，你知道我明天要走嗎？

她說，知道。

她從口袋裡陶出一張紙，說，一封信，我寫給你的。我接過來看，是英語。我笑了，說，考我麼？

她說，能看懂嗎？

原文是：

Hey：

I just want you to know, that when I think about you, I positive thoughts, I enjoy remembering the good, times we had, this makes me smile.

peace to you

bare

我試圖譯成中文，念給她聽：

嗨：

我僅要你知道，當我想到關於你，我積極思想，我享受記憶，好。時間我們有，這讓我笑。

和平，你。

巴柔

這是地道的巴柔句式，巴柔表達。我們沉默了。過了好半天，她先開口了，說，你說邀請我去中國的，還算話嗎？我說算話。她說，我去看你……

我們又沉默了。沉默過後，她輕輕唱了起來。

我知道她唱的是一位著名美國歌手的演唱歌曲。那歌詞的大意是說，我的包包都清理好了，我要走了／我不願喊醒你／跟你說再見／黎明了，快天亮了／的士停在下面按喇叭，等著我／要走了，到了說再見的時候了／再親一下，對我笑一笑／告訴我你會等著我，擁抱我，我們不會分開／然後我要坐著飛機離開／不知什麼時候回來／多少次我讓你失望／多少次我到處玩，瞎胡鬧／對我來說沒有任何意義／我走在哪裡都會想著你／我的歌都是唱給你聽的……

巴柔唱得淚流滿面了。我也流淚滿面。我知道那位著名歌手後來坐飛機失事，再也不能回來了。這首歌曲成了輓歌。生與死誰能定論呢？生與死的距離到底有多長呢？我妻子不是說走就走了嗎？活著的人都是站在死亡的大門口，腳一伸就進去了，但畢竟沒有進去，還跟死亡並肩，跟死亡同行。只有關愛才是屬於人生的，屬於強大的，也是屬於永恆的。

巴柔唱完歌之後，突然說，你親我一下好嗎？

聽了這話，我差點要逃離。我沒有逃離，是她接著說，不是那種親，不是簡遜和我的那種親。她做著她和簡遜親嘴的手勢。我知道她說的是友誼式親嘴。世上有這種友誼式親嘴嗎？我又看到她那孩子般天真，少女般單純，基督徒般坦誠。我在她嘴唇上輕輕地碰了一下，像是某種莊嚴的生命儀式。她輕輕地說了聲謝謝，我們再度沉默。

仍是她打破沉默說，我想告訴你，我說過「一切都是我腦子裡幻想出來的」，其實不是。

我大為吃驚。

她還是說她的：我那樣說，是不想叫你難受。因為我原先沒想到會叫你難受。我那樣說，也是不想讓他們把你想得很壞。我會再發出許多電子郵件的，我仍然會說「一切都是我腦子裡幻想出來的」，因為我愛你。我不怕別人說我笨蛋。

她近乎喃喃自語，爾後便靠在我身上睡著了。

睜著眼睛是天黑

妻遠行了，才覺得要把瞎子弟弟送福利院。

兩個女兒埋怨，說早該如此，瞎子叔叔的費用，她們願意承擔。我沒聽，她們的媽媽也沒聽。早聽了，妻也不至於傷神，是不是要活得長久些呢？

妻在世，給瞎子弟弟張羅過對象。女的也是殘疾，只是眼睛好使。妻幾次上女家的門，還送東西，出手大方，話也說得好，人家覺得有這樣的嫂子，也是一福。

女方到家裡來過，對家境滿意，只是瞎子可恨，沒跟人家女的說上三句話，就探攏去，摸人家的手，摸人家的臉。人家躲不是，不躲也不是，回去之後不再往來，說遇到個瞎流氓。嫂子說他，他鴨子死了嘴硬，說是手感什麼的，說是收音機裡說的。

收音機是他的寶貝，有理無理，拿在手裡聽，不是掉在洗腳盆裡浸了水，就是掉在地上啞了。瞎扭按扭，扭壞了修，修了壞，實在不能修，只有給他買新的。他還點著要名牌，說是收音機裡說了的，日本索尼最好。他的知識，理論，準則，以至一些生活方式，大都從收音機裡來。

收音機裡說了的，他的口頭禪。

灣裡人遇到個什麼事，故意問他，趙海生，收音機裡是怎麼說的呢？他的回答很熱心，很正經，誨人不倦似的。有時是牛頭不對馬嘴，別人忍著不笑出聲來，他感覺得出來，說你們不聽收音機不知道，不跟你們費言語。母親總是咒罵，個瞎骷髏，你把你抬得幾高哦，還不費言語呢。

他還有一寶，一把二胡。漢口的姑父買給他的。指望他能學算命。我們鄉下瞎子算命，手裡有把二胡，從這個灣裡探到那個灣裡。二胡一拉，曲子悠悠傷傷的，如《江河水》、《二泉映月》之類，就有人圍攏來。父母送他到天河鎮高明算命先生那裡學了些時，又不學了，說是算命騙人，收音機裡說了的。二胡倒也成了他的娛樂工具。

天河建機場，父母及瞎子弟弟的戶口遷到安陸我跟前，父母遲遲不去，說是儘量減輕我的負擔，到不能動的時候再說。父親去世，妻提醒我說，該把他們接過來。

瞎子弟弟哼哼著鼻子說，我不想去，哪裡也沒有黃陂好。母親說，大麥瘋曬日頭，你還翹皮呢，不是你哥鬼要你。

瞎子弟弟站在堂屋中央，伸手一劃，像劃出他的勢力範圍，哼哼著鼻子說，灣裡人哪個不要我？我替人家車水，打蔞子，搓繩子，供我吃供我喝，哪餐斷了煙酒的？母親罵他個屙黑水的瞎骷髏，就想著煙酒。到你哥那裡，有碗飯你吃就是好的。瞎子說毛主席也吃煙喝酒呢。母親說你個短命鬼，你能跟毛主席比！

母親說話就是咒他，事實上百事依他。他天不怕地不怕，灣裡人絆動他，能鬧得人家祖宗八代不安寧。人家是礙著母親的人緣，犯不著跟一個瞎子分高低。堂嫂跟他鬧了一回，他摸到堂嫂屋裡尋死放蹶，氣得堂嫂渾身打顫，只能是反反覆覆一句：你今生是瞎子，來生還是瞎子！鬧過之後，他沒事一樣，吃得喝得睡得，還望著天腔不成腔調不成調唱兩句，沒人能聽出名堂。母親說他是順毛，要順摸。誰有那個耐心？

離開老家那天，堂哥嫂，還有灣裡人，站在大路口相送。母親的為人叫人念記，瞎子的可惡沒人計較。

堂哥嫂的三個孩子是母親幫忙帶大的，一個個也在瞎子懷裡抱大一截。堂嫂流著眼淚對瞎子說，我會記著你的好，你的侄子輝旗軍旗燕子，也會記著你的好。他們各有各的事，不能來送你。頭一的，你要記著改你的壞脾氣，哥能容你，嫂是不是能容呢？要是把你嫂子得罪了，你就完了！

母親借題發揮，說瞎骷髏要是連這個也不曉得，那是死路一條。瞎子哼哼著鼻子說，我不曉得呢！豆芽菜要屎澆。母親說，你看你這苕透心的瞎骷髏說的話！你是豆芽菜別個是屎？灣裡人慫他：趙海生，去你哥那裡是享福，不打婁子，不搓繩子，也沒得水車了，只聽你的收音機，拉你的胡琴。煙可以抽好點，酒也可以喝好點，反正你哥有錢。還有，叫你嫂子給你找個老婆冬天睡著熱火。

母親說，郎嘎們[1]，莫以為他聽得出是反話。

瞎子哼哼著鼻子說，「找個老婆冬天睡著熱火」是個好話嘛，三女也說過的。提到三女，沒有人敢接腔。

三女是我堂嬸的兒媳婦，從我姑媽灣裡嫁過來，對瞎子弟弟很是關照。

祖宗留下的老房子，分上下兩重，下重單門獨戶，後門通往上重天井。天井兩邊是廂房。天井上頭是大堂屋。大堂屋兩邊都是上下兩間。堂嬸一家屬大房，堂哥一家屬二房，我一家屬三房。換句話說，他們兩房是我爺爺兩個兄長的分支。天井上頭一邊住著一房，出進是通過跟我家共木板牆的走道。他們也可以出進我家後門，穿過我家堂屋。

[1] 郎嘎，典型的湖北黃陂話，意為普通話裡「您」，客氣稱呼。

三女的廚房正對後門，腳一伸就到我家來了。她要是弄了點好吃的，總要送得趙海生嚐嚐的。她喊瞎子喊海生哥，不喊瞎子，在灣裡是獨一無二的。瞎子走路撞了頭，三女見了，伸手去摸摸，看是不是受了傷。要是碰出血，她連忙去屋裡拿自備的紫藥水替他擦，母親只會在一旁罵：個瞎骷髏不長記性，哪裡是樹哪裡是牆又不是不曉得，心思都用在煙酒上頭！

三女後來喝農藥死了。只為一擔穀草頭在田裡沒有挑回來，晚上落大雨泡了湯。堂嬸多說了她幾句，她也沒回嘴，雨夜把草頭挑回來了。堂嬸早上起來，看到濕濕的穀草頭放在走道裡，地上一灘水。三女換了一身乾淨衣服，身子縮成一砣，死在床上了。

三女很善，性子很烈。堂嬸也善，性子也烈。善不能對善，偏要烈對烈。誰烈過了誰呢？揣著聰明犯糊塗。

堂弟一直在漢口水果行，替人家送水果，家務事及農活，全是三女支撐。堂嬸後悔不迭又怎麼樣呢？看著兩個不滿三歲的孫子，總是眼淚直放。最放不下三女的，倒是這海生哥。他哭瘋了，口吐白沫，不斷說著「三女要接我走」的昏話，接著就是牙齒緊咬，幾天不進米粒，水都灌不進。再以後就是昏睡，醒來時喘大氣，叫一聲「我的娘呀」，事後問他，什麼都不記得，人像害了一場大病。

我也歎息三女。我回黃陂老家見到她，她總是大哥前大哥後的叫，親妹子一般。我母親沒有女兒，把她當女兒待承。她也總叫我母親叫乾媽。我臨走她總是要送些雞蛋給我，說是鄉下土雞蛋最好。我要送她點什麼，不知送什麼合適，想著來日方長，哪知她還不到三十歲就那樣走了。

趙海生鬧三女，幾天就要鬧一回。人骨瘦如柴。尤其是慢後的日子裡，灣裡人一跟他鬧，他就氣得直挺挺倒地，仍是口吐白沫，說著三女生前說過的話，聲調像，語氣也像。母親到老遠的地方求過巫婆，巫婆說是有女陰魂附體，她在那邊也還在關照你瞎眼兒子。

巫婆說這種關照是無解的，除非是要有人經常跟他談起那個女人，你兒子就高興了。你兒子高興，那女人也高興，就不纏他了。

我在安陸住的只是兩室一廳。我和妻一室，一室是我的書房。樓頂的平臺上搭了一間，能擱兩張床。幸好我住五樓頂層。那台退休了的黑白電視機，放在他們房裡發揮餘熱。瞎子除了拉胡琴，聽收音機，還看電視。應當說「聽電視」。重點是聽收音機。母親看電視，有時煩他聽收音機，聲音開得又大，有干擾。他求我給他買了個耳機。

我在他們房間安了電鈴，到吃飯的時候，將電鈴一按，他就曉得摸下來。有時按了鈴他沒有下來，聽收音機聽迷了，或是拉胡琴拉迷了，我得上樓去喊。有回見他坐在平臺的水泥護欄上，背朝裡，雙腳呆在護欄外，拉他的胡琴。我嚇壞了。

他沒有時間概念，沒有空間概念，也沒有恐懼感。他的世界是混沌不開的。我不敢驚動他，只是輕輕走近，然後將他一抱，把他從陰陽兩界的邊緣拉回陽界。他說，你把我嚇了一跳。我說你還曉得嚇了一跳，你就不知道你這樣嚇不嚇別人？我警告他以後絕對不能如此，他說沒得麼事的，不要你擔心，瞎子有天照顧。

他倒像個超人。

母親白天在我們屋裡活動，幫我們做些事。沒事了，她才上樓，去抽根煙。母親和瞎子弟弟一樣是煙民。我不抽煙，也聞不得煙味。有抽煙的朋友來訪，我是不提供貨源的。朋友往往忍無可忍，說抽一隻自備的也不行嗎？說得可憐巴巴的，只有開禁。母親要抽，總是去樓頂。有時我寫累了，或是寫卡殼，也到樓頂房間坐坐，聽母親說些陳年舊事。只要我去了那裡，母親也忍著不抽，也強迫瞎骷髏不抽。

母親愛講鄉下事，講出了好素材，我獎給母親煙錢。母親開心極了，而瞎子總要在一邊哼哼著鼻子說，還當什麼作家，這些事都不曉得！我肚子裡的東西多得很，要是寫成小說比你強多了！

他還撩起衣服，把肚皮拍得砰砰直響。母親總是打擊他：要不是個瞎骷髏，就當江澤民了！他哼哼著鼻子說，江澤民不是人民的公僕？不是為人民服務的？

母親罵他個瞎骷髏天上的曉得一半，地上的全知。他哼著鼻子說，不跟你說，沒有價值。我還是聽我的收音機。我不想看電視，黑白電視沒有彩色電視好。他忘了自己沒有眼睛。

我跟母親探討過三女附體的事。母親說她差不多每天晚上都跟瞎子談三女。三女活在他們的話語裡。說別的話，瞎子十句裡總有八句是蠢話。說三女，五句裡只有一句是蠢話。三女是他的女神。灣裡人拿三女跟他逗樂的時候，他總正兒八經地說，莫瞎說，三女不喜歡的。他說三女是女神，女神是不能褻瀆的。在他的嘴裡冒出「女神」「褻瀆」這樣的字眼，灣裡人笑話他，也有睜大眼睛的稱奇的，不能不說是他聽收音機的好處。

在安陸的頭三年，三女也纏過趙海生好幾回，都是喝酒之後。我跟母親商量，要禁他的酒。母親說「是要禁」，背地裡又偷偷買得他喝。通常是母親白天把酒買回來，藏在他們的房裡。下酒的滷菜也事先買好，晚上是瞎子享用的好時光。母親牽著瞎子下樓過早，我也見過母親買酒他喝。母親不好意思，想說什麼，我連連朝母親擺手，意思是不必說穿。過後母親解釋，說他實在是饞酒，巴心巴肝的。

我只是笑。一個月給他五六斤酒，還嫌不夠，巴不得餐餐喝它個半斤八兩。下酒菜倒是不講究，是灣裡人形容他的，一個鏽釘子掉在滷鍋裡，拿起來嗦一下，也能喝它個二三兩的。

有個下雨的晚上，我上樓看他們房間漏不漏，在門外聽到母親又在咒他個遭天雷打的瞎骷髏，喝了半斤還要喝，喝了去死的。老子再要買酒你喝，老子打自己的嘴巴！

瞎子哼哼著鼻子求母親，我還喝半杯好不好呢？

母親說，你以為你哥不曉得你在偷著喝酒？是你哥不說穿。人只能達九九，不能達十足，太上旺了，有你好日子過的！

瞎子說，我又不是喝他的！母親咬牙切齒，罵他個吐血死的東西，你不是喝他的喝哪個的？我的錢都是他把的！

瞎子哼哼著鼻子說，我的錢呢？我從黃陂帶來的錢呢？母親咒得更兇了，說早曉得你不是這個東西我還留你一早晨！你說你有不有半點良心？黃陂拆遷的老房子，只賣了兩千塊錢，別的七算八算總共不到一萬五！來安陸三年的吃喝用動，夠我還是夠你個瞎骷髏？

瞎子不服，說他不該養老娘的？母親說是的，該養老娘，也該養你？你再說這個話，老娘把你個丟人現眼的一刀剁了餵狗！

瞎子說，就是你要把戶口遷到這裡來的！遷得來有什麼好處？在黃陂是吃飯屙屎，到這裡來了也還是吃飯屙屎！土地費沒有，十幾萬丟了！

門是半掩著的，聽得見他們的對話。接著聽到瞎子在嚶嚶的哭，吼叫著「三女來了三女來了」。我推開門。房裡像灌滿黃泥湯似的昏黃。吊在低矮橫樑上的十五支光的燈泡在微微擺動。雨點砰砰砰敲打著石棉瓦。水流嘩嘩嘩。有浸濕的石棉瓦在燈光裡也亮晶起來，像神密使者的眼睛。

瞎子嘴裡打著卟卟，說著胡話。我在他的胡話裡捕獲到中心詞。他說三女就在他的床頭，叫他「海生哥」，他聞到三女身上的肥皂香。三女怪海生哥不該到安陸來的，歎息海生哥遭孽。

我毛骨聳然。頓時感覺著三女就在我面前，在我無法知道的暗處，也彷彿在叫我金禾哥。如果人死後真是有身魂，她是可能來的，尤其是趁著雨夜。她生前笑說過，金禾哥，這農活纏死個人的，哪天是個出頭日啊，我什麼時候到金禾哥那裡去輕鬆幾天就好。

想著她的話，我的眼淚出來了。

趙海生渾身大汗，整個身子也像篩糠地抖動。我要去請醫生，母親說不要緊的，總這樣，會好的。這回是半天不見好轉，接著更甚：他大罵起我來。

我大聲說，你敢罵人？

他說不是我罵人，是三女。

我說，三女會罵我嗎？

我火冒三丈，打了他一個耳光，他竟然清楚地哼哼著鼻子說，你敢打人你敢打人！我也藉故哼哼著說，不是我打你，是父親打你，父親的身魂已經附在我身上了！

他一下坐了起來，說你不是父親，你騙我。

我說，你不是三女，你裝酒瘋！

他平靜了。是酒醒了還是三女告辭了？我哭笑不得。

在安陸的第三個年頭裡，母親去世了。那個陰冷的早上，母親下得樓來，坐在沙發上哈欠連天。我說媽你沒睡好？母親回答的也是哈欠。我去沖杯奶粉給母親喝，母親已經歪在沙發上了。我慌了神，連連叫著媽，又是掐仁中，又是掐合谷，總算讓母親緩過氣來。

我要送母親去醫院，母親坐了起來，說沒事的，這不就好了？我打電話給妻，要她請她單位校醫來看看。校醫拿了拿脈，翻了翻眼皮，看了看舌胎，開了藥，說不要緊的，妻才又上班去了。

我的寫作職業化，不坐班而坐家，是瞎子說過的，作家就是坐家。他的話與我們當代作家自嘲的話無異，想必也是收音機裡說的。那天我一直陪母親說話。母親說瞎子大清早又鬧了三女的。我說怎麼鬧？母親說不是大鬧，是輕言細語的說話，一聽就曉得是跟三女說話，說三女說的話。

這也是沒法的事，他生活在自己的生命狀態裡。有回他在衛生間洗澡，門沒上閂，我推門進去拿東西。他一驚，問哪個，我說是我，他說你沒看到嗎？我說看到什麼？他說沒什麼，便將光身子的背對著我。其實我看到了，他在手淫。那時我感覺噁心。現在想來，他能有什麼錯呢？他是人，有生理需要，天經地義。

有時我也說，海生，要不要哥跟你找個老婆睡著熱火些？他一口拒絕，鼻子也不哼一聲，說，我靠你養活著，還能要你養我的老婆？笑話。世外人要說我不懂事，眼睛瞎了心也瞎了？人人為我，我為人人。我還要為拐子著想呢。

他就是這麼個人，好起來牛肉能做齋飯，壞起來氣得人死。

他從小就瞎了眼睛，老娘把他寵上了天。老娘說，想著他要遭受一生的孽，我不寵他哪個寵他呢？妻有時笑說，你媽愛瞎子比愛你還甚呢。我說我有你愛嘛。她說，我早知道有這個瞎子可惡，我不得進你趙家門，還談愛！

也是怪，我每天的寫作是雷打不動的，那天偏偏不想寫作，只想坐在母親身邊，跟母親說說話。瞎子在樓上拉他的胡琴，聽著像殺雞的，樂此不疲。

我讓母親抽根煙。母親說你不怕煙了？我說我怕老娘不抽煙不快樂。母親要出門去抽，我說就在屋裡抽吧。母親說只抽半根，還沒抽到半根，就聽到瞎子咚咚咚敲門，母親趕快把煙滅了。

只有他的敲門聲嚇人，像打炸雷的。他進門哼哼著鼻子說，煙，屋裡有煙味。是老娘在屋裡抽啵？母親說，你個瞎骷髏的鼻子怎麼不瞎！瞎子悄悄話似的說，你不怕他說？他不在屋裡是不是？沒待母親回答，又說，我抽幾口好不好？母親說抽你個頭！你一根接一根的沒抽死？

瞎子又開始哼哼著鼻子，說，我總失悔不該遷到這裡來的。這裡不是人過的日子，整天窩在樓上，又不能出去玩，抽煙喝酒還受限制，在黃陂要幾好有幾好。我有那些錢，我坐著吃，睡著吃，也吃不完的！

母親氣得要打他，我攔住說，只當沒眼睛看他的。瞎子馬上和軟起來，輕聲說，你在屋裡呀？你在屋裡我就不抽。

我說，大清早的，三女怎麼就來了呢？你是不是想去陰間跟她結婚？他說你也瞎說，三女聽得到的。他說這話的聲音更輕。對於他的真誠，我只能是為他一歎。我無可奈何，無能為力，老天把他推到我面前，我也為自己一歎。

還沒到天黑，母親沒吃晚飯就上樓睡了。我上樓去看她，她說，禾，你叫羅老師弄碗豬肝湯我喝好不好？我突然想那個味。她說她母親臨死之前也是要豬肝湯喝，喝了就睡過去了的，是不是我媽要接我去？

我說老娘瞎說。

母親說，羅老師什麼都好，就有一點不好。我一驚。母親沒說過妻一點不好的。她喊妻也是一口一個羅老師，很有意思的。我問哪點不好。母親說，她沒有喊過我一聲媽。又說，這也沒得麼事，我們灣裡的兒媳婦們，喊婆婆喊媽喊得豎起來了，對婆婆照樣沒有孝心。羅老師沒喊過媽，是真心把我當媽待承的。

海生靠在床頭，一隻腿弓著，另一隻腿擱在弓腿上閃著，悠哉悠哉用耳機聽他的收音機，鼻子也沒哼哼。

妻弄豬肝湯的時候，我隨意傳達了母親的那個意思。妻笑說，是真的嗎？我還沒想我喊沒喊過媽呢。我說，莫說是你喊媽，就是我，你喊過我什麼？你總是哎哎哎的，我哪聽你喊過金禾或趙金禾或老公什麼的？她笑說，你還計較這個，跟你媽一樣。

本來是我送豬肝湯上樓的，妻說她送，我跟她上樓。母親還睡在床上。妻端著湯走近前說，媽，起來趁熱喝。母親爬了起來，扶也不要我扶，含淚說，麻煩你了伢。我的眼眶也熱了。

妻那一聲媽，我斷定母親一生一世忘不了。只是母親再沒有一生一世了。喝完豬肝湯，母親帶著滿足睡了，再也沒有醒來。瞎子幾天沒吃沒喝，總是哭著說我的老娘啊，你就那樣走了啊，像被老鷹叼走了一樣啊。我的老娘總是偷著給我酒喝啊，以後再也不能夠啊。

真不知道他是想念老娘還是想念酒。

瞎子因老娘去世，兩天沒吃沒喝，到第三天，曉得餓了，要吃。小聲跟我說，給我一點酒好啵？他是怕嫂子聽見，其實嫂子在他身邊。嫂子好氣又好笑，走開了。他望天說，她在旁邊是吧？我沒有證實。他又說，給我一點酒好啵？

我說老娘才走幾天你就要酒喝，你是高興還是不高興呢？他說是不高興才要喝酒的。我說不管你是高興不高興，今天我不會給你酒喝。你兩天沒吃東西，空著肚子喝酒不好。

他吼起來，哼哼著鼻子說，不把酒我喝去雞巴球！我就曉得有這一天的！曉得老娘一死，你們就要扼苦我的！不喝酒我就不吃飯，餓死算了！毛主席也死了呢，我還死不著？我的好老娘也死了呢，我還死不著？

說著乾嚎起來，是哭不是哭，是喊不是喊，之後又求我說，你只把我送回黃陂好啵？我在這裡過怨了，我要回黃陂。你不把我送回黃陂，我就自己走，我摸著石頭過河！我歎息他，就說你吃了再走好不呢？

妻本來不想理睬他，來氣了，說你走你走，你現在就走！瞎子哼哼著鼻子說，莫以為我不想走，在這裡吃肉巴巴我也不熱乎的！

這個瞎骷髏，一點也不想想他的話傷人。

我說趙海生，你現在就上樓去清理你的東西，我送你出門。我本來是軟語侃他，他仍是發毛，說我就這樣走？要給我錢。我搭車麼樣辦？在路上要吃麼樣辦？還要給我解手紙，給我一瓶礦泉水。還要給我什麼呀？嗯，我想起來了再說。我說好，你要什麼我給什麼，只要你帶得走。

他摸上樓了。

妻說，莫把人氣死了。我說你跟他這種人氣什麼呀？妻說我又不是瞎子，我又不是死人，我能不氣？招呼他吃，招呼他喝，莫說是有個人情，跟餵條狗都不如。是不是我前生沒做著好事，找著你也找著他！

越說下去，妻越會把她的火潑在我身上，我的明智是不做聲。

瞎子一會子摸下樓來。他背著個大皮包，手裡還提個布包。收音機大約是放在包裡了，豎在包裡的胡琴，露出調弦的把手和緊靠把手的弓子。一隻手拄著根比他長的竹篙子，經過家門口又往下走了。走到了三樓，他感覺不對頭，就鼻子哼哼的，罵著狗日的我怎麼糊塗了？他又往上摸。摸到了家門口，我和妻都故意不作聲，他自己問自己，是對的吧？

妻忍不住說，什麼對的錯的，你根本就不該進來，這裡沒有肉巴巴你吃！

他不接話，只說，哦，對了。其實妻是間接告訴了他。他進門把手一伸，望天說，錢，拿錢來呀？我問他要多少。他說你把多少是多少。我說你先想好走不走。我是在給他台階。

他說，我這回是一定要走的，毛主席說了，下定決心不怕犧牲爭取勝利。那個年代的那些話，他在收音機裡聽熟了，一直沿用，對了錯了，無須糾正。

我給了他一張票子，只當是那個意思。他問是多少，我說十塊。他說太少了，要一百塊。我哪敢給他一百塊？又加了十塊。他說這不夠的，再加十塊吧。我手上只有個五十的票子，想著他也不會去瞎買東西，給了他。我說是五十，莫當了十塊的。

他覺得有點多，竟然說了聲謝謝。

我說要你講臭禮。

他說，怎麼是臭禮？五講四美你沒學？

我說，把錢放好，莫掉了。

他說，我掉了呢，我睡著了都比你明白，你當個作家什麼都不懂，還總問老娘這的那的。

我說，你還囉嗦個麼事，想不想走的？

他突然記起把樓上房裡的鑰匙給我，說再也不用它了。他轉身出門，嚎了一聲「我的娘啊」，便哼哼著鼻子說，我的娘走了，我哭也沒有用，我不哭。他不聲不氣摸下樓，出了宿舍大院。我悄悄跟在他身後。見他摸索在大街上，一直沿街走，竹篙子橫掃著點地。我一陣心酸，想把他牽回來。

我還是橫下心回到家裡。妻說，你不跟著他，撞上車怎麼辦？我說別人都不是瞎子。讓他去瞎撞一氣，有個教訓也好。

我斷言不一會他就會回來的。妻說，他能回得來？我說馬上就有人把他送回來的，他只要他對人說我是趙金禾的弟弟。

妻說是啊，你有名了，就有這個好處。

我苦笑。

我們吃中午飯，妻說，不曉得他是怎麼樣呢。我說吃了飯我出去。放下碗筷，我正要出門看看，有人敲門。我的朋友申俊。他說他在汽車站那裡送客，見趙海生坐在那裡一個勁的罵人，原是他提的包被人拎走了。問他怎麼到這裡來了，他說是要回黃陂，我就把他帶回來了。我說他人呢？他說瞎子走累了，要坐在樓梯口休息一下。

安陸組建文聯的時候，申俊還只是一個單位的辦事員，業餘作者，我點著要他做我的搭檔。組織部長說你物色別人吧，我們對他另有安排。不出一月，他調市委辦公室當了副科長，後是科技局局長。我在文聯常務副主席的位置上，他是我的得力支持者。

我讓申俊坐，要給他泡茶，他說不，還有事。申俊說瞎子在車站那裡做了個事，說給我聽，是個素材。他說瞎子七摸八摸，不知怎麼摸到代寫書信的攤子，花了十塊錢，讓人家在一張白紙上字寫了幾個字：我是作家趙金禾的弟弟，老娘死了，他虐待我，我要討公道！申俊一把搶過來撕了。申俊來家裡，要是見到瞎子，總要遞給瞎子一根煙，還跟瞎子說幾句笑話，瞎子總說他是好人，他撕了瞎子的紙不見怪。

他對瞎子說，你哥是怎麼對待你心裡不明白？你不是不聰明，怎麼做這個糊塗事，賣你哥的拐？他說我不糊塗，我沒有喝酒的自由，沒有吃煙的自由，我還是不是個人？

申俊知道他的性子，不接他的話，只說，我給你抽支煙，跟我回去，以後不許這樣瞎搞。他聽了申俊的。妻連連說，你看是不是個東西。我只有搖頭笑。他要回黃陂，是一種經常性的核訛詐。這回真讓他走，是他沒想到的，哪裡就服了這口氣。要不是碰到申俊，不知道他要搞出什麼名堂。

申俊坐也沒坐，走了。瞎子上樓了，爬到三樓半，知道是申俊下樓，說，勞為你啦，不吃了飯再走呀？他的禮性大呢。申俊說你莫再若你哥嫂生氣就是你的禮性。好，再給你一根煙。

他接了煙說，你是好人。申俊說我把煙你吃就是好人，你哥把飯你吃就不是好人。他笑說，你這個人哪，莫撿人的過呀。

摸到家門口來了。大門是開的，他還是往樓上摸。摸到五樓半，折了回來，哼哼著鼻子罵自己，狗日的又忘記了。又說，我沒有鑰匙怎麼進門呢？到了四樓，站在門口喊，開門嘍。

他的喊聲不大，顯然是有些理虧的意味。妻示意我不理他，看他怎麼樣。他又喊了兩聲「開門嘍」，也沒生煩。他側著耳朵，沒有聽到開門的動靜，朝前挪了兩步，抬手準備敲門，沒有摸到門，觸到了門框，自言自語說，門沒關呢。他摸到客廳裡站定，扭動著腦袋，探測動靜，耳朵是他的探測器。我忍著不笑。妻怕自己笑出聲，到臥室去了。

他說，狗日的一些人真壞，眨個眼睛就把我的包偷走了！我的包裡還放著一雙皮鞋的，一直捨不得穿的。狗日的們真壞，偷我造孽人的東西，下得了手！

我不能不說話。我說，你怎麼又回來了呢？

他說，你說些鬼話，我不回來到哪裡去呢？

我說，你是老娘說你的，人叫不動，鬼叫飛跑。你還逞能呢！你嫂子給我買了那雙皮鞋，你硬是跟老娘吵著也要，我給了你，我還只穿了一回的，你說可不可惜。

他哼哼著鼻子說，怪我？要怪偷我的狗日的。接著說，我把錢還你。他摸索著身上的口袋，摸遍了也沒有摸到，又罵開了：個狗日的，我把錢統在哪裡了？我是放在包裡了？不是，我是統在身上的，麼樣不見了？完了，又是狗日的們偷了！

他呆在客廳中央不動。手裡的竹篙子由胸前靠在左肩上，像一株枯樹。我奪過竹篙子說，我恨不得狠狠揍你！人家說瞎子害火眼又狠又厲害，真是沒得錯的！

瞎子說，是我又狠又厲害？叫我走我就走，叫我留我就留，看是哪個又狠又厲害！

妻終是從臥室裡出來說，不理你這種人真是過得幾百年！茅廁裡的馬卵骨，又硬又臭！

他回嘴說，人人都有錯誤呢，連毛主席都有錯誤呢。回嘴的聲音輕多了。妻叫他這話堵得大聲叫了起來，說你還真會說呢，我們都不知道人人都有錯誤呢，我們都不如你呢！什麼都依你就好，說你兩句還不受，是不是個東西！他也大聲吼了起來，說人是彎的，理是直的，我說要喝酒依了我嗎？

妻從我手裡奪過竹篙子，要揍他。我示意不能跟他一般見識。妻衝著我說，我沒有你的修養！這樣下去，他活得仙健，我死得快！妻一氣之下出了門。我也不知道她要到哪裡去，跟著出門望著她下樓。一樓有個麻將室，原是有人邀她打麻將。接著我聽她在樓底下朝我哎哎喊著說，把我泡的那杯茶送下來。送了茶上來，我對瞎子說，生苕甜熟苕粉，我把你個夾生苕沒得整，有你這嫂子是你的福氣，麼樣是她說一句你就頂一句呢？他哼哼著鼻子說，她又不是毛主席，一句頂一萬句。實踐是檢驗真理的標準。

這個不通情理的東西，是母親罵他的，殺無肉剮無皮，只有兩個埋人壋。母親罵他的口才真不錯。他轉而小聲跟我說，炒油鹽飯我吃好不好？我餓了。

我說你曉得要吃呀？

我還是給他炒了一大碗雞蛋油鹽飯。他一直認為雞蛋油鹽飯是世上最好吃的東西。他曾問我，毛主席鄧小平江澤民是天天吃雞蛋油鹽飯吧？他這會子大口大口扒著雞蛋油鹽飯，閉口沒提喝酒的話，還連連說，還是拐子好，還是拐子好。我說你嫂子就不好？他說嫂子比你還好。我說，你幹嗎要讓你嫂子生氣呢？他說，十個指頭有長短，山中樹林有高低，收音機裡說了的。

一副溫順相。他好起來也是叫人念記的。在黃陂老家，替人家做農活不說，在我這裡天天掃樓梯，從他住的樓頂掃到一樓底，渾身是汗，渾身是灰。一天不掃，樓道髒死個人。一些人見有瞎子掃，更是亂丟東西，亂吐痰，沒人說過愛惜他的話。妻替他氣不過，說他：你再這樣灰撲撲的莫想進門！他說，你說些鬼話，學雷鋒做好事不都是這樣子的？我讓他今後學雷鋒先套件外衣，學完雷鋒就把外衣脫下來。他連說是的是的。妻說，你莫在我跟前「是的是的」，你走遠說去！他哼哼著鼻子說，莫以為我是個苕，我不曉得哪是的哪不是的。

一大碗油鹽飯他輕易幹掉了，還嫌不夠。我又給他下了一碗麵，也吃了，再加兩塊蛋糕。幾天不吃，一餐吃了幾天的。他沒有幾顆牙，送進去的東西，只是在嘴裡打個滾，吞了。他的牙齒起初只是鬆動了幾顆，大約是吃東西有些礙事，他拿著老虎鉗子一顆顆拔了。

看著他的吃相，我心裡有說不出的滋味。

他是上天悲情的一個隱喻嗎？

今後的日子，我跟瞎子弟弟約法三章。我說，我把話說在前頭，酒還是把你喝，煙也還是把你抽，只是要有限制：煙三天抽一盒，不能像以前一天一兩盒，好在你不講好煙孬煙。他說，兩天抽一盒好不呢？我說不行，我說了算。煙抽多了對你身體不好。他說也是的，收音機裡說了的。

我接著說，喝點酒對人身體有好。他又說也是的，收音機裡說了的。我說我不管你收音機裡說沒說，你要按我說的來，聽我的，長兄長嫂是爺娘。

我是想營造談話氣氛，不絆動他的犟筋。他馬上反駁說，你不對，你說得不對。你怎麼能是爺娘？你充起我的爺娘來了，你還是作家，連什麼叫爺娘都不曉得。我連連說好好好，不談這個，還是談你的酒。說到酒他自然來神。他說，聽拐子的。我說我給你用大塑料壺買一壺放在屋裡，一個星期喝一次，也就是星期天喝一次。節日也給你喝。你表現好，不扯皮拉筋，獎勵你，也給你喝。每次也只能喝那個塑料茶杯一杯，絕不能喝多。你說怎麼樣呢？他連說可得可得這可得。

想不到第二天他就要酒喝。

我說，你怎麼不按我們說好的辦？今天不是年不是節，也不是星期天，麼樣就要喝呢？

他說，今天是節。

我說，什麼節？

他說，情人節。

我幾乎笑岔了氣。我說，你還曉得今天是情人節！他說收音機裡說了的還有錯？我說那是外國人的節日，不算。他說你先沒說不算。

我見妻弄了兩個葷菜，還有肥肉，是對付他的。他吃肥肉能當飯。妻也覺得他有好些天沒沾酒，就說，給他喝點吧。我給他倒了一塑料杯，喝得像紅臉關公了，還要喝。鼻子不斷哼哼，亂七八糟的話也多了。

他沒有吃飯。他喝了酒是不吃飯的。我怕他生事，說你上樓去休息，過你的情人節去吧。

他坐著不動，鼻子哼哼得厲害，說，我沒有情人，三女是情人三女又死了。他又小聲對我說，三女昨晚上又來了的，給我送煙來了，她說放在我的床頭的。我早上起來在床頭到處找，狗日的我糊塗了，是做夢。人死了哪裡真的給我送煙呢。

我說，你上樓吧，說不定三女給你送了酒的。牽他出門，他也隨我走，一直哼哼著鼻子說著三女什麼的。我說你已經喝糊塗了。他哼哼著鼻子說，笑話，再喝個十杯八杯我都不糊塗。這點酒算什麼，塞牙齒空！我在黃陂的時候……

讓他去說他的黃陂。我跟在他的身後，怕他到了樓頂又坐在水泥欄杆上。他真的摸到欄杆旁邊了，沒跨上去，只是靠欄杆一歪，坐在水泥地上，說起了三女，輕言細語的，舌頭有些打哆嗦。

他說，三女，你不喜歡我抽煙的是嗎？你不要我抽煙，我曉得的。抽煙是燒錢，沒有好處，收音機裡說了的，有害健康，我也曉得的。曉得也還是要抽，習慣壞了，我一個瞎子，命不好，還談健康，笑話。

他的手伸到了口袋裡，拿出了揉皺了的彩色煙盒，掏出一支，又摸出了火柴盒。劃火柴的動作熟練，點煙遇到挫折，連擦了幾根，都沒能準確點著。他罵著自己狗日的，說，三女，替我點著好不好？

我想去幫他，又怕打攪他的自由自在。他最終還是把煙點著了，不是點著煙頭，是點在煙中間了，把一根煙燒成了兩半。他猛吸了一口煙說，是三女替我點著的啵？我的好三女。

我不忍再看下去。

妻是在母親去世三年之後去世的，像母親一樣，睡過去了，沒有再醒來。有人說這樣的人是福人。還是我開頭說的話：妻遠行了，我才覺得要把瞎子弟弟送福利院。妻遠行「五七」之後，我要去美國小女兒莎莎那裡。瞎子不可能跟著我去美國，也不可能去漢口的大女兒虹虹那裡。黃陂老家也沒有近親能照顧他。堂兄嫂雖是沒有出五福的自己人，也七老八十了，不可能往他們跟前送，更不用說堂嬸了。

說到福利院，瞎子的不通情理又出來了，他哼哼著鼻子說，輝旗軍旗燕子他們都是說了的，可以照顧我。他還一直記著這個話。不去福利院，一口咬定回黃陂。我一連幾天做他的工作，甚至上樓跟他一起睡。順著毛摸，跟他大談三女，用煙酒賄賂他，總算見成效。

城關福利院一個月得五六百，還不包括他的牙膏牙刷肥皂洗衣粉剃頭吃煙喝酒的用動，我的工資總共也不到兩千塊，不行。中俊給我出主意，說把他送到鄉鎮福利院最好，便宜不說，也清淨，只要他吃飽喝足，就不會鬧事。

妻的親侄兒三平在伏水鎮當過鎮長，我請三平出面，他一口應承，第二天就把伏水福利院的院長和副院長請到家裡來了。他們聽說是個瞎子，起先還有點猶豫，看在三平的份上，也沒多說什麼。談好了一百五十塊錢一個月，一年一千八，優惠得不能再優惠。當即擬定合同，簽字。我要請他們吃飯，侄兒說，不用叔叔費心，已經在賓館訂好了，也請叔叔一起去。我說我就不去了。我把兩個院長送下樓，很感激他們。他們說你是名人，能為你做點事是榮幸。

我上樓，瞎子已經站在門口。他跟進屋說，談好了？我說談好了。他說他一直在門口貼著耳朵聽。他哼著鼻子說，還嫌我是瞎子，我還不想去呢。我在黃陂百麼事都能做，打蔓子，搓繩子，車水，我不是吃閒飯的人。我打斷他的話說，那裡沒有蔓子可打，沒有繩子可搓，送你去吃閒飯還不好？他說我們也有兩隻手，不在城裡吃閒飯。

哪百年的話也用上了。我說，莫扯遠了，你今天清理東西，明天就要送你走。他說，明天就走？我說是的，我也要去美國了，把你一個人丟在家，誰把你吃把你喝？他連連點頭，說是的是的，又是一副溫順相。看著他的溫順，我反而難過。沒有了妻，也就沒有了這個家。家與室連在一起，妻是室，室沒有了，家的意義也沒有了。

去福利院那天，瞎子也嚎了幾聲「我的苦命的嫂子啊你走了拆了我們啊」，我的眼淚直湧。我硬著心說，你到福利院去了，莫生事，莫給我添麻煩，就是你對得起你嫂子。

朋友開來一輛小貨車送我們。瞎子要用的東西裝上車，包括他從黃陂搬來的櫃子，箱子。我先前教過書的學生髮旺華芳夫妻倆也來了，隨我去伏水。幾十年他們都不忘記老師，有個什麼事他們都是要來幫襯的。伏水是安陸城的衛星鎮，二十幾分鐘到了。進了一條寬大的新街，再沿伏水鎮小學朝北拐，拐進一條林蔭小道就是福利院。車子停在綠樹掩蔽的池塘旁邊。兩層樓的房子，像一節節等待車頭的車廂，在樹蔭裡待發。

一樓的長廊裡，坐著說閒話的老人們，見有車子進來，都站了起來。我還沒來得及跟他們打招呼，他們都說，哦來客了。都是些鄉村孤寡老人。男的女的，躬腰駝背的，跛腳敗手的，還有只能打手勢不能說話的啞巴。他們有過青春。他們走過人生的坎坷。他們的有幸與不幸都註定了命運的無奈。我的兄弟要與他們為伍。

安頓好趙海生。我想請福利院的領導吃餐飯。他們都說不必。我說那就下次再說吧，算我欠你們一餐吧。我跟瞎子交待了些話，每月給他二十塊錢的零用，他連說不夠不夠。院長插話說，這裡每人每月只十塊錢零用，你翻了一倍還嫌不夠？

他哼哼著鼻子說，你不知道，不要你插嘴。

華芳說，他是院長，是領導，你正歸他管。

他望天說，我見過的領導多得很。

我說，你是在收音機裡見到的吧？

他說，笑話。我在黃陂的時候，縣裡的大幹部到我們灣裡住隊，還跟我握手呢。

院長笑呵呵地說，來來來，我跟你握個手。他拉著瞎子的手，握了握，瞎子無話可說。

幸虧我跟院長事先有交待。我說對不起，他就是這個臭嘴巴。院長說沒事沒事。瞎子回我一句：我臭嘴巴呢。你一天到晚只曉得寫，還曉得麼事？

我不理他。我放了幾百塊錢在劉會計手裡，請她按月給他二十就是。劉會計知道我喪妻的底細，說你也要自己保重。說得我心裡一熱。臨走我跟院長說，這是我的學生發旺和華芳，他們夫妻是我的全權代表。有什麼事跟他們打電話，因為我馬上要去美國。

院長說，你弟弟交給我們了，放心吧。我要上車的時候，那些孤寡老人們又一次站了起來，說「慢些走」。

瞎子弟弟待在一處，像是望我，像是望天。他在想什麼呢？五十多點歲，頭髮全白了，我才發現似的。

我不能說他智殘，他造就了他的生存方式。他不屬於我的世界，又不能排除在我的世界之外。這是一個悖論。

在美國我給華芳打過幾次電話，她總是叫我放心。每個月她都去看瞎子，還給他帶煙帶酒。我說煙酒對他是禍害，別再帶了。華芳總是嗯嗯嗯的，下回也還是帶。她也是歎息瞎子。

我住了半年回國，華芳才說煙酒對他確實是禍害，喝了酒通娘罵老子，完全不服管。一個月二十塊錢不夠他開銷，不斷找人借錢。放在劉會計那裡的幾百塊錢，硬逼著劉會計給他，說那是他的錢，憑麼事放在你手裡？我還是不是個人？

劉會計氣得都給了他。劉會計心好，有時在外面應酬，人家給了她煙，她帶回來塞給他。加餐的時候，劉會計見他喜歡吃肥肉，叫廚房裡多給點。別個跟他吵鬧，劉會計總是壓別個。他手裡有了煙，高興了，見人（應當說是聽人）就發，一盒煙一下子發得精光。劉會計說他：你留著自己慢慢抽不行嗎？你發得別個，別個不發得你，何苦來？

他頂劉會計說，我的煙要你管？我的選擇，我喜歡。

他還盡是些新思想呢。

有些人巴不得看死人翻船，聳著他出面鬧事。他傷了院領導不說，院民們也起哄嫌他，要他「夾雞巴滾蛋」。半年不到院裡就不要他，是華芳跟院長好說歹說，說得眼淚流，才留了他的。

華芳說起來也流眼淚。發旺接話說，人家覺得華芳作為一個學生都這樣體諒趙老師，把人家感動了，人家才答應不趕他。

華芳揩了眼淚說，是的，人家還是要他，不過一定要他改，不改以後堅決不要。趙老師這回去伏水，一定要對他拿出些狠氣來。不改那個性子，也難怪人家不要。我每回去伏水，跟他說話我頭都是大的。我說叔叔，吃了喝了就去玩你的，聽你的收音機，拉你的胡琴，你去煩別人做麼事呢？他說人家煩我呢。一句話把我頂得一翻。還口口聲聲要回黃陂，好像黃陂有他的親娘熱老子。怎麼說他也聽不進，氣死個人！

趙海生要是在跟前，我非把他揍散架不可。

華芳陪我去了伏水，見了院長和劉會計，我只有連說對不起，我的瞎子弟弟讓你們受累了。他們搖頭笑，是默認，也是無可奈何。坐下喝茶之際院長說，我們要說的話都跟你學生說了，你也曉得了。你來了好，你說說他比我們說有效。

我老遠聽到瞎子哼哼著鼻子的聲音。他在問人：我拐子來了是啵？劉會計馬上出屋，對人示意，不要說他哥來了，免得他打岔我們說話。過後我跟華芳去了他房裡。房門是敞開的。我悄悄進門。他坐在床沿上，送到嘴邊的煙停住了，說，是哪個？

我在他對面凳子上坐下，華芳也坐在床沿的另一頭。我們都沒做聲。一大間屋子住著他一個人。地上乾乾淨淨。東西都放得順順當當。床鋪也收拾得清清爽爽。他是愛清潔的人。有回我坐了他的床鋪，他也要說「你身上乾不乾淨喲」。

他說，是拐子啵？我知道你來了。

我仍是不說話，盯著他看。人瘦了許多。兩個眼窩更深了。他那應當撕爛的好看厚厚嘴唇，跟那雙瞎眼生在同一張臉上實在是不配套。跟我一樣挺拔的鷹鉤鼻子，勾畫出他那臉龐的漂亮。母親曾說他的長相比我還生得好。黃陂老家附近有好幾個瞎子，有的能穿針引線，有的能栽秧割麥，有的還能摸著販雞蛋到漢口去賣。老天對我的瞎子弟弟怎麼會是這樣呢？

他哼哼著鼻子說，拐子怎麼不做聲？聲音輕柔。

我還是盯著他。這就是跟我一樣從一個娘胎裡爬出來的親弟弟嗎？

我終是接他的話說，我還能說什麼呢？送你來的時候，你哥該說的都說了，你一點也沒聽進。

他哼哼著鼻子說，你麼樣不說他們？麼樣老說我？看我是個瞎子是不是？要我夾雞巴滾蛋？

我不能生氣，不能跟他對著幹，還是順毛摸吧。

我說，也許不全是你的錯。這樣吧，過去的話我們都不說，長草短草一把挽倒。我現在只說三點，你聽好了，莫打岔。我說第一，黃陂沒有能夠照看你的人了。他馬上接話說，我要哪個照看我？我自己照看我自己，我比你會弄得吃弄得喝。

我說，叫你莫打岔的，聽你哥說：以後不許說回黃陂的話，你再說要回黃陂，我就會把你往黃陂一丟，不管你，看你望天哭的。這是第一條，你在聽嗎？他點頭。

我說，第二，我要中國美國兩邊住，我不能帶著你，你的侄女也不能帶著你，你曉不曉得？他連說曉得曉得。我說所以你只能待在這福利院。這是第二條你聽清了嗎？他說聽清了。

我說，第三條，守這裡的規矩，服這裡的管教。他說加強紀律性革命無不勝，我比你知道得多。我說你又打岔。你絕對不能再惹事生非。

他說，我才不若事生非呢。你不在這裡住，你不曉得：我給他們領導提意見錯了？我要他們改革錯了？要他們修晴雨路，修盲道，關心民生，錯了？我說反腐倡廉，錯了？

我和藹的聲音一下子提高了八度，想吼他一句扯蛋，沒吼出口。我不能具體糾纏他的話。我忍住性子說，我說了，長草短草一把挽倒，過去的話不提，只說今後！我也不是不叫你說話，只是說話要打心裡過。

他點了點頭之後說，你帶酒來了嗎？

華芳說，你看你！你哥在說這，你在想那！

我要翻血，站起來兇到他跟前。一想我又能怎麼樣呢？我立即警告自己不要煩。還是要跟他好說，把他盤翻了，打掃戰場的還是我。

我說以後一個月二十塊錢就是二十塊錢，多的沒有。他說我借了人家的錢麼樣辦呢？我能不還？人是個臉啵，我不要臉？我說你借了多少？他說加起來六百塊。

把我嚇了一跳。這樣下去，還不把我弄成窮光蛋？我終是止不住吼了起來，說你看你是不是個東西？是不是個東西？我氣得說不出別的話。華芳也氣，說你是瞎買了些什麼東西，借了這多錢，你以為你哥的錢是大水沖來的呀？真不知道甘難苦楚！

他沒回嘴，而是小聲說，我講個事情你們聽好不好？對別人我是不講的。

華芳說，又是什麼好事？

他說，你們要答應不跟別人講。

我說，有屁你就放。

他說跟他同寢室的跛腳老頭對他好，關照他。有天晚上，他睡著了，跛腳老頭躺在床上抽煙，燒著了被子不覺得。火燒大了。他被糊焦味薰醒，大喊起來。跛腳老頭指望靠自己的力量滅火，沒料到越燒越大，他拉著瞎子跑出門外。到底是誰抽煙引起的火災，跛腳老頭沒說是我，瞎子也沒說不是我。等於是兩個人共同顧擔了責任，一人罰了五百。他借錢喝酒抽煙只一百。

他講了這些，還特別表白：我沒有出賣跛腳老頭。我從隔壁的蘇大姐那裡得到證實，錢也都是從蘇大姐那裡借的。我也沒有在蘇大姐那裡出賣趙海生。

趙海生也說蘇大姐好，總是借錢給他，替他上被子，替他買煙買酒，牽他去剃頭。蘇大姐在自己屋裡生得有爐子，自己做了點好吃的，也要送得他嚐嚐的，像三女。

又是三女。念念不忘三女。華芳接他的話說，三女到這裡來找過你沒有？他說來過一回。華芳說，你可以請她常來啊。他說不行，她來了我就要大病一場的。她愛護我呢，不再來呢。

他說三女說得那麼真切，華芳在一邊暗笑。我以前也是覺得好笑，現在不。他跟三女是兩個世界。我跟他也是兩個世界。我卻要借三女跟他和諧。

我說，我不知道三女是贊成你這行為還是不贊成。

他說，會贊成的。我沒有出賣什麼，三女最喜歡的。三女做姑娘的時候遇到過這樣的事。

他那意思應當是說，沒有出賣靈魂。我只是說，我這回替你把錢還了，以後再不能有這樣的事。

對七十歲的蘇大姐，表示了我的感謝。

蘇大姐說，我也不知道勸了他多少回，他那張嘴就是不會轉彎，心倒是蠻好的。

我回到漢口，跟華芳保持聯繫。她總是叫我放心，說「有我呢」，不是萬不得已，她不會找趙老師的。

我總怕安陸來電話，怕聽到瞎子又瞎鬧的事。華芳有時打電話是問候，我也怕是她告急。

瞎子在福利院住滿一年，要預交下一年的費用。福利院說漲價了，漲到每月兩百。我想也是該漲，如今什麼沒漲？我事先將錢放在華芳手裡，替我交。送他去福利院的那個日子是八月十四，妻遠行的那個日子是七月十四，相隔整一個月，我記得清楚的。

該交錢的頭兩天，華芳給打電話，說是送錢去他們決意不收，又叫我心裡一沉。他們說瞎子是外孫掌燈籠，照舊（舅）。好起來好不到幾個時辰，沒有哪一天不惹事生非的。華芳一連幾天往伏水跑，求院長。他們說你的心情我們理解，也感動，不然上回就不要他了。他們已經跟鎮裡領導說了，覺得不能再要這個人，一粒老鼠屎搞壞一鍋粥。瞎子不是屬於他們的轄區，管不了。他們也買了原先羅鎮長的面子，仁至義盡。他們要我去把瞎子接走。

我不知如何是好。瞎子讓我回到原始的短視裡，回到世俗的現實裡，回到劫數難逃的紅塵裡。這傢伙不堪一擊，又強大無比。這傢伙是個悲劇角色，又不知悲從何來。不知生死的傢伙。他不知道他對我的破壞性。他是自己的牢籠，也是我的牢籠。

我對華芳說，把你受苦了。你也別急，我回來一趟就是。

我說得輕鬆，她在電話那頭哭了起來，說，趙老師，你也別急，回來再說，總會有辦法的。

從武漢到安陸，也只兩個小時的車程。一下車，就碰到申俊。

他見了我一驚，說你回來了？好久沒見怪想你的。我們擁抱起來。他問我的生活情況，說到瞎子兄弟的事，他說別急別急，我來幫你搞定。我說怎麼搞定？他說叫你別急你就別急，聽我的安排。今天正好是週六，我陪你開開心。我說瞎子的事哪能叫人開心。他說你看你，該是何等灑脫的人，怎麼就放不下一件事呢？

聽從安排。他拿起手機打了一個電話，說他這裡有一位他最敬佩的客人，請你到我家裡來吃午飯，你從部隊回地方的時間不長，也許不認識，我隆重把他推薦給你。好，一定來，見面再說。

他收了線跟我說，我找的這個人，是民政局的局長，也姓周，我的家門。他有個應酬，不能來吃飯，飯後一定來。請他做伏水有關方面的工作，正是一把鑰匙開一把鎖呢。

我放心了。去中俊家，他老婆被人請去打麻將了，沒人做飯。他打電話叫餐館送來幾個我喜歡吃的菜。我們邊吃邊說話。剛吃完，周局長來了。他說他吃到中途退了席，就趕來了。見了我，確實不認識。經中俊介紹，他連說名人名人，轉業一回安陸就聽說了的。

中俊把瞎子的事情跟他說了，然後說，多的話不說，目的只一個：請伏水福利院還是接收這個人。周局長向我伸出手說，能認識你我很高興。你老弟的事，容我一兩天時間，我先跟伏水方面聯繫，聽聽他們的想法，也是對他們的尊重。

我們聊了一個下午，聊到天昏地暗才吃晚飯，落後才去華芳那裡報告了喜訊。華芳大大鬆了口氣，也說到瞎子確實討嫌的一些細節。

她說他瞎著個眼睛，還事事要充能，不充能就不舒服似的。人家打好飯菜，遞在他手裡，他偏要自己摸著去盛，攔都攔不住。不乾不淨的手拄在飯鍋裡，拄在菜盆裡，飯菜潑灑在鍋臺上，看相不得。人家替他灌好了開水，他不領情，要自己來，開水流了一地。幾次燙著了，還硬撐著說「不痛一點也不痛」，過後是蘇大姐替他擦藥。

他替人家洗衣服，洗床帳被單，人家轉身不領他的情，他也還是那樣。他喜歡做事，走到哪裡都喜歡做事。用得上一個詞：勤勞。連我和妻的衣服都要搶著洗的，有顏色沒顏色的混在一起，越洗越糟糕。妻把換下的衣服藏起來，他望著天說，真的不要我洗了，怕我洗不淨。接著又是哼哼著鼻子說，笑話，我哪裡會洗不乾淨！在黃陂，老頭老娘的衣服都是我洗的，他們沒說過我洗不乾淨的。他有那麼些失望情緒，好像是奪走了他的快樂。

他快活起來也像瘋子，抱著人家摔跤，把人家的腰摔傷了。半夜爬起來「殺雞」，吵得人家不能睡。白天「殺雞」還好點，不怎麼鬧人，只是別人不聽他要別人聽，聽的人他發煙。有人說情願坐三年牢也不聽他「殺雞」。上級領導來福利院檢查工作，他的鼻子耳朵都靈了，摸到人家領導跟前，瞎插話，收音機裡聽來的，一套套，攔也攔不住。

院長說他是豆腐掉在灰壇裡，吹也吹不得，打也打不得的。

我無法洞穿瞎子兄弟給我帶來的寓意。我也站在瞎子兄弟方面想，他是個瞎子，胡說八道，惹事生非，別人躲不開他嗎？別人幹嗎要跟他計較呢？自然，我不能要求人家要達到某種境界，我不能抹殺人性的差異，就像我不能改變地球的軌跡。

過了兩天，也還不到兩天，民政局周局長打電話給我，說已經聯繫上了，人家說到你老弟的情況，也真是叫人哭笑不得。我對他們說，只當是關照一下我們的名人吧，你們多耐點煩吧，我也代表趙金禾老兄感謝你們。周局長還特別強調，不是我拿民政局長強迫你們哦，最後還是由你們拍板定奪哦。

伏水方面要我去一趟，有些話要當面跟我說。

周局長把車開到我家門口，說他也要到伏水去辦事，跟我一起去。他在車上交待，福利院領導及鎮裡有關幹部在等我們，你的主題詞只是對不起對不起就是了。哈哈，你是作家，你知道該怎麼說。

到了鎮裡，車在一個大門口停下。門口的牌子是伏水鎮民政辦公室。有幾個人站在門口，其中就有院長和劉會計。他們把我和周局長迎進辦公室坐下，有人泡了茶端過來。周局長和他們說了幾句閒話，就說，你們談吧，我有急事要去辦，不奉陪了。一位副鎮長跟他一起上車走了。不知是不是真的有急事要去辦，周局長離開是明智的，他抵在這裡，人家也不好說話。

鎮裡主管福利院的領導說話了。算是開場白。他說得簡單，也說得嚴重。中心意思就是趙海生不服管教，破壞規矩，破壞和諧，制度對他沒用，這樣下去叫我們院裡領導怎麼工作？說完也有事走了，留下院裡領導。院長也接著說了幾句諸如此類的話，苦笑著得出結論：趙海生是個狠人，真是個狠人，我們還沒遇到過這樣的狠人。

四十來歲的劉會計直率地說，你可能只是搞你的寫作去了，先前照顧他的是他嫂子，你沒直接吃他的苦頭！我跟你學生說過，叫你趙老師來，我吃他弟弟的苦頭我要倒給他聽聽，一定要把你趙老師的高血壓搞發它。我笑起來，她也笑起來。

她說到趙海生的萬惡，給我的感覺，是不會買周局長的賬。不料她話題一轉，說你去見他一面，真正給點顏色。說個不該說的話，三句好話抵不上一嘴巴，恐嚇他一下，抵得上我們的好話說一籮筐！

我憋了一肚子火氣見趙海生。進了福利院的大院子，聽到樹上的鳥鵲叫，有空谷足音之感。不見一個老人，他們在午休吧。獨見瞎子戴著發了黑的舊草帽，在太陽底下割菜地埂子上的茅草。長長埂子上的茅草有一半割得光光的。割下的茅草曬在埂子上，發出草腥氣。

我已是淚眼看著我的瞎子兄弟。我叫了一聲「海生」，他說拐子來了？聲音柔和，鼻子也沒哼哼。他放下鐮刀，將鐮刀擱在埂子上，直起腰，探著步，一步步探到空曠場子的樹蔭底下來。他小聲說，手割破了，在流血嗎？

他伸出那隻手讓我看。其實我離他很遠。我朝他跑了幾步，才到他跟前，牽起他的手。食指有傷口。我說還好，血止住了。他說流血也沒得麼事的。我說要不要找蘇大姐要點藥？他說不要，說在黃陂做事的時候曉得流過幾多血，也沒擦過什麼藥就好了呢。

狗肉。賤肉。我想起老娘說他的話。

我摸了摸他的手掌，那粗糙的硬繭，像父親一生種稻的手。我還從來沒仔細看過他這雙手。我二十歲以前也有這樣一雙手，現在退成了白白淨淨。我手上的硬繭底子還在，是農民兒子的印戳。

此時我沒辦法給他顏色。我心軟了。我默默牽著他，走到他的房間，讓他坐下。他感覺我仍是站著，便說，你坐啵，站客難留的。

我坐了，說起正題。我說趙海生，人家又不要你了曉不曉得？他說麼樣不曉得呢。我說你打算怎麼辦呢？他說，那還不好辦？回黃陂呢。

死不悔改，又破壞著我的情緒。我忍著。我說趙海生，你不要再提黃陂了，我給你說過多次了，回黃陂是不可能的，你死了這條心！

他還在說他的。他說哪個人沒有家鄉觀點呢？沒有家鄉觀點是個什麼人呢？我大聲說，你還跟我談觀點！你還聽不聽我說？他說，我說了不聽的？

百說百對。越說他的話越長。我趕近抄直說，我還是請求院裡領導收留你，他們也還是同情你，也同情你哥。這是他們第二次不要你，已經是一而再，要是再而三，我就不會再管你了。聽清楚了嗎？

他說我又不是聾子。我重申了上回說過的幾點，然後和軟地說，不說是要你為你哥著想，你也要為你自己著想，你說是不是的呢？

他說我不是苕。我順著他的桿子爬，說你不是苕就好。你總歎息你嫂子，你曉得你嫂子是為願你好的，你也不能讓她在地下不安是不是？他連說是的是的。他又加了一句，三女也總是為願我好呢。

他接著說起了三女。我實在不忍心攔他，由他說吧。他說這裡是個生地方，三女來的回數不多。我要是回黃陂去了，她就總是會來的。他說他總是做夢，在夢裡聽到三女的聲音，他想看到三女的長相。三女說海生哥，你摸摸就知道了。三女說你摸摸我的臉，摸摸我的身子，你就曉得我的長相了。

他把我帶到了他的語境。我說，你麼樣不摸摸呢，你不是喜歡手感嗎？

他說，我摸了。

我說，三女的長相麼樣呢？

他說不胖不瘦，不高不矮，鼻子是鼻子，眼睛是眼睛，都生得是地方。他還摸到她的笑，摸到她臉上的酒窩，摸到她身上的肥皂香，還摸到她的……他說到這裡歎了口氣，說我不跟你說了。接著又說，我就是個眼睛沒生好，是老娘說的，要不是個瞎骷髏，也還不是兒女一大群？

瞎子總算說了一句沉重的話。我看到他臉上的沉醉與悲戚。我們老家有瞎子跟瞎子結婚的，生的兒女也漂亮。我的兄弟無緣結婚。

我突然想到武漢隨處有的性商店，說，你要是表現好的話，我可以送你一樣好東西。他問什麼好東西，我說一個你想像中的老婆。他說我瞎說。我就跟他講男人可以用的女性器具。

他明白了，說他曉得。

我說是不是從收音機裡聽說了？

他說當然啦，收音機裡百麼事都有。

我說也有三女？他老實說沒有，沒有三女。

我第二次去美國住了一年。瞎子弟弟自然是我的牽掛。妻在世我能出遠門，她是不能的，有瞎子。我們到朋友家做客，妻先把他吃的喝的安排好。有知道我們家情況的，就讓我們帶些飯菜回來。有些情形不便帶，妻回來給他另做，或是在大街上買。他這不吃那不吃的，比我還挑剔。

福利院是不能由他選擇的，他也這吃得那吃得，惟獨是不吃魚的，聞到魚腥就要吐。妻煎了魚的鍋總要洗了又洗，才能炒別的菜。他的鼻子也出奇的好，有幾回屋裡有死老鼠，他伸手一指，我們朝那個方向找，果然撈到了死老鼠。

三女身上的肥皂香並不是肥皂，三女說她從來沒有用過香肥皂。只要是三女走過來，不說話，他就能斷定是三女。這讓我想起福克納筆下的傻子班基明，能聞到姐姐身上樹的香味。只是我不能斷定我的兄弟到底是傻還是不傻。

我給華芳的越洋電話打得不少。儘管每次要提趙海生，華芳也不多說他，開門曲的話是「趙老師快快樂樂就好」。我一年之後回國，我還記著給趙海生買了那個玩意。想不到也是想得到的是，人家終究是又不要他了。

我跟華芳又往伏水趕。福利院領導外出了。遠遠見海生在水管子旁邊的水池裡洗被單。有不同顏色的三床被單。我只熟悉其中一床蘆席片圖案的，那是黃陂老家的土布做的。其餘兩床又是替別人洗的無疑。我的瞎子啊，你做你的雷鋒我無話可說，只是哪個需要你這雷鋒呢？沒有人會遷就你，我的兄弟。

我示意華芳不要走攏去，也不要驚動其他老人們。其實我多麼想走過去叫一聲「海生」，給他一個望天的驚喜，再幫他擰擰床單，說說話，像上次那樣，哪怕一直跟他談三女。

我對華芳說，走吧，明天再來。

華芳說，不去見見他？

我說，這不是見了？

華芳也是一而再再而三地被他傷了，說也好。我心裡的難過一點也不顯露出來。華芳理解她的趙老師，哪裡會不知道呢，只是不點破，所以在回安陸城的車上，她盡說些高興事。

華芳當晚跟劉會計聯繫上了。華芳告訴過我，劉會計已經是院長了。她的家在城裡。華芳建議我到她家裡去一趟。劉院長不說她的住址，是拒絕的意思。劉院長要華芳告訴我，明天到伏水來，請你趙老師把他帶走。她說不是你趙老師求我，是我求你趙老師了！

華芳的轉述讓我心裡一陣陣發緊。我寫過許多小說，編過許多故事，怎麼也編不過這生活！小說裡的難題沒有難倒我，瞎子這個現實卻叫我一籌莫展。晚上十點多鐘了，我還跟華芳還坐在中心廣場的石凳上說瞎子的事。華芳說，趙老師是名人，趙老師可不可以直接找找縣裡的領導，讓領導出面說個話，也許是個挽救的一著。我搖搖頭，說我現在只是想，把他弄回往哪裡放。

華芳的手機響了。想不到是劉院長打來的。劉院長說她仍是同情我，同情趙海生。她已經跟鎮裡有關領導通了電話，商量了一個法子：讓趙海生離開一個月，到外面去受個夾磨，吃點苦頭，曉得好歹。一個月之後他們也還是收他。不跟趙海生把這話說穿，只說他一而再再而三的表現不好，堅決不要他。他的那些東西不拿走，只說是不要那些東西，再要以後再來拿。

劉院長還說了個例子。福利院也曾有個跟瞎子一樣萬惡的人，也是無法可治。他們堅決把他退回了村裡，住在親侄跟前。親侄一連幾多天不把他吃不把他喝，餓得歪歪倒，才叫了饒，再回到福利院就老實多了。

華芳說，如果不是我要去媳婦那裡帶孫子，我可以讓瞎子叔叔在我那裡住一個月。我說即使你不帶孫子，也不能住在你那裡，你把他招呼得好好的，他還想走哇？你一直對他好，在背後連你也罵，不說是罵我的話。華芳說他哪個不罵？合他意的，一句話是個朋友。不合他意的，一句話是個仇人。

我們構思著怎麼樣整得瞎子叫饒才好。把他丟到一個地方不管他，讓他去浪些時倒是一法。丟在安陸不行，他只要說他是趙金禾的弟弟，沒有不管的。丟到孝感地區也不行，人家還是能打聽到我，影響不好。把他帶到漢口去丟？丟到一個菜市場附近？他可以討得吃，也有棚子避風雨，這七八月的天氣，也不怕他凍著。他也不會走遠，我也能天天去看得到，熬他個十天半月能不叫饒？

我以為我的構思是真的，我看到了他的慘景，我哭出聲來，說不行的，我做不到的。華芳也說，這是說的話，哪做得到呢？

沒有結果。這個晚上我無法入睡。天亮迷糊了一下，起床之後我還是到府河岸邊跑步，見到一些同樣鍛煉身體的熟人，問我「還好吧」，我一律說「還好」。他們哪知道我的苦處。趙海生，你是個人物啊。啊啊，我為什麼不寫寫趙海生？以他為模特兒，寫寫這種人的生存狀態，傳達出我理解的某種東西。我坐在河邊。望著發亮的河水，我的眼睛發亮了。

我如金匠
日夜捶擊敲打
只為把痛苦延展成
薄如蟬翼的金飾

席慕容的詩句。以我的經歷為題材的小說會讓我昇華。寫作的衝動讓我的靈魂得到了溫柔的撫摸。我常說「對於寫作者生活是沒有多餘的」，也是一種痛苦經歷的安慰罷。

吃過早餐我和華芳去了伏水。我心情的開朗讓華芳吃驚。她說，趙老師是不是想到什麼好法子？我說，讓命運推著走吧。華芳笑了起來，說趙老師從來是與命運抗爭的哦。我也笑了起來，說在趙海生面前，不能不叫我投降呀。

福利院在另外一處做了新房子。老人們都搬到新房子裡去了。趙海生暫時還住著老房子。老遠就聽到胡琴聲。趙海生在「殺雞」。院子顯得更空曠。樹林子裡的鳥鵲叫得有些單調。那棟長長的像一節節車廂的房子，彷彿只是要拿來去回爐的鐵皮。

他一個人坐在樹陰底下的小板凳上，拉著我沒聽過的曲子，是憂傷不是憂傷，是激揚不是激揚，是傾訴不是傾訴，是快樂不是快樂。我說不出那味，一種怪味。他似乎沉浸在忘我境界裡。

我心有所動。淚眼模糊了我的眼睛。我叫了一聲「海生」，他沒聽到，還是拉他的胡琴。我又叫了一聲，他停了拉弓的手，左右轉動著頭，探測器探測著來自外部世界的聲音。我第三次叫著「海生」，他才確認了說，啊，拐子來了？柔和中的驚喜。

我不再生氣了，我看穿了命運的把戲。我問他這曲子是從哪裡學來的。他說是自己瞎拉的。又加了一句：原創。我的天哪，竟然知道這個。我平靜地說，你收拾東西跟我走吧。他問哪裡去。我說離開這裡。他說莫瞎說哦。我說人家這回堅決不要你，你還能賴在這裡不成？你已經是一而再再而三了，跟我走吧！

他沒做聲，嘴巴抖動著，收起他的胡琴，一下子站了起來，終是說了一句，走就走。一副大義凜然。

我說，你只有去流浪了。

他用他的那破嗓子唱起了《流浪歌》：流浪的人在外想念你，親愛的媽媽……又突然停住說，我流浪到黃陂去，流浪到家鄉去，好得很：落葉歸根呢。

華芳去牽起了他的手，牽他到屋裡。我說趕快清理你的東西，清理趕急用的，其餘的都不要！

他發毛了，哼哼著鼻子說，其餘的不要？我的那些好衣服，冬天的夏天的，二四八月穿的，都不要？還有一床新棉被，我沒捨得用的，是老娘在世的時候羅老師給我買的，也不要？

我斬釘截鐵：統統不要！你連人都保不住還要那些東西？你要是活得長，我再給你買！

他只順著他的思路說，可惜了！可惜了！再要買又得花錢！

他摸著清理了，提了兩大包。胡琴豎在包裡，露出調弦的把手和緊靠把手的弓子。出門的時候記起說，我的收音機，還有竹蒿子。我說，你還要什麼竹蒿子，華芳牽著你！他說，華芳能老牽著我？我回頭拿了竹蒿子和收音機，重新鎖上門。他說他要到新房子那邊去一下。

我說，你去做麼事？你還不夾起你的東西滾蛋！

他說，虧你還是在外頭混的人，不曉得要去跟人家打個招呼？

我說，好，好，你的禮性大，我不如你。

到了新房子，老人們從各自的屋裡出來了，跟趙海生說著再見。趙海生扯起嗓子說，郎嘎們，我對不起你們，也對不起領導，是我個瞎骷髏不好，請你們原諒我。他還說了一句洋話「古魯拜」，讓我忍俊不禁。

福利院領導跟我握著手，對趙海生說，我們對不起你，不會照護你。現在是哪裡好，你可以到哪裡去了，你自由了。

他哼哼著鼻子，仰頭望天，吼出一句：我身不由己，心要由己！

沒人跟他計較，他的話都只當放屁。我感覺到他的出語驚人。歷史的精英們，多是因此而活在歷史裡。經典作家們的經典作品，也多是因此而經典。也因他的這個出語，讓我這小說不再是散散慢慢的事件，才能通過那些憂傷的文字寫下去。

瞎子高一腳低一腳地走他的路，還雄雄壯壯的，仿佛是他牽著華芳而不是華芳牽著他。去天堂還是去地獄，他想都沒想，比他拐子大氣得多呢。

回安陸城的車上，我跟海生坐在一起。多嘴多舌的傢伙竟然一直沒說話。我看著窗外。路邊破衣爛衫的流浪漢在垃圾堆裡尋食。我心裡酸酸的，那也是人家的骨肉。

趙海生突然開口了。

帶來了嗎？

什麼帶來了嗎？

那個東西？

我一時還沒有會過意思。

他又重了一遍：你說過的那個好東西？

我突然明白了。

女性器具，他還記著。

幸福其實很簡單

如果人們的信念和我一樣，認為這塵世是唯一的天堂，那麼他們必將更盡力把這個世界造成天堂。

——克特爵士（Sir Arthur Keith）

尚小俊住進了富人區。住進第一夜，是一家三口的慶典。

女兒覓兒有自己的房間，按自己的意願佈置。那些書，包括從小學到高中的課本，讀物，都擺在屬於她的書櫃裡。電腦，音響，手機，裝備起來。女孩子的小擺設，也充盈著童趣。

尚小俊夫婦的房間寬敞，落地大窗口鮮亮。陽臺又長又寬，面對社區綠地廣場。陽臺下對著廣場的健身器材特別吸引國榮。還有人在那裡盪鞦韆，國榮站在陽臺上看也看不夠。她從小就喜歡盪鞦韆，飄呀飄的感覺真好。

房間的燈都亮著。廁所，廚房，儲藏室，內外廊沿，也亮著。燈的色彩，有燦爛輝煌，有柔順如水。燈具有繁複，有簡約。尚小俊從這個房間走到那個房間。牆上掛的字畫，是他的滿意作品。不同地方的不同燈光效果，在不同方位審視。作為畫家，他對自己的室內設計滿意。

他叫著在陽臺上的國榮說，你來看。彷彿國榮不曾看過似的。

國榮就過來了，他說，我說這幅畫配這種燈光好吧？你還跟我爭。

她說，我什麼不是聽你的？你還記著我跟你爭。國榮嬌態畢現。雖是四十五六歲的人，看上去年輕。化有淡妝，在燈光裡楚楚動人。

小俊湊近國榮，在她臉上啵了一口。她說你又不怕。指了指覓兒的的房。覓兒正從房裡出來，接話說，媽媽你說怕什麼？

國榮說，你爸把這些畫掛出來，又不怕人家要。掛在老房子裡的那幅畫，人家一要，不是要走了？她的話圓得好。覓兒說，那是爸人好，爸不給，人家還能搶？是不是爸？小俊說覓兒的嘴巴什麼時候變得這樣甜的？國榮說，滿足了她的要求，她就捨得她的甜言蜜語。

覓兒跑過來抱住媽媽的手膀說，我說爸爸好，你吃醋了呀媽？國榮說去去去，你呀，再不好生學習，看對得起誰的。覓兒說，保證好好學習，天天向上。

國榮說，你沒有保證一百回。嬌慣了的覓兒，被憐愛得不行。

一家三口又坐在客廳裡說話。滿幅的白紗落地窗簾拉上了。覓兒要開音響，要聽音樂。國榮說十一點半了，還聽什麼音樂。又說，我倒是想弄點東西你們吃，我有點餓。

父女贊同。有孝感親戚送來的孝感米酒及糯米湯園。米酒煮湯園，再泡一個雞蛋花，甜甜津津的。覓兒喝著說，哇，好幸福。

小俊說，你的幸福很簡單嘛。

覓兒說，感覺就是幸福。

國榮說，誰知道你什麼時候是什麼感覺，像瘋子。

覓兒說，那就是瘋子的幸福感哦。

國榮說，我白白養了個瘋子，虧不虧。

轉鐘之後他們才上床。熄了燈，小俊和國榮仍是躺在床上說話，是那種憶苦思甜的味道。

國榮父親年輕時候是駕糞船的。糞船靠岸，糞車從大街小港裡出來，擁到碼頭，把糞倒進船裡，裝滿了，起錨扯蓬，沿長江或漢水，運到鄉下肥田。父親到了五十歲才起坡，做了環衛工人，一生與垃圾打交道。

母親是家庭婦女，也像卸垃圾似的，卸下了兄弟姊妹八個，國榮是老么。老么應當是受到加倍呵護的，不然。她從小就撿橘子皮賣，賣的錢一分也不留，交給父母。撿來的橘子皮，要曬得乾乾的聚起來，賣一次也只是幾角錢，得費心思去撿。父母眼淚汪汪的對她的哥哥姐姐們說，她這麼小就曉得顧家，比你們一個個強。哥哥姐姐們向她撇嘴。排行老六、比國榮大四歲的三姐跟她最親近，悄悄跟她說，你也躲著玩不行嗎？個苕貨。

哥哥姐姐們換下來的衣服，國榮攬著洗，沒有哪個道聲謝，好像應該的。吃完飯他們把碗筷一丟，她趕緊收拾，父母要插手她也不讓。參加工作了，一月十幾塊錢，最多不過二十幾塊錢，一五一十交給父母。母親說，伢，你總要留兩個在手裡呀，口渴了買杯水喝也要錢哩。她說我總是在家裡喝足了再上班的。母親歎息這伢太懂事了。三姐說，你把錢都給家裡，能落個什麼好，你給點錢我，我還總是記著你。你也不怕遭人怨。她說怨我什麼？三姐說，說你是個苕真是個苕，你說怨什麼？你害得我們都不能不給一點錢家裡。

國榮的心好，好得叫父母心疼。

二十年前，父母用一生的積蓄在臺北路的社區買了兩室一廳的房子。她跟小俊結婚，父母把那房子送給了她，哥姐們沒有哪個說不字。他們知道他們的小妹為這個家不是金錢可以計算的。他們都是普通工人，日子過得不怎麼樣，也都沒想從中分一杯羹。

父母仍是住在低矮的老街楚寶巷老房子裡，跟大哥一家擠在一起。母親五年前去世，沒享到福，一想起來國榮心裡就難受。現在她住進了富人區，她想跟小俊商量，把臺北路的房子還給父親，讓父親舒服些。

小俊說，還？你父親能落手？不如賣掉，或是出租。國榮說不能出租。二姐二哥他們早幾個月就說了，要租就租給他們。是租給二姐還是二哥？是不是要得罪一家？再說租錢，要高了不是，要低了不是，就算有個價碼說在那裡，要拖著欠著，你能逼他們？

小俊說，你的意思是賣好。國榮說也不是說賣好。三哥三姐也早就說了要賣就賣給他們的，你就三哥還是三姐？真是煩人。

小俊笑起來，說撿到銀子還沒有紙包。

國榮說，你有幾多銀子在哪裡？你只管撿來，看我有不有紙包。你以為父母給我那房子是容易的呀？沒有我的付出，哥哥姐姐們不為房子打架才怪哩。小俊說你也不要否認了一個事實，要不是我這女婿好，看你父母肯不肯給你。

國榮說，一人好不起來，一人也壞不起來，我父母是怎麼對你好的你忘記了？

那個時候國榮是漢口塑料廠的保管員，小俊是廠裡的技術員。他喜歡畫畫，她喜歡看他畫畫。他也畫她，她也喜歡讓他畫。他想畫她的裸體，他提過，她答應了，又不敢。

他畫的那些畫沒地方放，她替他保管，也保管了愛情。他想上門去見她父母，她不應許。哥哥姐姐們的對象上門，母親還好說，父親是很嚴的：經面試，不合意，別想再進門。國榮沒有足夠的自信心。

小俊家裡也窮，長相不出眾，有貨在肚子裡，又不是能說會道的角兒，父親要是識不出好歹，不是慘了？有回是國榮生病，兩天沒上班，小俊就買了一個玻璃瓶裝的荔枝罐頭到楚寶巷去了。楚寶巷要從中山大道工藝大樓斜對面進去，七彎八拐的小巷子，抵著一所小學的院牆，就是國榮的家。那兩扇門是開著的，堂屋裡有人說話，沒見國榮，他鼓足勇氣進門，結結巴巴的「請問國榮同志是這屋裡嗎」，於是有人朝裡屋喊「國榮有人找」。國榮從裡屋出來，見是他，臉一紅，說你怎麼來了？

他來並不壞，國榮的父母喜歡他。尤其是父親，一直跟他說話，到晚上十點多鐘，國榮幾次提醒父親，說已經很晚了，公汽要收班了，父親才收起談興，將他送到門口，還說了一句，喔，你不能就在這裡歇？閣樓有床鋪。父親少有的熱情。過後小俊問國榮父親對他的印象，國榮說你沒有感覺？他故意搖頭。國榮從她的掛包裡拿出一本書，書名是《怎樣畫速寫》。他以為是國榮給他買的。國榮說是父親給他買的。這本書還在，當時的價值三毛八分錢。

小俊的老家是黃陂天河，因父親的廚師手藝，一直在單洞門開個小飯館，黃陂家常菜，黃陂鍋巴稀飯，做出了名堂，被那一帶的人叫尚鍋巴。不爭氣的是一個弟弟尚小天。當了兩年兵回來，在一個國營單位給領導開車，受不了那個制約，不幹。好在他有一個特長，會彈撥樂器，音樂素質不低，在漢口的歌舞廳伴奏。賺了幾個錢，也花了。賺得多花得多，不積蓄，也不想結婚。

武漢的歌舞廳不景氣，小天到南方城市的歌舞廳混了幾年，混到三十歲，一個個的戀愛對象也帶到哥嫂跟前來，要哥嫂面試定奪。哥嫂也都是熱心待承，巴不得定下一個。小天說是普遍撒網，重點摸魚。什麼魚不魚的，跑了的魚都是大的，不得已定下小姜。結了婚，為錢的事三天兩頭吵鬧，一鬧就說離婚，感情好不到哪裡去，弄得小姜不願懷他的孩子，跟他們一起住在常青花園的父母乾著急。只要父母打來電話，總沒個好消息。哥嫂為他們結婚全盤操辦，出錢出力還不說，還要操他們夫妻不和的心。國榮總說是前世欠他們的，今生討債來了。

這會子國榮想到小天，歎了一口氣。

小俊說，又歎什麼氣？

國榮說，想到你的好弟弟啊。

小俊說世上哪有十全十美的事。好事也不能叫我們占全了是不是？國榮說你倒想得開。

中心廣場的玉蘭樹樹式的燈光，透過白紗窗簾，棲息在室內，柔和如雪。小俊看著彷彿臥在雪裡的國榮，動了心思，伸手朝她的腋下撈了撈，她怕癢癢地又笑又扭動，嘴裡說著「幹什麼幹什麼」，小俊就一把抱住她，要騎在她身上。

國榮又是指了指覓兒的的房。覓兒房裡的燈光瀉成一條白帶，在客廳拖成一細條。他下了床，到覓兒的房門口說，早點睡呀，熬什麼呀熬？見覓兒泡在網上，又說，適而可止好不好？

覓兒說，今天特興奮，睡不著。爸不興奮嗎？

他命令著「睡睡睡」。覓兒說，是，爸。他回房將房門關了。國榮任他剝光了衣服，也配合著快樂了一番。小俊還沒有睡意，說，我問你個事好不好？

國榮說，什麼狗屁事，問吧。

小俊說，我們結婚這多年，幹事無數，你沒有一次主動的要，為什麼總是要我主動呢？

國榮擰著他，他叫哎喲。

早上小俊醒來，聽到國榮在廚房裡做早餐的響動。他伸了伸懶腰，國榮走到房門口，說該起來吃了。小俊說，吃什麼？國榮說著，要是有人做得我吃，我睡著都笑醒了，還問吃什麼。

國榮說著又走到覓兒房門口，敲著房門說，覓兒，該起來了。媽媽的早餐做好了。覓兒懶懶地說，吃什麼？

國榮說，你看你看，有其父必有其女，問吃什麼，一樣的話。

覓兒開了門，披頭散髮的出現在門口。國榮說，看你懶散樣子，還不快去洗臉梳頭。我像你這麼大的時候——

覓兒說，又來了。我向媽媽學習，向媽媽致敬，好不好？

國榮說，油嘴滑舌。

覓兒是真服媽媽的。媽媽只是個初中畢業生，成績好是好，也不能往上讀了，家裡太苦，沒錢供她。她想做事，貼補家用。街坊的周大嬸要介紹她到街道辦的翻毛皮鞋廠做事，問她會不會踩縫紉機，她說會。周大嬸說，那好，過幾天帶你去試試。媽媽轉身到有縫紉機的女同學晶晶家裡，三天三夜不出門，突擊學踩縫紉機。晶晶爸媽也對媽媽好，連吃喝也提供。媽媽只跟家裡說一聲「我要在同學家裡玩幾天」，待她回家，外公外婆說你怎麼玩瘦了，玩也不要命？媽媽說出原因，外公外婆聽得眼淚流。

媽媽十六歲進了那個皮鞋廠，當了兩年的臨時工，比正式工做的活路還精緻。即便不標明記號，檢驗員一看就說，是國榮做的。後來大姨姨父介紹媽媽進了國營塑料廠當了正式工，皮鞋廠捨不得媽媽走，只說，你這是粥鍋裡朝飯鍋裡跳，哪有不為你高興的。

媽媽在塑料廠當保管的事蹟上過長江日報。後來廠裡不景氣，要裁人。許多人是有關係進來的，出不去。媽媽找到廠長說，裁我吧。廠長說，笑話，怎麼會裁到你頭上？媽媽說裁了我，就說明不是不好的都裁，是廠裡要不了那麼多人。

不管廠長同意不同意，媽媽發先把自己裁了，回家把爺爺的手藝學到手，專門賣滷菜。留下爸爸在廠裡，也只多幹了兩年，廠垮了。爸爸到南方打了兩年工，還是回家畫畫習字。爸爸的字畫拙樸，生活原生態，賣得出錢。後來爸爸找到水墨畫的路子，畫生活底層小人物的生活情趣，被台灣一個文化商人看重，畫多少人家要多少，才買得起這房子。媽媽這才告別了她的滷菜攤子，成了我們家的後勤部長和財政部長。

覓兒先起來了，見爸爸還攤在床上，去擰爸爸的鼻子。國榮聽到父女的笑聲，說別瘋了，麵都端在桌上了。荷包蛋麵條，幾匹青菜葉，蔥花小麻油，好香好看又好吃。

覓兒說，我是不喜歡吃麵條的，媽媽下的麵條我喜歡。

國榮說，媽媽做的什麼你有不喜歡你說？覓兒停住筷，歪著頭想了想，說有一樣不喜歡，只一樣。國榮問是什麼，覓兒說，整天忙忙叨叨的，沒個節奏，沒個張馳，這樣老得快的呀。

小俊點著覓兒說，你就不曉得幫你媽做點什麼。

國榮點著小俊說，你也別說她，你又能幫我做點什麼呢？一樣的貨。

小俊呵呵笑了笑說，說也是你說的，勤快婆娘養懶伢，懶婆娘養勤快伢。國榮說我沒說勤快婆娘養懶漢吧？覓兒笑得嗆了鼻子。

電話鈴響了，覓兒趕忙跑著去接。小俊搖著頭笑。國榮小聲說，你再別干涉她，男同學打個電話來有什麼呢？覓兒也大了，也應當有自己的朋友。

覓兒在電話機跟前喊著媽媽說，您的電話。國榮放下筷，起身去接，只聽她的聲音熱烈，說，好的好的，歡迎歡迎，聽我的通知。放下電話，到餐桌跟前說，你說是誰打來的？晶晶她們。

晶晶是國榮的同學，也是原塑料廠的同事。幾個相好的姐妹，常常在一起瘋呀鬧的。晶晶是鬧頭。廠子早已賣給房地產開發商，工人四散，各謀生路。只晶晶跟國榮的聯繫勤些。她們知道國榮住進了富人區，要晶晶領頭來鬧，國榮也不能不滿口答應。

國榮跟小俊商量具體日期，小俊說，我們還是先吃我們的早餐吧，這事再說。國榮見他一副冷腔冷調，也板臉說，你是不是怪我不該答應的？

小俊解釋。說是要請，也把我的朋友們也請一請，免得今天一桌明天一桌，像開流水席的，累人。國榮說，你的意思是請到餐館裡去？小俊說，我沒說去餐館。國榮拿出主見說，請到家裡來的意思重些，也節省些，只是人多了，她怕她弄不過來。

小俊退讓說，我的朋友以後再說吧，先請晶晶她們。

早餐飯後，覓兒回自己的房裡，把門一關，關成自己的天地。小俊也到自己的畫室整理素描。他現在主攻油畫，類似油畫大家冷軍的路子。油畫的內容主要是「愛與人生」，讓平凡人物的人間煙火充盈著動人的至愛。國榮在廚房洗碗，心裡籌畫著請客的事。她總說她是個雞扒命，什麼事都是她操持。小俊一心畫他的畫，覓兒一心讀她的書，油瓶倒了，父女倆可以不扶，有她哩。覓兒說過的，天塌下來有媽媽頂著。把媽媽排在爸爸前面。

請客的前幾天，買這買那，自然都是國榮。小俊要幫她做點什麼，國榮說行了行了，你去做你的事。我做的事你能做，你做的事我不能做，誰叫我不是畫家呢。刀子嘴，豆腐心，小俊總是持欣賞態度。

她要做她拿手的黃陂鄉下大菜。來的這些人，也不是很精細的，不像精細人喜歡吃些清淡的素菜，她們喜歡熱熱烈烈的大魚大肉。她們也多是黃陂人，能吃到家鄉菜，是貓子掉了爪子，巴不得的。

晶晶就是愛吃差不多有二兩一塊的糖蒸肉，黃黃亮亮的，大塊大塊的，筷子挾起來，肉打閃，又嫩又精神，吃到嘴裡打滑，舌頭一抿就化了。還有魚糕，還有雞蛋大一個的糯米肉圓子，還有起黃皮的油煎豆腐——正是歇後語說的：黃陂（皮）。還有一個不可缺少的，藕煨排骨湯。得煨海大一罐子。她曉得晶晶她們的性子，吃得喝得，喝了一碗還要有添的，不講禮性的。

這些菜都事先做好，到時候大火一燴，說上桌就上桌。她在去魚皮、卸魚刺、剁魚肉的時候，小俊視察似的，到廚房看了看，笑說，你看多麻煩，弄個煎魚不曉得幾撩撇的。

國榮說，又不麻煩你。

小俊說，我是歎息你。

國榮說，你就會說漂亮話，不過有你這漂亮話我也舒服。

請客的那天，大家早早來了。覓兒待在自己的房裡不出來。國榮在廚房裡忙。小俊帶著她們參觀。一個個房間，一處處擺設，她們直打「嘖嘖」，連說到底是到底，扁擔是翹的。讚不絕口。

晶晶跟國榮是穿一條褲子的人。她來了就到廚房幫國榮的忙，也是單獨說說話。

晶晶從廠裡出來之後，賣過冰棒，在百步亭社區當過保潔員，到黃陂鄉下當過菜農，在吉慶街開過餐館。如今在漢正街開著一家服裝店，還過得去。

國榮關心她的個人問題，問她，你還打算一個人過？

晶晶說，一個人過有什麼不好？一個人過好，越來越覺得好，比以往任何時候都好。

國榮說，你真撇脫，離婚十年了還不找人。

晶晶說，我跟你說我沒找人？說著吃吃笑，又說，找個人混點是有的。上床就上床，不行拉倒，屁股一拍走人，誰也不欠誰的。

國榮吃吃的笑，說你呀。

晶晶說，我什麼呀？那些衣冠楚楚的人，見了女人就想上，性生活跟跳一次交際舞一樣，興奮一下，活動一下，出出汗——我不比他們好？有大款要包老娘，老娘還不幹呢。

國榮笑過說，我知道你心性高，不然怎麼也可以跟你老公湊合著過。

晶晶說，你怎麼不說我還有幾分姿色？

國榮大笑，說我信了你的邪。

廚房在用油煙機，油煙不竄進客廳。廚房門關上了，她們說悄悄話更方便。晶晶突然問，你跟那個人怎麼樣？這一問，國榮一怔，手裡切菜刀也一頓。已經封存的某件東西，被這一問絆動了。

國榮說，他一直在深圳，沒有聯繫。

晶晶說，我就怕你跟他還有聯繫。你看你現在多好，沒有跟他糾纏，萬幸。

有兩個女客推開了廚房的門，對國榮說，簡省些簡省些，莫搞複雜了，家常便飯最好。

國榮說，以為有什麼好的你們吃呀？叫你們看破了。

晶晶說，要真是家常便飯，你們又不依不饒的！

女客說，就不依你，哪回你做點家常便飯我們嚐嚐就是，不要一說就是請我們上館子！

晶晶說好好好，哪天讓我有空著。客廳有人叫打麻將。有人喊著晶晶也去湊腳，剛好可以湊兩場。多下小俊，不會打麻將，正好給客人倒茶遞水。

廚房門又關上，興奮的麻將聲不時入耳。國榮現在很不喜歡打麻將，討厭麻將，見了麻將就煩。客人來了，只有打麻將才能將客人吸得住。國榮從先愛打麻將。從廠裡出來那陣子，被晶晶她們邀去學著打，後來便上癮了。小俊也不大說她，只要她覺得開心。

她就是在麻將場上認識了那個人，一個報社的記者，晶晶的一個什麼遠房親戚。

麻將場上，他坐在她的下手，她放了他的銃，他不胡牌，他總說他是想自摸，但很少能自摸，還放別人的銃。他開錢很爽。別人都可以欠著他的，他不願意欠別人的。她火氣不好，連連放別人的銃，錢只朝外流，她稱自己是「書（輸）記」。她輸給他了，他要她先欠著。她贏了，他不說抵帳，反而給現錢，說是

「給你添火」。有好多次她的火也真是這樣起來了，而他往往是一灌三地輸了，輸得很慘，他也很高興，很大氣。

他的牌風給了她好感，別方面的好感也漸漸顯現出來：有才氣，長得也帥，說話輕鬆活潑，帶給她的總是那種洋洋喜氣，不能不想跟他親近。後來她總是能見到他，在路上，或是在商場，好像不是刻意的。他請她跳跳舞，喝喝茶，或接受他的某些小禮物，都是自自然然的，沒有曖昧，沒有一點壞想法的。

她在小俊面前講起過這個人，後來也不知怎麼糊裡糊塗跟他攪在一起，竟然做了那個事。她痛哭過，哭她對小俊的背叛。她背上了沉重包袱，人像害了大病的瘦削。她也稱病，決意不再跟他往來。他去了南方一家雜誌社，偶爾有電話給她，客客氣氣，客氣對客氣，相安無事。

她憎恨自己做了一個天大傻事。他倆相互往來的信件都按他的主意保存在漢口的一家銀行。設立了保險箱，一人有一把鑰匙。她那把鑰匙偏偏放失了向，她真恨自己，為什麼要保存那些信。浪漫成了心病，成了定時炸彈。她什麼話都跟晶晶講，惟獨這事不曾講。

小俊推開廚房門說，出來一下。

國榮停下手裡的事，把油手在深色圍腰上揩了揩，來的客人讓她大驚，心裡猛然慌亂。她仍是熱心快腸地迎著說，喲，育可，你這真是稀客，稀客。

育可說，起先我還真不知道你們搬到這裡來了。我是找晶晶有事，聽說她到你們這裡來了，就找得來了，也順便來祝賀祝賀。急忙急搶的，也沒買什麼禮物，不成敬意。他手裡提著黃鶴樓的酒，順手放在一邊。晶晶邊出牌邊說，找我有什麼事呢，大表哥？

大表哥說，那就再說啦，現在不影響你贏錢。

晶晶說，你來吧，我讓得你來贏錢。

大表哥說不，說要看看尚小俊的畫。國榮又回到了廚房。她已經是五心不定。晶晶趁碼牌的機會，起身到廚房，悄悄對國榮說，他怎麼來了！這一句，帶有恐怖性，問得國榮眼淚一漫。晶晶拍撫著國榮的肩說，別，別。我們再說。

她們鬧了一天，客走主人安。國榮和小俊一起收拾殘局。哪些殘菜要留，哪些殘菜倒掉，洗盤子，洗碗，抹桌子，順椅子，拖地，敞開門窗透氣。覓兒也幫忙，說搞得烏煙瘴氣，女人還抽煙。幸好爸媽不抽煙，要是爸媽抽煙，我就不想在這個屋裡待的。

小俊說，爸媽是不由你選擇的，幸好你有好爸媽。

國榮說，覓兒，我們是可以選擇你的，你要是表現不好，我們就可以不要你。

覓兒說，哼，像我這樣好的女兒，到哪裡去找啊，算你們幸運。國榮說，腋下窩挾轎槓，自抬自。

清理完畢，國榮半躺在床上說，唉，今天一天骨頭都是散的。把你也受了累。小俊說招待你的客人，我還能輕慢？

國榮說，我的客人？不是你的客人？晶晶要是知道你這話，不罵你忘恩負義的：把我騙到手，媒人都不認了！

兩個人說笑了幾句，國榮說，我要去洗，洗了睡。小俊說你先洗吧，我還要去畫幾筆，一天沒動筆了。

國榮說，那你就去畫吧，只要你有那個精力。

小俊反而不去畫室，而是躺在床上，抱住國榮說，我還有這個精力呢。國榮忙朝覓兒的臥室那邊一指，小俊就正兒八經坐了起來，突然說，想不到育可來了。我以前只是認得他，不知道他的底細。看來他還是個有才氣的人。

國榮說，管他有才不有才，八百年不跟他打交道。

小俊說，我倒想跟他打交道。

國榮說，什麼吸收了你？

小俊說，他讀懂了我的畫，他說出了我的追求意味，這樣的人值得一交。國榮不好再說什麼，只說，那是你的事，我管不著。

小俊去了畫室，國榮還在七想八想的，不能安神。幾年沒出現的育可，又出現了。小俊是個優秀的男人，不說是沒有做過一點對不起她的事，連一句重話也沒有說過，哪個不說她有福氣？

小俊和國榮還沒有起床。覓兒一早就過江到武昌那邊上學去了。她跟父母打了個招呼，父母應了聲，又迷迷糊糊地睡著了。小天來敲門的時候，天還沒大亮。小俊起來開門，小天進了客廳說，打攪了打攪了。國榮也穿好衣服到客廳，接話說，這麼早就來了，有什麼事吧？

小天說，姐猜對了。小天總是喊國榮喊姐，不喊嫂子。

國榮說，又是跟小姜鬧了？

小天說，我也真是受夠了，我還是要出門，離開一段時間可能要好些。

國榮說，我真不曉得麼樣說你才好。她搖頭，無可奈何的表情。

小天今天來，是想找哥嫂借錢做路費。他想還是去廣州，跟那裡的朋友聯繫好了，有個新開張的歌舞廳要他去。

他還沒開口，國榮說，要借錢，是吧？

小天說，我會還的。

國榮一笑，心裡有一句話沒說：肉包子打狗子，有去無回。小天也知道自己說話兌不了現，改口說，我只有找哥嫂了，有什麼辦法。

小俊說，你想出去撞蕩一下，我也不是不贊成，只是要顧個家為好。你光說小姜不好，過日子是你們兩個人的事，一人好不起來，一人也壞不起來。

國榮說，你們分開一下也好。

小俊說，要多少？

小天說，不能給一千，也要給個八百才好。

小俊說，跟你姐說吧。

國榮說，跟我說？你說給多少我就給多少，我不做那個惡人。

小俊說，你是財政部長嘛。

國榮說，莫說得好聽。又對小天說，其實你每次出去，也還是賺得有錢，你只顧你一個人花了，連老娘老頭你都不顧，還顧哪個？不是我說你，你有些不像話，我也看不過眼，莫光說小姜的不是。

說罷轉身去了臥室。出來手裡拿著一疊紅色的百元鈔，遞給小天說，姐對你不小氣，也不大方。姐有姐的一家，也要過日子。說起來條件好，還不是扯得有債？買這房子你以為是硬碰硬的現金哪？一二十萬的銀行貸款，十年還清，一個月得還一兩千。

小天接了錢，國榮說，數一數，兩千。不光是路費開支，還要吃要喝，第一個月人家肯定是不會有工資給的。小天連說謝謝姐，謝謝姐。國榮說要你說謝謝，莫是拿筷子揀肉你吃不記得，拿筷子打你就記得。小天說記得記得，拿筷子揀肉，拿筷子打我，我都記得。

國榮笑了，說，我看覓兒的油嘴滑舌都是從你這裡學來的。

小天走了，國榮小俊還在談小天。直到有人打電話來，才把話岔開了。國榮到廚房做早餐去了。小俊接了電話，到廚房對國榮說，育可的電話。國榮心裡一陣發緊，臉面上不動聲色。

小俊說，他邀請我們去滾石看歌舞，說是答謝我們。

國榮說，你答應了？

小俊說，他說得很真誠。

國榮說，我不去，要去你一個人去。

小俊說，他請的是我們兩個。滾石的歌舞很搞笑的，水準也不低，去過的朋友們都說。我倒是想見識見識。你也該輕鬆一下，是覓兒說的，你整天忙忙叨叨的，沒個節奏，沒個張馳，這樣老得快的。

國榮說，你怕我老了哇？我老了沒人侍候你是不是？看樣子給你做牛做馬做定了，今生今世不得翻身了。

小俊說，你想怎麼翻身就怎麼翻身，就像在床上一樣。

國榮說，你也痞。

小俊突然說，哦，該死，我還忘記了。我那雙脫了膠的皮鞋拿去修了一下，幾天了，忘記拿回來呢。國榮說他不能做個事，生出來是她替他做的。小俊要馬上去拿。國榮說早餐馬上就好，吃了再去。小俊要趁國榮做早餐的空檔去拿，吃了早餐之後是他整塊的黃金時間，不得分割。修鞋老頭就在社區後門院牆旁邊，他說馬上就回。

小俊出門了，國榮還想著去滾石的事。她只想找機會跟育可談談，要想辦法把那些個該死的信收回，不留痕跡。早餐好了，小俊回來了，兩手空空。國榮說鞋呢？小俊說那老頭還沒來。國榮說一個修鞋的老頭，哪會這早的。小俊說他可不是一般的修鞋老頭呢。

小俊講起修鞋老頭的故事。老頭是黃陂盤龍城的人，七十有八了，還硬朗得很，也有學問。有回一個女高中生到他那裡修鞋，等著拿鞋的時間，讀英語課本，有個單詞沒讀準，想不到老頭開口糾正她，女生吃驚，問他是怎麼會英語的，他用了一句英語笑答：no comment(無可奉告)。這事傳開了，想知道底細的人問不出底細，不想知道底細的人也感覺著神秘，找他修鞋的人也多了起來。

社區的背面，是江岸貨站。林祥謙的故居遺址就在鐵路那邊的福建小街上。沿鐵路是一片低矮房，像方方筆下的「河南棚子」。棚子在一條廢棄了的鐵軌兩邊，兩邊的鐵軌成了兩邊棚子的門檻，鐵軌中間就是一段走道了。住房北邊陽臺面對的是這裡的雜亂無章。視野再遠一點，就是解放大道的高樓。有天小俊看到修鞋老頭在江碼頭小街的一家門口望著他笑。

那便是修鞋老頭的家。小俊被邀請進屋坐了坐。修鞋老頭說他是第一個光臨他寒舍的富人，也是名人。

小俊說我怎麼是富人？怎麼是名人？修鞋老頭說你住在富人區能不是富人？接著拿出一張報紙，在二版頭條位置上，有個「走近武漢名人」的專欄，專欄裡有采寫他的文章及照片。修鞋老頭說不假吧？此後小俊就常到這小矮屋坐坐，是小俊走近平民的一個據點。

修鞋老頭對他無話不談。老頭說他從來是不對別人講自己的，對小俊是一個例外。他原是盤龍城一個大地主家的少爺。解放後的第一年十九歲，從英國讀了三年書回來。他父母被打土豪分田地的聲浪擊倒，永遠躺在黃土地底下，正等著他這個地主的孝子賢孫落網。虧了在漢口的姑媽通風報信，逃離了家鄉，逃脫了人民的懲罰，隱名埋姓地四處流浪。打過鐵，殺過豬，販過魚，賣過糖人，當過搬運，撿過破爛，常常是打一槍換個地方。最終覺得修鞋最牢靠，隨時弄得到飯吃。

他也是拜了師的。傳他師父給蔣介石做過鞋。師父做鞋在江西廬山一帶有名。有天有人把師父請到山上富麗堂皇的大屋裡，走出一個人來，在師父跟前一坐，說你就照著我這腳上的鞋樣畫下來吧。師父在地上鋪了一張白紙，那個人把一隻穿著皮鞋的腳踏在白紙上，問師父：你認不認得我？師父說不認得。那人說我是蔣介石，又說你怕不怕？師父頓時怕了，口裡連說「不怕不怕」，嘴巴打起哆嗦。師父拿出鉛筆，沿著蔣介石的皮鞋底邊畫了圈，畫好了，蔣介石拿過來一看，那邊線畫得象蚯蚓爬了的，彎彎曲曲，蔣介石哈哈大笑。

修鞋老頭沒結過婚，不說是年輕時候有不少女人喜歡他，眼下就有一位四十歲的女人離不開他。那女人是個搞裝修的個體老闆。有天女老闆從社區出來，在老頭的修鞋攤子旁邊站了站，老頭說修鞋嗎？她說不。她也聽說過老頭的神秘，也只是想看看老頭倒底何樣人，先前是熟視無睹的。老頭做著自己的活，說坐坐吧，我看你很累的。她拖過小凳子坐了，問他生意怎麼樣，他說餓不死。她說我拜你為師好不好？把這手藝教給我。老頭一笑，說我這跟拾荒貨的沒什麼兩樣。她說我看你手裡修的這雙皮鞋，沒有三千買不回的。人家肯找你修，可見你的手藝，拾荒貨能比？他說大姐你有眼光。大姐說我羨慕你的自由，散淡，還有只與鞋打交道的手藝，而不是跟人打交道的複雜，傷神。我真想過你這樣的日子，沒有人追趕，沒人逼迫，不跟神仙一樣？老頭大笑，笑得開朗，生動，叫人忽略他的年紀。以後她就跟他上了床，就這麼簡單。

國榮聽了只是不信，說哪有這樣的事。小俊說這個世上沒發生的事都有可能發生，發生了的事都是深藏著理由的事。小俊再往下說，國榮不接腔。

滾石音樂台在京漢大道與大智路的交叉處。這裡車水馬龍。若大一個漢口，對外省來客亮出的王牌，好像就是兩個地方：一是在池莉筆下出了名的吉慶街，一個就是這滾石。小俊和國榮坐的到了滾石門口，已是人擠人。

育可站在入口處的一邊張望，本來就高的個子，伸長的脖子像長頸鹿。小俊一眼就看到了他，招著手擠到了他身邊。他問了一句，國榮沒來？小俊朝自己身後一指，以為國榮跟隨著他，卻見國榮站在人群之外的巨大廣告牌底下，一襲紅衣顯眼，不矜而莊。

小俊向她招手，她沒看見。小俊只有回頭擠到她身邊說，你等什麼？進場呀？國榮說趕那個急幹嗎？小俊便向育可招手。育可擠出人群說，進遲了占不到好位置。

國榮不置可否。小俊順著國榮的心態說，無所謂。育可想跟國榮冠冕堂皇地說說話，見國榮總把身子側向一邊，臉朝京漢大道，只有跟小俊扯閒。

他們最後進場，樓上樓下已經坐滿了人。在T形台後面靠牆的位置上，幸好有一個小方桌，再後來的只有靠牆站了。門票是可以贈送的，實質是在場內消費上。每人起碼得消費三十元，瓜果點心啤酒飲料之類。育可問小俊要不要啤酒，小俊不要。他也問了國榮一聲，國榮說「什麼都不要」。育可還是點了西瓜，瓜子，點心，可樂。音響效果好。聲音出奇的哄亮。育可跟小俊說話要附著耳朵。國榮不吃也不喝，在喧嘩之中靜坐，不看育可一眼。節目開始了，掌聲開始了，她還是那樣靜坐，眼前場景彷彿跟她無關。

節目漸漸火爆。女演員的三點式著裝，性感撩人，逼人。男女演員過份與不過份的相互挑逗，包括挑逗觀眾，喚起觀眾的性意識，取悅觀眾的狂熱。

觀眾席裡，有過生日的廠長經理老總之類人物，能說會道能唱會跳的男主持收到兩三百小費時的賀詞，總有一句「祝你寶刀不老」之類。若是女觀眾的生日，主持人也會萬變不離其宗的「祝你魅力勾人」之類，壽星們跟眾人一起笑。

亮麗的年輕女演員上場組合歌舞之後，並不下場，喘著氣面對觀眾微笑，音樂停止，靜場。其中一位蹲下來，將手裡的話筒湊近一位男性觀眾嘴邊問，你看上了我們之中的一位妹妹是不是？男性觀眾大聲說是。她說，是哪一位？指給我看看？他說「是你」。她說，對不起，我沒有看上你：蓄著個小平頭，一看就是有點不對頭，見了女人流口水，跟了你我算沒有救——拉倒吧！觀眾大笑。

她的乳溝及三點式周邊部位的風光，似瀉非瀉。一位大膽的男人拿著一束鮮花，跳上臺去獻給她，她一聲謝謝，他卻要去擁抱她，她也無奈地被他抱了一下。他得寸進尺，要吻她。她扭著脖子躲閃，用鮮花抵擋。台下起哄。正不可開交，兩個保安跑上臺，強行把他帶下臺，消失在人們的視線裡。臺上又開始了新的一幕。

那位唱騰格爾《天堂》的男演員，唱得好還不說，彈跳翻滾也非一日之功。他一面對觀眾行著俯身著地的大禮，一面改詞唱道：我愛你／我的的兄弟／我的姐妹／我的朋友……極認真，極賣力，把觀眾情緒推向高潮。有觀眾拿著啤酒上臺敬他，他像吹號似的，拿起酒瓶就灌。剩餘的他就往自己的頭上倒，其豪放程度也傾倒了觀眾。這裡大俗大雅。據說全國有名的大腕歌星，也在這裡演唱過。

國榮一點情緒也沒有。好笑不好笑的地方，她一直保持著矜持。育可不時看她，她總是避開他的視線。育可並不老實，腳在桌子底下碰她，她將腳一縮，臉上掛起相來。剛好臺上的表演帶了黃，她便一語雙關地說，噁心！又說，我想走。說著就要起身。育可說，下次我們再不到這地方來好吧？她這一著果然將育可制服，才勉強坐下了。

中途小俊去廁所，國榮抓緊機會，嚴正對育可說，你再這樣！

育可笑嘻嘻說，我做什麼啦？

國榮說，我不跟你嘻皮笑臉。

育可不笑了，說，我實實在在告訴你，我是認真的，我為你離婚了，有可能重婚的後路我也斷了。想不到你這麼無情無義。

國榮說，不要老調重彈！

他們的聲音不能不有點大。聲音一大，緊緊挨著的鄰桌也聽到了，回頭望著他們。育可還想說什麼，見小俊在桌子與桌子之間側身擠過來，不再作聲，裝著投入地看節目。

待小俊擠過來之後，國榮說，我頭疼，我要走。

小俊說，那怎麼辦？他是望著育可說的。育可還沒回過神來，國榮已經站起來。小俊對育可說，你就接著看吧。育可說我還看什麼，一起走吧。

從滾石出來，快十一點。九點鐘開演，十二點結束，結束之後，有觀眾仍在興奮中，還要到吉慶街去吃夜宵，再聽聽那裡絕然不同味道的小曲小品小雜耍小逗樂。育可根本不相信國榮是什麼頭疼，故意問一聲，要不要到吉慶街去吃點什麼。小俊問國榮，能去嗎？國榮不回答，去拉開了一輛首尾相接停在路邊的士車門，對小俊說，你走不走的？小俊便跟育可告了個別，鑽進了的士。

國榮在車裡一言不發。小俊問，是不適應裡面那種空氣吧？

國榮說，我說不來的你硬要我來！

小俊說，我是不想卻了人家的意思。

國榮在心裡哼了一聲，不想說話，又怕自己的情緒讓小俊難受，便和軟地補充說，已經沒事了。

國榮二姐的女兒叫園園，跟覓兒差不多大，總喜歡到小姨家裡來玩。覓兒固然是她的好玩伴，小姨也是她感覺最親的人。小姨最好。以往的雙休日，她總要來玩一天的。自小姨搬了新家，她還沒去過的。當她吵著說要到小姨新家去，媽媽說，是要去的，你舅舅舅母他們，姨和姨夫他們，都要去的，我們約好一起去的。園園說那什麼時候去呢？媽媽說要聽小姨通知，小姨把這段時間忙過了，消停了，就通知我們去的。

國榮是忙，用她的話說「忙的不是名堂」，整天成了招待員。黃陂鄉下的親戚們，到漢口來辦事，總是到這裡來落個腳。從來不走動的親戚現在也來了，她也不能怠慢。小俊的畫友們每天也有來的，這個家成沙龍了。育可也來，來找小俊。育可是文人，又跟純粹的文人不同。他認識許多高官，認識許多大款。許多高官和大款是他的朋友。高官子弟們也跟他打得火熱。他要是籌畫個什麼活動，出錢的，出物的，給名份的，如魚得水。他為作家籌辦過作品討論會，為畫家籌辦過畫展，以至出畫冊。他說要是小俊願意，他願意效勞。

小俊將育可的話說給國榮聽，國榮說，聽他吹。小俊說不覺得是吹。國榮說看吧。小俊突然說，我看你對他不怎麼感興趣？國榮說，要我感興趣做什麼。

園園到小姨新家也正是個雙休日，覓兒也回家了，兩個人關在房裡嘰嘰喳喳。親戚們在客廳打麻將。園園說她媽最愛打麻將，恨不得天天煮麻將水喝。覓兒說她媽以前一樣，現在不愛了。

園園讀了高中就不讀書，去歌舞廳唱歌，模仿鄧麗君在電視臺得過「模仿秀」大獎。有個聰明的頭腦，也有個漂亮的臉蛋。

覓兒問園園有不有男朋友。園園巴不得表妹問這個。於是講起了她的男朋友多麼帥，多麼有學問，多麼有錢。她說男朋友是自費從英國讀書回來的。在英國讀了三年，學的是英語，平均每天花費人民幣七百五十元。三年下來，算算有多少？奶奶最護他，他奶奶死了，他到他奶奶墳頭說，奶奶，你放心，我會說英語了。說這話他還是用英語說的哩。

覓兒說，他奶奶聽得懂嗎？兩個人就笑。園園說男朋友跟她那個了。覓兒一驚說，那個了？隨隨便便那個了？怎麼能那個了呢？園園說，我愛我才那個的，不然我才不那個呢。你以為我像有的女孩子，見了男就那個，像握握手的？覓兒笑得不行。園園是個瘋狂女孩子，有回穿著薄露透的衣服，往覓兒面前一站說，你看我像不像個婊子？這話讓覓兒記住一生。

覓兒的奶奶來了，在一樓按可視門鈴。在一邊看牌也看不出名堂的小俊走近門鈴，拿起話筒，按了可視屏下面的開門健，說開了嗎？老娘說「開了」，小俊掛了話筒，可視屏上的畫面消失了，變成一片黑。小俊隨即去開客廳的門，在門口等著老娘。

老娘喘著氣上來了，見屋裡都是兒媳婦娘家人，便說，你們都是稀客。國榮的二姐說我們不稀，我們以後會來得叫榮兒討嫌的。

老娘到廚房裡去跟國榮打招呼，想幫國榮的忙，國榮說要你老幫什麼忙，我又不是做不來。你老是有什麼事吧？吃了飯再說吧。你老先去休息，去覓兒房裡，安靜些。老娘不能不佩服兒媳精明。

小俊隔著門喊覓兒說，奶奶來了。覓兒出門叫了聲奶奶，奶奶答應說，哎乖乖。伸手摸覓兒的頭，說又長高了，還是瘦，長心眼去了吧？說得覓兒和園園都笑。

奶奶進了房門，跟園園說話，問她在那裡讀書，她說沒有讀書。問她在那裡做事，她說沒有做事。奶奶知道園園是不想跟自己多說話，也不再哆嗦，對覓兒說，我睡一下乖乖，你們說話。

奶奶脫了鞋子，往覓兒床上一躺，覓兒拿毛巾被給奶奶蓋著，覓兒還沒轉身，奶奶坐起來，歎口氣說，唉，心裡有事，睡不安神的。覓兒問奶奶什麼事，奶奶歎了口氣說，乖乖，你真是不曉得奶奶嘔的什麼氣喲。不待覓兒再追問，奶奶就說開了。她說你叔叔一走，多時連個電話也沒有一個，昨晚倒是來了電話，說是出了點事，也沒說到底出了什麼事。

奶奶抹起了眼淚，說，你娘娘叫我別管他，讓他死在外頭才好，把你叔叔罵得狗血淋頭。覓兒跟著奶奶流淚。奶奶說乖乖，奶奶不該跟你說這些事。你從小就是在奶奶跟前長大的，奶奶是想跟乖乖說話，乖乖別跟著奶奶難過。在一旁的園園只是不做聲。奶奶講的事並沒有打她心裡過，她有自己的心事，她正是想對覓兒講自己的事，這奶奶來了，打岔，讓她不快。

奶奶又歎息了一回，說蠢子烈妻，無法可治。

小俊不得不到廣州去一趟。弟弟是骨肉，不能不管。小姜管不了他，父母也管不了他。坐火車到了廣州，詳細地址不曉得，只曉得是「不夜城」。小天也是昏了頭，地址也不說清楚，老娘也沒想著問清楚，一本糊塗帳。

到哪裡去找那個「不夜城」呢？小天的手機停機。

小俊是早上到廣州的，一下火車就開始打聽「不夜城」。一路走一路問，有七八個名字相同的「不夜城」，廣州不夜城，兩廣不夜城，東方不夜城，宇宙不夜城。廣州厚厚的電話簿，這些個地方不在冊。一家家去問，問了一天也沒個著落。

住進了一家旅館。小俊把自己安頓了再尋找。廣州有他的畫友，急忙急搶地出門，也沒有想到把朋友的電話號碼帶在身上。那些號碼是存在手機裡的，換了手機，還沒來得及將號碼轉存。

他將一天的情況打電話告訴國榮。國榮說，真是。這兩個字關總。國榮說你把自己招呼好就是，你也別叫我擔著心。小俊不像許多成功的男人愛在外頭玩。他的時間都用在藝術的追求上。在國榮周圍，實在是沒有人能夠跟小俊比的。小俊的一個小指頭就能壓倒一排。作為妻子，她很是驕傲。跟她交往的那些女人，總是說她長了後眼睛。她聽了得意是得意，心裡總在隱隱作痛。其實是她的眼力不夠，或者說眼力不堅定。他在苦苦追尋藝術殿堂的時候，一點都不迷茫。她迷茫，育可鑽了空子，讓她走岔了路。

趁小俊不在家，找育可深談一次，是必要的。不能叫育可到家裡來，也不能去育可住家的武昌關山那邊，更不能去育可提出的湖錦飯店包房。她提出到漢口江灘公園，靠長江二橋的紫色燈植物棚底下。約定的六點半，路燈亮了。國榮從濱江苑出來，過天天漁港，再穿引橋，提前到了江灘公園的分金街閘口。

草坪裡的燈，樹底下的燈，近處的燈，遠處的燈，像納鞋底，納出燈的點，燈的線，燈的面。有男女坐在石凳子上摟摟抱抱。

夜航的輪船在江上拉汽笛。氣笛聲不像是鼓足氣的聲響，倒像是鬧市中的悄悄話，聲音不能不大點，也不能太大，附耳提著嗓子喊似的，喊悄悄話的意思。喊之後不再喊了。

國榮聽到身後的腳步聲，很輕，像是踮起腳步走的，她還是聽得出來，育可來了。育可想逗她，像從先那樣。她只有反感，對從先也反感。她轉過身來，見育笑嘻嘻的，一下子將她抱住，說「想死我了」，便要親她。

她用力把他推開，警告說，我喊人的！

育可強行親了國榮一口，訕訕的說，我說你這人哪，越來越不是那回事！

國榮說，是的，不是那回事，我現在就是要叫你曉得不是那回事！我今天約你出來，就是要告訴你，我們不再是那回事了，早就不是那回事了！以後你不要再找我，再找我就莫怪我不客氣！

育可哼了一聲，冷笑說，你約我出來就是為跟我賭這個狠嗎？我倒要問問，你會是怎麼個「不客氣」？

國榮沒想過怎麼個「不客氣」，被問住了。她看著夜色裡的江流，突然說，那我就去死！

育可說，哦，這種不客氣！你想嚇唬我是不是？告訴你，我不是嚇大的！

靠在紫色燈的棚柱上，國榮嚶嚶哭了起來。這裡不是很明，也不是很暗，她雙肩的劇烈聳動叫過路人看得清楚。有人駐足，育可示意人家走開。他走到國榮身邊，撫著她的頭說，是我不好，是我不好，我會善待你的。我保證會善待你的。

他還在朝他的方向努力。國榮猛然下跪了，說，我求你求你求你放我一條生路我會很感激，如果你是真心對我好你就要為我著想我們是好朋友不然什麼都毀了什麼都不是了你還不明白嗎？

國榮把話說死了，把路堵死了。育可甩出一句，你可別忘記你寫的那些信！

這叫她一驚，連意識也驚跑了，止住了哭，呆呆的。過了好半天才回過神來，喃喃地說，你是真要我死嗎？

育可溫和了些說，你又不想想，我不就是深深愛著你嗎？要說這世上的女人多得很，好女人、漂亮女人多得很，我也就偏偏愛你，這是沒有辦法的事！你一次次這樣對待我，包括那回在滾石，我也知道自己應當知趣，過後我還是拿自己沒辦法，還是不死心。

她不能跟他來硬的。

她要想辦法將那些該死的信弄到手。現在只有他手裡有鑰匙。她是不是要再屈辱一下，套出他手裡的鑰匙呢？

國榮回到家裡，還沒進門，就聽到電話一直在響。她趕緊掏鑰匙開門。越急越慌，鑰匙不聽使喚似的，好半天沒能準確地插到鎖孔裡。進了屋，電話鈴還在響，她沒顧上隨手關門，就直奔電話機，還說著「來了來了」，跑過去抓起聽筒，喂了一聲，聽到小俊在喂。小俊說，你到哪裡去了？我前後連著打了一個小時。

國榮說，真蠢，不曉得晚一點再打呀？現在還不到九點。沒人接就是我不在屋裡，不能說我不出門走動一下呀？小俊說你手機也不帶著。國榮說我總忘記帶。又問，怎麼樣，見到他嗎？

小俊說見到了。國榮見有人進屋了，說了一聲「你怎麼來了」，小俊以為是在跟他說話，莫明其妙，說，你在說什麼？國榮說，是晶晶來了。她叫著「晶晶坐」，又說「替我把門關上」。然後再對小俊說，你說，你再說。

小俊住進一家旅館之後，坐在大堂裡發呆，於是跟一個人聊天。這人是這家旅館的老闆，他一聽說尚小天這個名字，就說，哦，我知道我知道，吉他手，在我們這裡還是很有名氣的。小俊問他是怎麼認識小天的。他說我也喜歡音樂，我也常請朋友到歌舞廳去坐坐，也就認識了，成了朋友。他說小天被歌舞廳的一位女歌手愛上了。女歌手是結了婚的，跟小天一樣，也是離家闖蕩的人物。他們這一類人酷愛自己的音樂，可以為自己的音樂去死，家庭不家庭無所謂，賺錢不賺錢也無所謂。他們喜歡這種自由自在，喜歡這種聞樂起舞聞樂忘憂的形骸放浪。小天發現女歌手跟一個經常去跳舞的房地產老闆有一腿，打了她，她也找人打了他。他住了兩天醫院，是這旅館老闆付的錢。旅館老闆說小天太認真，人生不就是遊戲接著遊戲麼？是這老闆出面，才將事情擺平。

小俊要小天回家。小天說又有一家歌舞廳的老闆要他去，報酬比原先的高，就不想回了。原先的老闆拖欠著他的工資，吃飯都成問題，小俊給了小天一千元，安頓了他。小俊還在電話裡告誡國榮，要她弄點好東西吃，不要捨不得，不要怕麻煩。一個人在家最容易胡亂對付的，這樣不好。

國榮心裡暖暖的，淚水湧動。因晶晶在一旁看著她，便衝著電話裡的小俊說，好啦，好啦，我曉得的，成哆嗦婆子了你。說了聲再見，便掛斷了電話。

她坐到了晶晶身邊，晶晶說，什麼事呀，打這麼長的電話？國榮說了小天的事，晶晶說家家有本難念的經。國榮說你還有什麼難念的經，那就怪了。

晶晶說她遇到那麼多男人，只有現在這一個算是最好的，也打算跟他住在一起。那天跟他一起去逛武商，她見到櫃檯裡有非常漂亮的一塊絲巾，說，哎呀，這真好。他聽了無動於衷不說，還轉身走到別的地方去。這一點，就是這一點，叫她不舒服。他不是小氣，也不是沒有錢，他是不在乎她的感覺。這樣的人還能跟他在一起嗎？

國榮說，你怎麼變得計較起來？

晶晶說，你還不知道我？涉及到精神上的東西，我是很難稀裡糊塗的。我不是文化人，但我像你的小俊一樣，很重這個。幸福其實很簡單，不是要擁有多少財富。

國榮想到自己的事，眼圈紅了。

晶晶說，你又怎麼啦？

國榮說，我是想著要找你的，想不到你來了。

晶晶說是有事走到門口來了，看到屋裡亮著燈，想進來坐坐。國榮再不能不說瞞了晶晶的事。說著哭著，還結結巴巴的，晶晶聽懂了她說的中心意思，就是要把那些信弄出來，銷毀它。

晶晶說，你是做什麼的人，怎麼就把鑰匙放失向了呢？

國榮說，我真該死。

晶晶說，我也不是埋怨你。你在說的時候我在想：怎麼把他的鑰匙套出來，我去替你把信拿出來。

晶晶問了鑰匙的顏色、大小、形狀。國榮的眼睛定定望著一處。那一處是放著一排青花瓷器的博古架，她突然眼睛一亮，彷彿透視到了那個細頸口的青花瓶裡的東西。博古架上的東西是輕易不動的。她起身拿下細頸青花瓶，捧著搖一搖，聽得到碎碎的鑰匙晃蕩的聲音。拿著一倒，鑰匙被吐出來了，掉在木地板上，蹦跳了兩下，落在她那穿著高跟鞋的腳邊。她拾起了寶貝，眼淚也頓時流了出來。晶晶也為國榮高興，臨走的時候說，茶不茶，煙不煙，多謝你的凳子坐半天。把國榮說笑了。

第二天，國榮早早去了那家銀行，銀行還沒有開門。銀行對面擺滿了早點攤子，霧氣狼煙的。她沒有心思吃東西，不時看手錶，耐心不夠地等著開門，抬頭的一瞬，見育可在早點攤那邊吃東西。她還沒來得及躲避，育可看到她了，向她招手。她做個沒看到的，打算繞到別處去，他起身追她來了。

她只有停住。他跑攏來說，吃過了？她沒置可否，只說有個從先的同事約她去買東西。

育可說，我也是有人約我去辦點事。又一笑說，我們還是有緣分的，在這裡碰到了，你說是不是？

她不再對他態度惡劣，也一笑說，你總是朝自己方面想。她怕把話說長了，又自己打住說，那你去吧，我過街去，順便去吃點東西。

育可說，我請客。她說不必，便朝街那邊走。育可說了聲「再見」，離開了。

國榮在早點攤的矮凳上坐了，要了一碗豆漿，眼睛卻一直盯著育可去的那個方向。沒見人影了，她才鬆了一口氣。她趕緊拿出手機跟晶晶打電話，說她在銀行門口碰到了育可，她疑心育可也是到銀行拿東西的。她叫晶晶趕快打的過來，讓晶晶替她去取，以免打草驚蛇。

不一會，背著棕色坤包的晶晶來了。國榮將鑰匙給了她，說，我就在這裡盯住他。你拿了東西就給我打手機，直接到我家裡去。我把家裡鑰匙給你，我隨後回來。

銀行準八點開了門。她看著晶晶昂首挺胸進了大門，真真是個優雅又時尚的女人模樣。自己呢？自己把自己搞得灰頭灰臉的，值不值。要真是長了後眼睛就好了啊。這樣想著，眼眶又有了淚意。

育可一直沒出現。國榮斷定他在某個地方窺視她。她的手機響了，是晶晶。晶晶說，東西到手了，我已上了的士。晶晶的動作好快。她是什麼時候出大門的，國榮看都沒看到。她起身要走，攤主說，哎，錢，你還沒把錢。她連忙說著對不起，給了一塊錢的硬幣，攤主要找她五角，她手一揮說「算了」。

她跑到街口，招手叫了輛的士，鑽進車裡，說，濱江苑。司機說，二橋那裡嗎？她說是的，便閉上了眼睛。她心裡一直在砰砰砰地亂晃亂跳，打仗似的，經驗了這心路的緊張旅程，總算如願以償。如果育可再去拿那東西，發現沒有了，會是什麼樣的心境呢？不去管他，先下手為強。

她覺得司機怎麼開得這樣慢。車到分金街，出入江岸貨站的火車要通過，一輛接一輛的車子被攔在一邊等著。她的手機又響起來。晶晶說有一個情況，她看到小俊在陽臺上給花澆水。

國榮說，他回來了？晶晶說幸好她沒有直接上樓去開門，我把東西拿回家，怎麼處理到時候再說。國榮連說好的好的。

火車過去了。的士開動了。國榮看到車窗外的天很藍很藍，她從來沒有注意到這麼藍的天，藍得有點假。這江邊的天，與市區的天有些不同。市區的天總是灰濛濛的。這裡的空氣好多了。在市區轉一天，鼻孔都是黑的。

國榮回到家，進門見了小俊，小俊將她一抱。國榮也有這個心情，但還是將他一推說，門都沒關的。小俊去關了門，回頭親了她一口。國榮溫存地說，怎麼就回了？小俊故意吃驚說，什麼什麼？怎麼是「就回來了」？什麼意思？國榮說別意思不意思的，我是說你昨天晚上沒有說回的話呢。小俊這才正經的說，跟我一起住旅館的那個人，是晚上的火車，也是到武漢，正好他要去退票，我就要了他的票。現在提速了的火車也快，車上睡了一覺就到了。

小俊祥細說了小天的一些事，國榮說，三十幾的人了，怎麼還叫人操他的心。正說著，有人打電話找小俊，說是陳逸飛去世了，幾個畫壇朋友邀他一起聚一聚，給陳逸飛家人發個唁電。陳逸飛生前跟他們有友好往來。

國榮一個人靠在沙發上放鬆了一下疲憊的心身，座機電話響了，她以為是晶晶，剛輕輕地喂了一聲，電話裡裡聲音不客氣地叫著她的名字說，國榮！我就想到你有這一著，你以為你先下手為強了？告訴你，我現在是一個光人，什麼也不怕！你國榮就不會是不怕吧？我會撕破臉，跟小俊打電話，承認我跟你有一手！我也會到處說我跟你有一手！這就是我的方針：你不仁我也不義！

國榮臉發白，想說出世界上最毒最狠的話，發不出聲來。

這個白天，幸好是小俊不在家。這一天國榮是昏昏僵僵過的。哭了一氣，又發一陣呆。發了一陣呆，又哭一氣。沒人能救她。她想給晶晶打電話，還能跟晶晶說什麼呢？晶晶要說的話也都說了，要做的事也幫她做了。見了晶晶，也只能是抱著晶晶痛哭。早餐只喝了那麼個小碗的豆漿。中餐也沒吃，要不是小俊要回來吃晚餐，她也不想做了。

小俊回來坐在餐桌上的時候，國榮給他看到的，自然是笑盈盈的一張臉。她特別地洗了臉，上了淡妝，在鏡子裡一照，苦難的跡象被遮掩起來。

小俊吃著他喜歡吃的喜頭魚，笑說，今天的喜頭魚怎麼這樣捨得把鹽？是不是鹽跌了價？國榮伸筷嘗了嘗，說，哦，該死，我可能把了兩道鹽。我再去弄一弄。小俊說算了算了，你吃飯。小俊喝了口雞蛋瘦肉湯，又笑說，這湯省了鹽，跟這鹹魚匹配正好。國榮又嘗了口湯說，哎呀我真昏了頭，忘記把鹽了。她要端湯進廚房加鹽，小俊說，就拿鹽來加點進去不行嗎？國榮說不行，加生鹽不好。她把湯重新倒在鍋裡，加鹽再燒。看著湯的翻滾，一滴眼淚也滾到了鍋裡。

飯後，小俊又到畫室畫畫。國榮不止一次聽小俊說過，育可能為小俊拉到贊助，讓小俊到歐美辦巡迴畫展。國榮不想跟育可有一點關係，不想再看育可一眼。她要沖洗自己的腦子，不留半點育可的影子。只是她沒法叫小俊不理他。

電話鈴響了，國榮心裡一驚。她怕育可的電話。小俊在聚精會神，沒理睬電話。她不得不接，是覓兒。

她問有什麼事，覓兒說，媽呀，一定要有事就打電話嗎？問候也不行嗎？

國榮笑了起來，連說是是是，說覓兒曉得問候媽媽，母女聊了幾句，國榮也開心。剛放下電話，電話鈴又響了，拿起話筒，聽到的，是育可一聲「你好」，她一時啞了似的，沒吱聲。

育可說，連個客氣話也不會說嗎？我會天天給你打電話的，也就是說，我會天天問候你的，只要你不怕尚小俊知道我們兩個的事情。不過你放心，我不會亂來，我只是想天天問候你。

她還是沒吱聲，不過已經是在喘粗氣了。她不能再聽下去，便叭的一聲將電話掛斷了。接著電話鈴又響了，她不接。電話鈴一直在響，小俊在畫室說，接電話。她哦了一聲，便拿起話筒擱在一邊了。

小俊在畫室問，誰呀？

她說，是打錯了。

不一會小俊的手機響了。小俊說，喔，育可呀。國榮還以為是誰打錯了。接著是小俊不斷在應聲，喔，喔，喔。她不知道育可在對小俊說什麼。

小俊掛斷之後，她走進畫室說，他說什麼呀？

小俊說，他問我的畫準備好了嗎，他弄的錢也快到位了。

她退出畫室，呆坐在客廳裡。小俊感覺到她的情緒有些異樣，到客廳說，怎麼啦？電視也不打開看看？你不是最喜歡看那個電視連續劇嗎？小俊看了看手錶，又說，時間只過了五分鐘。

她說，算了，不看，肥皂劇，也沒什麼意思。

接著覓兒又打回電話。覓兒喊一聲媽媽，親昵得跟以往不同。她差點又要問一句有什麼事，覓兒在電話那頭說，媽媽，你自己忘了吧？我也差點忘了。

國榮說，忘什麼了？

覓兒說，你看果然忘了。媽媽，今天是你的生日啊。

國榮這才說，哎呀乖乖，虧我的覓兒還記得！

覓兒說，爸爸也不記得嗎？

國榮說，你爸哪能記得這些事，他是做大事的。

小俊聽到了，說，又在諷刺我什麼啦？

國榮說，覓兒記著今天是我的生日哩。小俊立即說，喲，這是個大事，怎麼我也就忘了，對不起對不起。又說，還來得及還來得及，我來為你做點什麼呢？

小俊放下了畫筆，來到國榮面前。國榮說，哎呀呀，你還真當個事啊？我長到四十多歲，哪個還想著過什麼生日的？小俊說以前是以前，現在是現在。國榮說，現在以前有什麼不一樣呀？

小俊說，不一樣不一樣，第一，你是我們家的功臣，該享福了。

國榮說，一件襯衣吊著擺，前一幅後一幅。

小俊說，第二，覓兒也大了，不再要我們操什麼心了。

國榮說，還說不要人操心，不要你操心倒是實。

小俊笑說，第三，我們搬進了新房子。

國榮說，我就曉得你要說新房子的。

小俊說，怎麼能不說新房子？新房子能說不是個大事呀？我說你好好享受你的吧國榮同志。

國榮說，享受，說得輕巧。每個月還貸，壓在心裡不是個事呀？

小俊說，我說你這個人呀，你是不相信我畫的畫有出路了？

國榮說，算了吧小俊同志，我是個雞扒命：只有做事的，哪有享福的？我只是不能多長出幾隻手來：長三隻手成小偷了，長四隻手成牲畜了，長八隻手成螃蟹了。把個小俊說得笑了起來，她也笑。

國榮笑裡的溫柔又感覺著一沉，躲不過心裡的那個傷痛。縱然躲得過別人也躲不過自己，那個傷痛總在心靈裡攪拌，非人力可以驅趕。

小俊要跟她一起去江灘逛逛，然後去宵夜，或是到吉慶街去。她不，哪裡都不想去。小俊說，今天總要讓我為你做點什麼呀？國榮心裡有一種衝動，欲罷不能的衝動。她說你要真是叫我高興的話，我說個事你聽不聽？小俊連說聽聽聽，什麼事說吧。

國榮一時沒作聲。在小俊追問之下，她才說你不要跟那個育可來往。小俊說你怎麼對他這麼大的意見？國榮說不是意見不意見，我是覺得他不可靠。具體的我也說不上來，我只是有那個感覺。

小俊笑了起來。國榮說你別笑，晶晶是他的親戚，總該是為著他的吧？晶晶也說他做事不落實。小俊說我也不是下個什麼賭注。國榮說可能我是不喜歡他那個大話說在前頭的口氣吧。

國榮只能把話說在這個份上。說了也後悔。幹嗎要提起這個人呢？她想早早上床睡覺。小俊說八點鐘還不到哩，你哪天不是這裡摸摸那裡摸摸熬到十一二點？今天這麼早就想睡，是不是身體不舒服？

國榮說睡一會子就好了的。小俊說你去泡個熱水澡。國榮說好的。小俊說我給你去放水，就去了衛生間。澡池是日式半人高的木桶，坐在裡面，腳可以伸得很直，腰直直靠在桶壁上，是個時尚。水可以漫齊肩，很是舒服的。

國榮清理了要換洗的衣服，又這摸摸那摸摸的，水放好了，她就脫光衣服漫在水桶裡了。小俊替她帶上浴室門。她在裡面洗了好長時間，小俊推門進去說，怎麼還在洗？

國榮說，洗得舒服嘛。

小俊在一邊看。國榮說，你看什麼呀看。

小俊說，像一桶白嫩的豆腐，好想吃呀。

國榮順手將水朝小俊一拂，水濺到小俊臉上，衣服身上。小俊說好呀，這是你的舒服，看我不揍你。說著去捉她的手。她就拍打起水來。水四濺，小俊身上濕。小俊索性站到桶裡，抱住她。她笑瘋了。

小俊脫了濕衣服，兩人對坐桶裡。清亮的水，在橘黃色的光裡波蕩。小俊抱住國榮不放。水在他們身上打滑。熱的水，熱的心，兩個人疊在一起。國榮說著「不行不行，我不習慣」，小俊一意孤行。

國榮笑著爬到木桶外，揩乾身子，穿好內衣，回臥室去了。小俊洗了也回到床上。他一鑽進被子，國榮就將小俊抱住了。狂吻他，非平日可比。她自己退了自己的內衣，不曾有過的主動，不曾有過的熱烈，不曾有過的激情，讓小俊風情盡致，也大汗淋漓。

小俊說，我又要去洗澡了。

晶晶給國榮打過兩回電話，問那些信怎麼辦，老放在她那裡也不是辦法。她放的地方換了好幾處，怕翻箱倒櫃的兒子看到，總擔著心。有回藏匿叫兒子看到了，兒子說，是什麼寶貝呀媽媽？她回說「媽媽的學習資料」，又說，你別管媽媽的事，做你的作業。兒子是初中生，喜歡探密。兒子眼裡有窮追不捨的質疑，她便把東西放進自己的提包裡，待避了兒子的眼睛再放在妥當處。

兒子上學去了，晶晶在家裡會情人。兩個人快樂之後，她去浴室洗澡，情人只是隨意翻了翻她的包，也隨意看了看「媽媽的學習資料」，看出些名堂，信件署名和稱呼都是英文字母ａａ和ｂｂ，以為是看到了晶晶的隱私，很是吃驚。

晶晶從浴室出來，大驚失色。一把奪過來，瞪眼斥他，誰叫你翻我的東西？火氣很大，情人冷笑，說我翻出了你的隱私你當然有火氣，只是你還沒問我是不是應當有火氣！晶晶氣哭了，上前去捶打他，說人家把什麼都給了你你還說這個話，你不是人！情人說打夠了吧？先歇歇氣再解釋解釋，打死我也要讓我死個明白吧？

她不得不講了，要情人絕對保密。情人不在乎保不保密，只在乎是不是與己有關。

過了幾天，國榮去了晶晶家裡。國榮說，我要把那些信燒了它。晶晶說那就在浴室燒吧。她拿出個鋁盆，每到清明或春節，是專門用來給老娘老頭燒錢紙用的。盆裡被燒成漆黑。晶晶將那東西給了國榮，也給她火柴。起先是晶晶看著她燒，看出她心裡有種特別的東西在臉上晃蕩，覺得她心裡並不平靜，便悄悄退出，替她把浴室的門帶上。國榮邊看邊燒，眼流滿面。

國榮從晶晶家裡出來，有一身輕的感覺。有些事情只要不往深處想，就不會觸動被時光掩飾著的痛處，除非是生活有意或無意點穴。

她走在解放大道上，心情也有被解放了的意味。陽光原來如此燦爛輝煌，車輛行人如此歡快流淌，人生樂趣原本無處不在。幸福其實很簡單，是晶晶說過的。晶晶說得對。

她突然覺得有點餓。想吃精武路的鴨脖子。聽覓兒說一個叫池莉的女作家寫了篇小說，精武的鴨脖子就名氣起來。覓兒要她讀讀這小說，說那裡面的主人公有些像媽媽，她花好長時間才讀完了。她說怎麼像媽媽呀？我看一點不像，你媽媽未必就是那個樣子？覓兒趕快說，我說像媽媽，就是說像媽媽的聰明，能幹，和吃苦耐勞，我又不是說像別的。這「別的」，自然讓她想到女主人公綁大款的事。她說見你媽的鬼，你媽只是家庭婦女一個，靠的是你爸爸呢。

大街上的陽光掃除了她心上的陰影，她的眼睛也明亮起來。她看到一家陽臺的盆景裡有鳥在做窩，她感覺著溫馨。

精武路的鴨脖子往前多走幾步就到了。有人在排隊。她也跟在人後。隊伍不長。她盤算著買兩三斤。小俊和覓兒都喜歡吃的。明天是週六，覓兒說是要回家的。覓兒有一個多月沒有回家了。小東西一點也不想家嗎？一點也不想媽媽嗎？

排在國榮前面的兩個婦女談著屬於她們自己的家常。聲音不大，怕她聽見，她還是聽得見。一個說，你不認識她吧？一個接話說，我怎麼不認識？她男的是畫畫的，一個女兒在讀大學，住在我們濱江苑嘛。一個說，如今的人都是那樣的，吃在碗裡猴著鍋裡。一個說，你是怎麼知道的？一個說，說起來話長，這又得我半天說，我只說一個道理，壇口封得住人口封不住，若要人不知除非己莫為，是不是的呢？

國榮渾身血往上湧，腿腳頓時發軟，站不住。努力朝旁邊挪動一步，坐在臺階上了。額頭冒汗，喘著粗氣。兩個議論人的人看到國榮痛苦的神情，走過來彎腰問，身體不舒服？不要緊吧？國榮頭也沒抬，只是搖搖手。

小俊的母親打電話過來，說小姜懷上了。國榮說她不是無數次說不願懷小天的孩子嗎？怎麼又懷上了呢？母親在電話那頭笑了起來，說你個傻伢，老娘怎麼知道呢？

國榮說，我叫小俊跟你老說話。母親連忙說不不不，我不要跟小俊說話，我一說話他就撐我，沒得個好言氣。我喜歡跟你說話。國榮說我有時也沒有好言氣咧。母親說你沒有好言氣我也喜歡。無論是娘屋裡，還是婆屋裡，國榮的威信超過所有人。

母親說小姜的懷相不好，噁心，嘔吐，吃又吃不得，不吃也不行，把個老娘整服了。所以我想請你們把小天叫回來。小天怎麼招呼怎麼好，是他們兩個人的事。我全心招呼了，頂碓臼玩獅子，人累死了還不好看，板死血是莧菜水。國榮笑了起來，說你老麼樣像田克兢演小品的，一串串。母親說見你娘的個鬼，老娘急個死，你個伢還逗。

國榮把老娘說的事跟小俊說了。小俊說，你說麼樣辦？國榮說你問我，我問哪個？小俊說馬上跟小天打電話。國榮說打吧。小俊撥小天的手機，接通了好半天，語音提示「無人接聽」。過了一會子，小俊再打，也是「無人接聽」。

座機電話鈴響了，只響了一聲，小天正要拿起話筒接聽，斷了。小俊說，噫，這才是邪門嘞，你不在屋裡的時候，也是這樣響了一聲就掛斷了，連續搞了幾次。說是打錯了吧，哪會一錯再錯？說是電話機有毛病吧，剛才接老娘的電話蠻好的。這麼無聊？我想到電訊局去查查。

國榮清楚誰人所為。小俊說要去查，她也不好說什麼，只有不做聲，背著小俊擦臉上冒出的汗。

小俊說，我還要報警。

這註定了她要走向深淵。她得趕緊跟育可聯繫，求他啊，也求老天阻攔他不要再傷害她啊。小俊不出門，她是不能在家裡打電話的。她宣稱要出去買點菜。待要出門，座機電話又響了，像雷鳴，要把她擊倒似的。響了一下，如同宣判她死刑。又響了一下，接著還在響。她緩過氣了。電話機就在她手邊，她一點也沒意識要去接。是小俊提醒她，接呀。她突然找到一句話說，我去買菜。小俊說，你去買菜還呆在那裡聽著電話響？

她無法不失態。她說聲「你接」，就出門了。菜場不遠，她卻走得很遠。要在一個公用電話亭撥電話，又想不起育可的電話號碼。她急得汗冒。守亭子的姑娘說，是不記得電話號碼吧？莫急莫急，慢慢想。慢慢想也不行。不急也不行。突然她眼睛一亮，老天讓晶晶走過來了。她老遠喊著「晶晶」，聲音大得把守亭子的姑娘嚇得一跳。不只是聲音大，且極為異樣，像頻臨溺水人的嘶喊。

晶晶奔跑過來，國榮把晶晶拉到一邊，如此這般一說，晶晶連連哦著，說育可的電話不在手頭上，在家裡。她們叫了一輛的士，一起去晶晶家。坐在車裡，國榮一個勁的說「聯繫不上怎麼辦」，像魯迅筆下的祥林嫂不斷說著「我不該叫我的阿毛坐在門口……」一樣。

電話號碼是有了，也真是國榮擔心的「聯繫不上」，手機座機都是無人接聽。晶晶也一直給育可打電話，間斷也只一兩分鐘。國榮要回家，她說是出來買菜的人，半天沒回去，不好。晶晶說我會一直跟他打電話的，直到打通為止，由我來跟他說，你放心。

晶晶住在水廠那裡。出了門，國榮上了一輛的士。城市的夜在燈光的編織裡閃閃爍爍。司機問她去哪裡，她說隨便。

司機一聽，朝她望了望，看不清她的面孔，感覺到她聲音的異樣，知道是遭受了什麼打擊，便說，是要我送你回家嗎？你家住哪裡？

她還是說，隨便。

司機笑了起來，說，隨便是哪裡啊？你不說個地點叫我怎麼樣開車呢？

她這才意識到自己走了神，說，江邊吧。

司機一驚，看那木木的神情，這女子不是要尋短見吧？車開動了，卻不是到江邊。車開得很慢，悠著開。她沒說江邊確切地點，司機也沒再問。車行駛在解放大道上，又穿到京漢大道，再到發展大道。司機邊開車邊跟她說著話。說話的時候一直是帶著「你大姐你大姐」的，親切得不得了。

一個人不可能不遇到煩心的事。留得煩惱養菩提嘛。天是塌不下來的。其實都是自己心裡過不去。世界上發生了的事情是不可避免的，有八個字很重要：面對，接受，處理，放下……這是司機邊開車邊講的意思。國榮聽得抽泣起來，承認心裡有事，證明著司機的判斷不錯。

她忍不住問司機的名字，司機給了她一張名片說，我叫易祥雲，大姐以後有什麼事要小弟幫忙的，給我打電話。

她流著眼淚說，你真好。

易祥雲說，要相信世界上還是好人多。現在我可以送大姐回家了吧？

她說出了自己住的地方。車到了目的地，她問多少錢。易祥雲說，今天遇到大姐，我看大姐是個善人，不談錢不談錢。

她說，怎麼可以不談錢呢？你要吃飯呀？她發現自己的口袋裡只有幾塊錢，遠遠不夠，下車說，我上樓去拿，吶，就是九樓靠最東邊的那個窗，陽臺上有燈的。

易祥雲朝那窗口看了看，說了聲「祝大姐開心，大姐再見」，就開車走了。她大聲叫著「易祥雲」，說我一定會去找你。看著車子尾燈遠去，眼淚又漫出來了。

小俊仍是在畫室作畫。他手拿畫筆，端詳著畫桌上鋪開的畫，對國榮說，說是去買菜的人，把人都買得不見了。

國榮說，你擔心嗎？

小俊說，有什麼好擔心的？你又不是小孩子，還怕你走失了不成？

他告訴國榮，她出門的時候是小天來的電話。小天說到底是誰的孩子還說不準呢。

國榮說，這個小天。

小俊說，我也是拿他沒法。說著在畫稿上塗抹了幾筆，又說，你吃了嗎？國榮說吃了。小俊問在哪裡吃的，國榮謊說晶晶那裡。小俊說你買的菜呢？國榮吱吱唔唔，總算讓小俊聽明白：菜丟在晶晶家裡了。

國榮抹了抹桌椅，拖了拖地板，清理了一陣，看看牆上的鐘十點多了，便告一段落，想到了那個年輕司機，把司機的名片從衣袋裡掏出來，壓在了床頭櫃的玻璃板底下。沒有給他錢，真是不好意思。

小俊還在畫畫，國榮先睡了，哪裡睡得著。她只有不讓自己想那些事。該怎麼樣是怎麼樣，不由自己想不想。她不是讓晶晶處理麼？

她迷迷糊糊睡著了，小俊上床把她弄醒了，小俊抱住了她，臉挨著臉。床頭櫃上的電話鈴響了起來，國榮要伸手去接，小俊說不管它。國榮伸出去的手還沒有縮回來，電話鈴響了一聲不響了，小俊大罵他媽的，老子明天非去報警不可。

有一種響聲傳到小俊的耳朵裡。那聲音悠悠，似有似無，似遠又似近。小俊感到國榮在他懷裡抽動。

小俊說，你在哭？

國榮身子抽動得厲害。

小俊說，是不是哪個欺侮了你？

國榮哭著說對不起他。小俊莫明其妙，說這是什麼話？我對不起你才是真。讓你吃了不少苦，遭了不少孽，現在的日子好是好多了，也還是叫你操著心，沒有個消停日子。

她泣不成聲，小俊還是聽懂那意思，是說我的日子也到消停的時候了。小俊說我怎麼聽不懂你的話呀國榮？你是不是對我有什麼不滿說得嚇我啊？他不斷叫著我的國榮我的國榮，叫出了自己的眼淚。他說無論遇到什麼事，你永遠是我的好老婆！

當國榮把自己事情和盤托出，國榮等他宣判似的說，你想怎麼辦就怎麼辦吧。小俊還是緊緊抱住她，沒鬆手。小俊冷靜得出奇，說，你放心，這事讓我來處理。你只跟他聯繫，約個時間，地點，只說我要見他。別的不用說。

想不到事情就這麼簡單，國榮以為是在做夢。

國榮好不容易跟育可聯繫上了。有意味的是，時間定在情人節，地點定在小欒川。小欒川是育可請小俊吃過飯的地方。到了那天，育可略為早到幾分鐘。

他訂了包房，自己作東的打算。他正在門口張望，小俊和國榮已經出現在他眼皮底下。他只顧他的寒暄，將小俊兩口子朝包間裡帶。進了包間，他先坐了。見小俊和國榮一直站著，就說，你們坐吧。吃點什麼呢？又對小俊說，我們也是好久沒見了。畫展的事，只等你的畫了，我也正要告訴你。

小俊一臉漠然，打斷他的話說，我是來告訴你的，聽好了：國榮是我的老婆，不是任何人的老婆，所以我有權保護她，不叫她受到傷害！你是聰明人，你明白你做了什麼事，如果你還要做下去，我就請你選擇：是想留一隻膀子還是想留一條腿子，會有人幫這個忙的！

說著，牽起國榮的手出門，還不忘丟下一句話：我尚小俊橫起來也是魔鬼！

育可被扔在包間裡發愣，屁都放不出。

小俊仍是像從先那樣對待國榮。只是小俊的話不多了，也不輕易說笑。國榮輕鬆了許多，也沉重了許多。小俊平時也有話不多的時候，那樣的時候國榮不會驚心，就像一個人的呼吸不會叫人驚心一樣。對呼吸的驚心只有是在呼吸受阻的時候。

晚上小俊拼著命畫畫，白天睡到上十點才起來。起來之後說是到外面過早，有人總看著他跟那個老鞋匠坐在一起說話。他坐的是老鞋匠給顧客坐的被許多屁股磨光了的小板凳。小板凳好像是專門為他準備的。旁邊另有矮趴趴的小條凳，他只坐小板凳。

最叫國榮驚心的，是他們行房事的時候。國榮出於自己說不清的原因，一反從不主動的主動，親熱他。他一反從來是主動的不主動，應付她。有時他只是將她抱一抱，拍一拍她的背，說「我那幅畫要抓緊完成」，便起身進了畫室。他是永遠有畫不完的畫。以前他心裡裝著畫，也裝著她。畫與她從來就是在他心裡共存的。現在他心裡的畫是要把她擠沒啦。

國榮去找晶晶。晶晶反倒為她高興，她說小俊是在自己消化，是個大男人。她建議國榮注意打扮自己，不光是下得廚房進得廳堂，還要讓自己的性感像吸盤把小俊吸住。她教了國榮一些方法與技巧，國榮應用起來不怎麼湊效。

小俊出了幾天差，回家的那天，她確實把自己弄得性感。晚間上床，她先是光光地躺在被子裡，小俊洗了進臥室，她披著被單起身迎接，一下把小俊裹到被單裡。小俊的一個重大發現，是國榮將自己的下體毛刮得光光，像他畫過的十六七歲的女模特兒，顯出一種嫩來。

小俊笑了笑，說他累了，改天吧。國榮要哭，不能哭，藉口去廁所，用毛巾堵著自己的嘴哭。

第二天早上，國榮到大街上買油條過早。小俊還睡在床上。她給自己沖了半碗燕麥片，坐在客廳邊喝邊吃油條。三根油條，她留兩根給小俊吃。油條也不能多吃，偶爾吃點可以。油條裡加了明礬，對人體有害的。

她出門的時候見小俊翻了個身，知道是醒著，才問了他一句「早點想點什麼」，他先說是「隨便」，又加了一句：兩根油條吧。她買回來了也沒喊他。他在打鼾。

昨天的《武漢晚報》還擺在餐桌上。她突然看到一條醒目新聞：

兩起車禍　一條人命

死者的名字，讓她張開的嘴巴沒合攏。她立即跑到房裡，拿出壓在床頭櫃玻璃底下的名片。不要是他！不要是他！她在心裡叨念著。她再看那條新聞，明明寫著：年輕司機易祥雲。

她撥打名片上的住宅電話，得到證實，她的手冰涼，眼淚無聲地奔放。她出門了。走到大街上，她不知道自己要幹什麼，為什麼來到大街上。這個世界沒人知道她要到哪裡去。哪怕是最親最親的人。她要尋找一種飄的感覺吧。這種感覺占住了她的腦子，占住了她的心身，看著人也不曉得避讓，直徑走過去。撞上了避讓不及的人，罵她神經病。她突然笑了起來，沒別的表示，只是笑。笑得柔和，不猙獰，不恐怖，一街行人接受不了她那種笑。

沿著天天漁港那邊的臺階，她上了長江二橋。到了橋的中段。她知道橋中段的位置最好。橋上沒有行人，只有來來往往的車輛。她在這世界最不注意她的時候越過了欄杆，像小時候坐上了鞦韆，飄起來了。她還是帶著笑。沒人看到這精彩的一幕。死後的傳說與猜測與她無關。那是活人的事。

天晴天陰都是心

秦夢原先不叫秦夢。原先叫秦禮。他業餘寫小說，老是被退回，一點禮都不講的。有人告訴他，你改個名怎麼樣？改成帶女性的或模糊成女性的名字？秦夢這個名字便油然而生了。被退回來的小說再打發上路，結果是交了好運。他笑自己的狡猾。一日編輯約請他面談，給了編輯一個不大不小的吃驚：你不是個女的呀？從此他不再寫小說。他不寫小說練書畫。練書畫比寫小說實用。

秦夢原本是個普通工人，因為有些書畫才能，就成了市印刷三廠的美工。廠長跟秦夢是同學。秦夢的才學擁有許多崇拜者。那些年輕姑娘也愛團著他轉，廠長心裡有些子不舒服。廠長表面上對他還是客客氣氣的，一副尊重知識尊重人才的派頭，大會小會也表揚他。在申報提拔廠裡中層幹部的時候，副廠長給廠長一個名單，廠長看了看，提筆就把秦夢的名字劃掉了。

副廠長問，為什麼？

廠長只是擺了擺手，什麼也沒說。副廠長為秦夢不平，也不好說，就不說了，只有替秦夢惋惜。

後來秦夢就有些子名氣了。他的竹筆書法獲北京國際硬筆書大賽特等獎，連京城的名家們都盛讚他竹筆書法剛柔相濟的獨特風采。中央電視臺「神州風采」要拍他的專題片，廠長打電話去說，此人不宜宣傳。打過電話之後還拍著秦夢的肩膀說，祝賀你夥計，中央電視臺的人來了我們廠裡接待。偏偏秦夢什麼都知道了，忍無可忍，一腳去踹開了廠長辦公室的門。廠長還不知道是哪來的風雨，秦夢就劈頭蓋臉地說，廠長！

好你個廠長！你憑什麼說「此人不宜宣傳」？

廠長隨即站起來笑說，這是發的什麼脾氣呀夥計夥計！

秦夢說，我跟你夥個雞巴！你憑什麼說「此人不宜宣傳」？

他的聲音挺大的。廠長就起身，繞過桌子，走到秦夢跟前說，夥計夥計，坐下坐下，有話好說，有話好說。

秦夢說，我跟你好說個雞巴！

別個辦公室的人過來了，看熱鬧。廠長臉上就有些掛不住了，就說，你怎麼一口一個雞巴？

秦夢就說，罵你雞巴算是抬舉你的！你連雞巴都不如！雞巴還是人的個種，你不是人雞巴日的！

廠長氣得翻白眼。走廊裡都站滿了人。有人正想上前勸說，還未及上前，就看到秦夢拿著長柄拖把，乒乒乓乓地，將掛在牆上的許多玻璃鏡框框著的獎狀，一一敲碎。玻璃炸裂，飛揚，落地，蹦跳，頗為壯觀。

秦夢一邊敲擊，還一邊憤憤地說，假的！假的！假的！

廠長這時是異乎尋常的冷靜。他對圍觀者說，你們看看！你們看看！

敲擊接近尾聲，廠長害怕那威風凜凜的拖把迎接他的頭顱，他就烏喪著臉退避到走廊上直喘粗氣。秦夢也大踏步走出了辦公室，穿過走廊，下了樓，眾人就看到他去了車間。車間裡的人還不知道發生了什麼事，只見他對擦試著機器的老婆鄭英說，走！回家！跟我回家！

鄭英說，你喝醉了呀你？

秦夢就去拉鄭英的手。鄭英滿手是油，他的手也油了。她的手被秦夢捏得生疼，鄭英說，你瘋了？

副廠長來了，他橫在鄭英和秦夢之間說，你聽不聽人勸的呀秦夢？

秦夢說，我不聽人勸！你也別勸我！我和鄭英都辭職！我們不幹了！又對鄭英說，走！我們走！他的蠻勁把鄭英拉得蹌踉了好幾步。鄭英望著副廠長，又望著眾人，不說話，眼淚直流。她的手掙秦夢又掙不脫。

副廠長說，你知道你在幹什麼嗎？

秦夢說，我願意對我的行為負責！

副廠長說，你負什麼責？你要是曉得負責的你就不會這麼做的！

秦夢鬆了鄭英的手。他掏出他隨身帶著的小小速寫本，擰開鋼筆，刷刷地寫著：我們辭職。從即日起，不再是該廠職工。落款是秦夢，鄭英。時間是一九八七年七月七日。寫完日期，他看了看手錶，接著寫上「下午三點四十五分」。他把寫好的那一頁扯下來，交給副廠長說，就拜託你了！他一個人就走出了車間，走出了廠大門。守門的老頭後來對人說，他邊走還邊吹著口哨哩。

就在那一刻，秦夢一下子就斷了自己的後路。他把鄭英的後路也斷了。他就是這麼個人，衝動起來，就不顧後路的。頭幾天，秦夢就蒙著被子睡大覺。從頭天日頭落睡到第二天日頭落，只起來來吃一餐飯，吃了又睡。抓成的瘡，睡出的病，鄭英就不讓他多睡。不讓也不行，鄭英就哭。鄭英也不說他一句埋怨話。他要她跟他一起退，就退了。世上也真有這樣的老婆。

廠裡也不斷有人來勸他，他還是硬氣，不吃回頭草。副廠長也幾次來勸，也幾次不鬆口。鄭英試著說，讓我回去也好。他偏把鄭英也跟自己綁在一起，世上也真有這樣的男人。受辱也好，享福也好，她都聽他的。

廠裡也傳來廠長的話，說秦夢是一馬之氣，不計較。說讓秦夢回去。檢個討，象徵性的賠幾個錢，就算了。秦夢說，不共戴天！他跑到廠裡去，丟了一塊石頭在噴水池裡，說石頭浮起來了再回去！

他跑到襄樊他大哥那裡住了幾天。大哥六十歲了，要大他二十歲。長兄長嫂是爺娘，聽他說到敲打玻璃之事，把他臭罵了一頓，逼他回廠裡認錯。回家之後，廠裡再要是有人來說上幾句，他也就回了，可是沒人再來，他有種等待的感覺。門外的腳步聲，他總以為是有人來了。鄰居的一些叫喊聲，有時也叫他一驚，仔細一聽，不是，也就空空落落的。

鄭英也沒有安慰他的話，總是默默做著家務。永遠做不完的家務永遠做下去。她是秦夢代表廠裡到鄉下去招工招上來的。村裡那麼多女孩子，秦夢單挑了她。進了城，她什麼都到新鮮，什麼也不懂。秦夢那時是她的師傅，也是她的朋友。秦夢教她操作機器，也教她操作城裡生活。當愛情成熟的時候，她的操作也成熟了。秦夢說，我要娶你。她說，我願意給你做牛做馬。兩床被子一合，就那樣結了婚。她沒有脾氣，他就是她的脾氣，他就是她的頭腦。如今雙雙沒有工作，他特別愛摘她的錯。他把飯碗一端，說飯煮得太硬，把筷子往桌上一丟，不吃。她就給他下麵條去。麵條端上來了，他只吃了一口，說好鹹，又不吃。她願意給他重做，再做淡一點，他賭氣不吃。她把筷子塞在他手上把著他的手，挑起一拄麵，往他嘴裡餵，哄著他吃。一點也不生氣的，耐得了那個煩。

秦夢也不能老待在家裡，還得出去弄錢。這不要鄭英說他。他用平板車給水果店拖過水果。拿起繩子扁擔在車站碼頭給旅客挑過行李。大熱天賣過冷凍汽水和奶油雪糕。臘月裡擺過攤子給人家寫春聯。鄭英就給人家織毛衣。她的毛衣織得好，會出式樣，求她織的人也多。日夜織，三五天就是一件。深更半夜，秦夢一覺醒來，鄭英還在燈底下織。冬夜焐在被子裡織。停了電也能摸黑織。觸針的手指就好像是眼睛，上針下針，收針加針，長針短針，滑針空針，扭針並針，挑針鎖針，針針不亂的。

日子的勤勞伴以日子的簡樸。上十天才能吃一回肉。一回也只是稱個一兩斤，骨頭挑出來熬蘿蔔湯，瘦肉挑出來炒醃菜，肥肉先煉出些子豬油，油渣剁碎，加些青菜包餃子吃。這種化整為零的技法，使得他們的日子總還是有些肉的滋味。老娘被襄樊的大哥接走了。秦夢對大哥說，對不起呀大哥！說著眼淚就流出來了。大哥說，什麼對得起對不起呀？老娘是你的娘不是我的娘？秦夢給老娘下一跪說，媽保重！我們情況好些子了，就把媽接回來！媽朝孝子兒揮揮手，就眼淚巴沙地走了。

兒子讀書的實驗小學成立了少兒書畫興趣小組。學校知道秦夢的一點名氣，就請他去講了一回課。他當場表演了竹筆書法和手指兒童畫。學校請他吃了一頓，還用紅紙包了五十塊錢給他，再加上送給他一塊寫著「書法家秦夢老師來校講學紀念」的匾額。他回家把匾額上的字擦了，找商店的一個熟人賣了四十二塊錢。五十加上四十二，一共九十二塊，他叫鄭英一下子就秤了五斤肉，給兒子買了個新書包，給鄭英買了件衣服，其餘的錢就交給鄭英去拖了一板車煤回來了。

秦夢一家在喝著肉湯的時候，有好幾個學生家長帶著孩子上門來找秦夢老師指教。秦夢看著人家放在桌上的諸如茶葉煙酒之類的禮品，也就滿口答應，嘴裡還說，不要送東西嘛。等人家一走，就又託人將這些子東西變賣成錢，做了鹽米醬醋茶的用途。要他指教的孩子多了，就把些學生集中在家裡，教兩個晚上，再加上個星期天，就成了個家庭培訓班了。那些跟他學的孩子，每個月給他二十塊錢。上十個孩子學上了癮，一個月就有二百來塊錢的進項了，跟他在廠裡也差不多，還有人家送的那些子東西不算呢。

一天夜裡，秦夢突然把鄭英推醒。鄭英迷迷糊糊地哼著說，我想睡，別動我。秦夢就笑著說，我不是想動你，你現在要我動，我還沒那個心思哩。聽了這話，鄭英就全醒了，噗哧一笑說，你把你說得是幾好哩，我想動你！秦夢說，我有個好主意告訴你。鄭英說，明天說主意就跑了？秦夢說，我不說就睡不著的。鄭英說，睡不著你就醒著。秦夢就抱住了鄭英說，好，你陪著我醒。說著就撈她的癢癢，把她的瞌睡趕跑了。鄭英說，遇到你這個人。你說呀？什麼好主意？秦夢說，我不說。鄭英說，怎麼又不說？秦夢說，我動動你就說。鄭英說，不准動。秦夢不由分說，要行蠻，她就說，說了再動。秦夢說，動了再說。鄭英就妥協了。事情鬧完之後，鄭英說，再說呀？秦夢這才說他是想舉辦個少兒書畫培訓班，公開招生。他說這少兒書畫培訓班的名字都想好了，叫「小太陽書畫培訓班」。他說，我就不信我做不成個事業！說著，他就爬起來，扯亮了燈。鄭英說，幹什麼？秦夢說，你睡吧。他就開始寫他的招生廣告。招生宗旨，招生對象，報名地點，培訓時間，收費標準，他都想好了。一張大白紙，裁成四開，大筆一揮，一連寫了十幾張。寫罷，他走近床邊，看到鄭英閉著眼睛，但那眼皮還在一眨一眨的。秦夢說，假睡，假睡。他要俯下身子去吻她的眼睛，她就睜眼笑了。

秦夢說，你還想不想睡？

鄭英說，你還讓人睡？

秦夢說，我們一起去貼廣告好不好？

鄭英說，現在？

秦夢說，白天去貼總覺著不好的，趁黑夜去貼好些。

鄭英說，幾點了？

秦夢說，三點。

鄭英默默起身。穿好衣服，就跟著秦夢默默走到空寂的大街上。路燈也昏昏欲睡。十幾張廣告貼了十幾個重要的路段，天也就亮了。鄭英早上出門買菜，看到夜裡貼在菜場那個電線杆上的廣告很是醒目。有好多人圍著看，她也擠上去，發現沒有寫明培訓地點，只有連絡人和她家的門牌號碼，她就趕快回家告訴秦夢。秦夢說，這沒關係的，人少就在我們家裡，人多就去實驗小學借教室。鄭英才又跑去買菜。

當天就有三個家長帶著自己的孩子來報名。「今收到小太陽書畫培訓班學員某某某學費二十元整」，他打了三張這樣的便條，交給三個家長說，如果要正式發票，以後再來換，因為才開始，還來不及弄發票。家長們說，不要不要，我們也不是要報銷。

收了六十塊錢，交給鄭英去買回供應米和供應油，其餘的就寄給大哥了，作為老娘的零花錢。後來就有人建議，要秦夢在廣告上署上自己的大名，也署上自己的頭銜，報名的可能就要多些的。秦夢想了想，夜裡又去加上「主講人秦夢，省美術家協會會員、省書法家協會會員、中國硬筆書法協會會員、中國手指畫研究會會員」等字樣，果然，十天之內，報名的就有一百零八名，水泊梁山的人數。到開講的那天就有一百二十名了，那個錢數就是二千四百二十元，鄭英喜得眼淚直流。

實驗小學的張校長借給秦夢兩個教室，秦夢也不白天上課，跟學校沒衝突的。校長知道他的情況，所以收費也不高。秦夢給校長送去兩百元的紅包，校長說，你也搞這個呀？說得秦夢臉紅紅的。校長又笑說，以後你發了，別忘記學校就是。秦夢說，也不忘記張校長。張校長就讓秦夢把錢拿走了。

兩個教室，起碼得兩個人教，臨時請了兩個打雜的還不說，他還去請了市報的美編。每晚給美編十塊錢，美編講客氣，說不要，只當是幫朋友的忙。秦夢說，那就好說，只要這個班辦得下去，我總會對得起朋友的。美編來了幾個晚上，就不來了，招呼也不打一個。害得秦夢就兩個教室跑，是收了人家的錢的，一點也不能馬虎的，讓人家罵娘的事他不幹的。在這個教室佈置學生畫了靜物，就到那個教室去講授書法入門。這邊講了，又佈置畫靜物，再到那邊去講。一兩個晚上可以，時間長了就不是個法的。

第二天秦夢去了美編家裡，美編躲著不見。美編的妻子說美編病了，去醫院了。秦夢就坐著跟美編的妻子胡吹神聊，說是要等美編回，引得美編的妻子說出了實情。她笑說，一個晚上才十塊錢，是不是太少得點？

秦夢轉身就走了。走到大街上又想，急忙急搶的，再去找誰呢？一時也沒了主意。走在水果店門口就止了步，他秤了幾斤蘋果和幾斤香蕉，花了兩三張錢，也有好大一網兜的，擰在手裡，再去了美編的家裡。美編正蹺起腿子在家裡抽煙。美編見他手裡提的東西，連忙起身說，哦，是你呀。

秦夢說，我剛才來過。

美編說，知道知道，才聽我老婆講過的。

秦夢說，你老婆說你病了。

美編說，沒事沒事，小毛病。

秦夢把手裡的東西一揚說，算是慰問慰問吧。我想，要不是遇到什麼事，你不會不來的，是吧？

美編連說是的是的。

秦夢就說，我的書畫處女作，都是你編發出來的，我會記得你一輩子的。講課報酬，也請你看長遠點。他話也說了，人情也做了，美編想怎麼樣又不能怎麼樣。後來他發現美編講授得不怎麼樣，也不是水準不高，也不是不下力，是不會教少兒。學生稍不如他的意，他就敲學生的腦袋。秦夢覺得對不起人家二十塊錢，就把美編辭了，另請了張校長推薦的人，美編就到處罵秦夢忘恩負義。

學生來學書畫，很多家長也來跟著學，學生學會了，家長也學會了。家長的興趣也帶動孩子的興趣，孩子的興趣也讓家長來了興趣，這叫「興趣相長」。秦夢教孩子畫花鳥，見有的家長也畫得好的，就讓家長上講臺即興表演，家長也高興做孩子的榜樣。秦夢提問，家長也可以舉手回答，有時是故意答錯，讓孩子來糾正，常常是哄堂大笑，很活躍的。

秦夢不擔心自己的能力，連家長們都說，交二十塊錢值得，還多交兩個也可以的。有一天，秦夢正在家裡製作教具，也一面跟鄭英吹噓自己教學有方，鄭英還沒來得及取笑他，就聽到有人進屋說，秦夢是這個屋裡嗎？接著就有一幫子人進來了，有男也有女。秦夢家太窮，也沒有那麼多的凳子坐，鄭英就連忙到隔壁家裡去搬來兩條長凳，也連忙叫那些人坐。這些人秦夢一個也不認得，但見有人穿的是稅務的衣服，工商的衣服，還有公安的衣服，他就明白了些，於是鄭英就去買茶葉，買煙。那些人攔住說，不用不用。鄭英也就沒去了。秦夢說，你看我這煙，也拿不出手。他就用他那孬煙發給人家，人家不接，只說不抽不抽。可是有兩個人當場就拿出自己的好煙抽起來。秦夢給鄭英遞眼色，鄭英會意出去了。

來的這一幫人，有稅務局的，有物價局的，有工商局的，有文化局的，有教育局的，有公安局的，有街道辦事處的，也有市裡督辦組的，總共八個單位，秦夢在心裡稱他們為「八國聯軍」。

聯軍一臉的嚴肅，由一個人發問，有辦班許可證嗎？

秦夢說，沒有。

又問，有營業執照嗎？

秦夢說，沒有。

又問，完了稅嗎？

秦夢說，沒有。

又問，誰允許你每個孩子收二十塊學費的？

秦夢說，有的地方辦班是收的三十。

那人說，你聽清楚好了：我問的是誰允許你收的！

秦夢說，我想我還收得少些。

那人說，我再說一遍：誰允許的？

秦夢說，我自己。

那人說，這就是了！又問，你這是辦學，教育局允許了嗎？

秦夢說，沒有。

又問，這也是屬於文化市場，到文化部門登了記嗎？

秦夢說，沒有。

那人說，你是什麼都沒有，是不是？

秦夢說，是的。

那人朝旁邊作記錄的那個女的說，都記下了嗎？那女的說記下了。他就又對秦夢說，要取締，要罰款！

秦夢頭腦一嗡，差點要倒下。他努力撐住桌子的一角，讓自己平靜下來。鄭英的煙和茶也都買回來了，先發煙。不抽的還是不抽，抽的也還是接過煙抽起來。她要泡茶，也沒有那麼多茶杯，她也想到隔壁去借，就聽到那個聯軍的首席代表在說，班不能開辦了！至於今後能不能開辦，那就聽通知！三日之內，你到稅務分局來一下，帶錢來！除沒收全部學費，還罰款一千！說罷，他就帶著他的聯軍，撤了。鄭英像小孩子似的，哇的一聲，哭起來了。

秦夢還怔在那裡。

聯軍前腳走，張校長後腳就到秦夢家裡來了。張校長知道聯軍來的事，他安慰著秦夢說，別著急，別著急，總有辦法的。

秦夢說，是我被動了。

校長說，你被什麼動呀？這是個新事物！誰有那個經驗？我就有個親戚，想網羅幾個人搞個交際舞培訓班，去找他們那些人申請個什麼證，他們就說，開放搞活，搞起來再說，我們也沒有什麼現成的規章，都不是在摸著石頭過河？聽聽！關係好的就是這樣，你沒關係，就下你的卡子了！還是要找找關係！

秦夢說，我能有什麼關係呢？普普通通的一個人，原先還是個職工，現在什麼也不是！

校長說，你別忘了你還是個名人吶。

秦夢噗哧一笑說，我也算名人！

校長說，人家都巴不得朝自己臉上貼金，你倒好，還不承認！你得的那些子獎，是偷來搶來的？中國博物館，省博物館，西安博物館，還有一些什麼博物館，都收藏你的書畫，這能是假的？你現在就要利用它！

秦夢笑說，怎麼利用？

校長想了想說，這樣吧，我給你寫個條子，只看管不管用。校長就說市委宣傳部長曾經是他的學生，當即寫了條。宣傳部長知道本市有個寫字獲大獎的秦夢，當秦夢拿著校長的條子去見他，說了些事情的前前後後，宣傳部長就打了幾個電話，意思是，要辦的手續可以補辦，罰款不必，講課照常。電話是當著秦夢的面打的，電話那邊略為有點不爽快，宣傳部長就說，秦夢同志也是在關心下一代呀，是希望工程呀，你們要看到實質呀，別看他是收了人家幾個錢呀，那是勞動所得呀，他不能喝西北風呀。

秦夢原先在實驗小學門口寫了個公告，說講課老師因事，順延。他又趕緊去換上了一張，說小太陽培訓班開課照常。回到家裡，見鄭英坐在床沿上織毛衣，手裡的針線一下一下的跳動，織好的部分兜在她懷裡，線團則在床上一滾一滾的。她見了秦夢，針線不動，說，見到了嗎？秦夢說，見到了。鄭英說，怎麼樣呢？秦夢說，那真是！鄭英說，怎麼「真是」？秦夢說，真是個宣傳部長！秦夢講了過程，鄭英好高興，說，你過來一下。秦夢就走到她跟前，她把織好的部分展開，貼著秦夢的胸部比劃，又比劃袖子，秦夢就抱住她，要親她。她說，又不怕針子把你扗著了！鄭英還是讓秦夢親了親。

秦夢說，那八國聯軍差點置我於死地的！

鄭英說，是有人殺的釺子你曉不曉得？

秦夢說，誰？

鄭英說，廠裡猴子來了的。他說就是廠長殺的釺子。

秦夢說，真的？

鄭英說，猴子是不說瞎話的。

秦夢就罵，那個狗日的東西！老子揍他！

鄭英說，算了！

秦夢說，不行！老子要去跟狗日的算帳！

他就衝出了門，鄭英是攔他不住的。鄭英就失悔不該過那個話的。

秦夢來到印刷廠，又是吹著口哨進廠，給門房的守門老頭遞了一根煙，老頭接過煙說，聽說你在外頭發了？

秦夢說，哈，你老沒聽說我在外頭遭殃了？

老頭說，哪會呢？你人正直，又和氣，怎麼會遭殃呢？

秦夢說，世上有壞人，世上就有好人遭殃的，對不對？

老頭說，倒也是，倒也是。

老頭請他坐坐，他不，他說到廠裡面去走走。有人上班，有人下班，上下班的人都跟秦夢打招呼，很親熱的。有人說，是不是回來呀？有人就說，莫回莫回，還回來個雞巴，是幾好的個廠呀！有人就問，你聽說了吧？秦夢說，聽說什麼了？有人就告訴他，說是廠長讓一幫子人偷著印了一本很黃的書，叫公安查出來了，起碼要罰廠裡一百萬，要罰得廠裡連褲子都沒得穿的。秦夢就說，那狗日的領導得好呀！恰好廠長走過來了，秦夢就是想見廠長，不說是揍他，甩他幾句話也是好的！哪知廠長走近他的時候，又是摸著他的肩，又是握著他的手，說些親熱得不得了的話，還把他直往廠長辦公室裡拉，說「進去坐坐，進去坐坐」，看得出那種就低伏小的樣法。伸手不打笑臉人，秦夢也就心軟了。他在辦公室了坐不住，看著牆上重新裝上玻璃框的獎狀們，自己也覺著好笑。幸虧副廠長及時進來說，聽說你來了，怎麼樣呢？混得好吧？秦夢本來可以借機說出好的來，他想算了，只說，你也不去看看我，還問我怎麼樣！副廠長就說，太忙太忙，想倒是想著要去看看的。秦夢本想說一句「莫瞎忙啊」，好刺一刺廠長，還未及開口，廠長就給秦夢倒了一杯茶遞過來，秦夢就不好刺了，他接過茶，還是說聲了說「謝謝」，就把茶放在茶几上，一口也不喝。這時有人在外面大叫「秦夢秦夢」的，是廠裡司機猴子的聲音，他忙跑出屋，也叫「猴子猴子」的，猴子說，下來。他就回頭對屋裡說，對不起，猴子找我，我去一下。副廠長就說，別走了，晚飯算我的。秦夢說，好，你欠我一頓就是。便找猴子去了。

猴子把他領到避靜處，說，嫂子跟你說了嗎？

秦夢說，說了。

猴子說，你怎麼沒有一點記性？還在那裡談得火熱？

秦夢一笑說，我跟副廠長談哩。

他隨即看到不遠處站著一位姑娘，他不認識，好像不是廠裡的。那姑娘一直是朝他這邊站著笑，他就看出了某種微妙，悄悄對猴子說，喂，那邊，你是不是吊膀子了？

正說著，那姑娘就走過來了，叫了一聲「秦老師」，秦夢奇怪那姑娘怎麼認識他。猴子介紹說，她叫珍珍，在市群藝館工作。珍珍就把手伸給了秦夢，秦夢握了握，笑說，認識我呀？珍珍說，有回群藝館開座談會，我不斷給秦老師倒茶水的。那一個上午秦老師總喝了兩開水瓶哩。猴子就笑說，難怪有水平的。秦夢說，就那個水瓶呀？三個人就笑。

笑過之後，猴子就說，走，我請你去吃一頓。

秦夢說，是不是喜酒啊？

猴子說，還沒哩。是想找個地方跟你談心。那天去找你，你又不在。今天是個機會，你也見到珍珍了。

他們就近去了一個酒吧。剛坐下來，猴子就說，我還去找個人來陪你怎麼樣？還沒等秦夢作答，猴子就出去了。

珍珍望著猴子出去的背影說，他非常敬重你，總是說起你，他在那個裡面的時候，你給他寫的那些信，他都留著，裝成了一個大本子，常常拿出來讀，一讀就是讀得眼淚流的。說完她就低著頭，也好像是在向秦夢致意。

為一點子小事，猴子捅過人家幾刀子，坐過兩年牢。在牢裡主辦一張油印小報，也練就了一手好字，還成了函大畢業生，出得牢來，已經是個很有教養的人。難得珍珍不計前科。

秦夢說，你很不簡單。

珍珍說，也沒什麼不簡單的。

秦夢說，你想如今都是些什麼人？沒事要找事的，有事還饒你沒事？

猴子回來了，只一個人，珍珍說，你請的人呢？

猴子說，不在。

秦夢說，你要請誰呀？

猴子笑說，其實是珍珍她哥。我想讓你認識一下她哥。她哥是市教委的，你的小太陽書畫培訓班跟他們掛得上號。認識了她哥一點壞處都沒有的。

珍珍笑說，看你這樣說話。

猴子笑說，我說的是實話。

珍珍說，倒好象我哥哥是壞人似的。又對秦夢說，我哥哥也是喜歡書法的，還出過一本怎麼寫毛筆字的小冊子，他認得省裡和全國好多有名的書畫家。聽如此說，秦夢倒真是很想見見的。

吃完飯，他們一起去了珍珍家裡。珍珍的哥哥也剛到家，原來他們是認識的，在一起開過會，還有集體照作證，只是沒打過交道。兩個人一談就談得火熱，把個猴子撂在一邊了。

回到家裡，秦夢對鄭英說，我有個野心。

鄭英說，什麼野心？你別說得嚇我！

秦夢說，我從一個朋友那裡受到啟發，我想搞個「小太陽」全國少兒書畫大賽。

鄭英說，我以為是什麼野心哩。

秦夢說，好人就沒有好運？好運離好人不會很遠。

鄭英說，你說的什麼呀，我不懂。

秦夢就親了她一下，說，這個懂不懂？

通過珍珍她哥哥的關係，秦夢網羅了一批全國知名的書畫家，組成了陣容強大的「小太陽全國少兒書畫大賽委員會」。秦夢咬著牙，用了兩萬塊錢的廣告費，賣了彩電，賣了收錄機，賣了冰箱，還想賣掉刻有他名字的景泰藍獎盃，但沒人要。還找銀行的朋友貸了一萬多塊錢的款子。鄭英也還是由他去，連商量也不必。

鄭英說，你想怎麼做，你就怎麼做，什麼都沒了，我也不怨的，只要還有你這個人。

當五萬餘名少兒書畫參賽者的十多萬書畫作品擁到他跟前的時候，他又驚喜，又恐慌。想不到有這麼大的來頭，怕把握不好這個陣勢。每名參賽者匯來的五塊錢參賽費，就是實實在在的二十五萬多塊！他特為去德慧寺，給菩薩燒了一柱香，叩了三個頭，很虔誠。他忘了他總是笑母親每到初一、十五就燒香拜佛的事。

張校長把那兩個教室租給了秦夢，租金也不是很貴的，學校有人說張校長得了秦夢的好處，張校長一笑，也還是拍板，秦夢要給他好處，他說，這是害我，也是害你。他仍是沒要。秦夢聘請了十八位退休了的教師，做的做財會人員，當的當勤雜工，還有的專管大賽事宜。辦公室有桌子椅子櫃子沙發，還安了直撥電話。鄭英也當了工作人員，母親也從哥哥那裡回來主持了家務。

極其隆重的「小太陽杯」全國少兒書畫大賽頒獎大會，在市政府大會堂舉行。也是通過珍珍她哥哥的關係，請到省市有關領導人出席頒獎。市委宣傳部長則是秦夢直接去請的。省市的報社、電臺、電視臺，及中央駐省各家新聞單位，也都是珍珍她哥哥出面邀請來的。秦夢捨得出手，與會者都有兩百塊錢的紅包和紀念品。因此那場面之熱烈，後續報導之密集，都讓人感覺著有什麼來頭。

秦夢接著搞第二屆大賽，那是很忙的。鄭英不再上班，專業料理家務，母親也就退居到第二線，賦閒養天年。秦夢忙得很少回家吃飯，到了晚上十一二點，才踏著個破而不敗的自行車回來。鄭英也總是等到十一二點。這是她許多年形成的一個習慣，她不等到他回，她是不睡的。秦夢說過幾回，要她不等他，先睡，她就是不睡，睡也睡不著的。她等的時間就是打毛衣，雖然不再是為生計打，也還是要為丈夫打，為兒子打，為婆婆打。兒子的毛衣嫌小了，她就拆了打大些。婆婆有毛衣，她也要翻新重打。丈夫的毛衣有幾件，她還要變著花樣打，套在外面的，加在裡面的，都讓丈夫穿著走出去叫人免不了要問「是在哪裡買的」。秦夢也說，你也不要再打了，商店有的是，各式各樣的，還費那個神。她就說，有我打的好麼？秦夢也就由她了。

秦夢回到家裡也總是很疲勞，有時洗也不洗就要上床睡，鄭英就像哄兒子似的，把他拉扯起身，洗臉洗腳水送到他的腳邊，還要替他脫鞋襪，不然他就那樣倒頭就睡，呼呼啦啦的也能睡著。有時就是替他洗了，替他把衣服脫了，還問他要不要小便，怕他睡著了又被尿脹醒了。秦夢說他晚上做了個夢，夢見牆上長稻穀。鄭英說，那不是好兆頭。秦夢說，怎麼不是好兆頭？鄭英說，那不是勞而無功嗎？

第二天秦夢問母親，母親說，那是高種。

秦夢說，怎麼是高種？

母親說，高種也不懂？我兒的事情還要大發的！

「小太陽」書畫大賽辦了三屆，一年一屆，一屆比一屆好。母親那回說夢說對了。後來他就辦了個《小太陽書畫》雜誌，省內刊號，內部發行，掛靠市教委。他還讓市編制委員會給雜誌下達了兩個國家正式編制，他跑了全省的幾個名牌大學，要了兩個剛畢業的女生，一個中文系畢業的，一個是美院畢業的。兩個畢業生來弄清了秦夢的底細之後，就不想來了。秦夢說，你們嫌我這樣的單位沒有根底是不是？我允許你們去查訪一個月，你們去作個比較好了，我付差旅費。要是你們覺得我這裡的待遇不比別處好，這裡沒有前途，那就算了。如果你們是想吃皇糧，想端鐵飯碗，那就免談。她們只有說，我們回去跟爸媽商量一下。

秦夢說，好，這是應當的。這不是個小事，應當回去徵求你們爸媽的意見。又說，我告訴你們，有六個大學畢業生報名要到我們這裡來，也都是大學畢業生。我只要你們兩個！對那六個人，我心裡還有愧哩。他們現在都在這裡，也正好，連同你們兩個，到大酒樓去搓一頓，我請客，也表示我對他們六個人的歉意，也表示我對你們兩個人的敬意。

秦夢真這樣做了。飯後，他跟那六個人明說了，給他們一人送了一本他自己的書畫作品集，還給了他們回去的車費。其中有個叫蘇文雅的女孩子感動了。後來秦夢向社會招聘三十名工作人員的時候，有五百多人應聘，其中就有蘇文雅。

中文系的那個叫盧豔，美院的那個叫珊珊。她們也真是回家跟爸媽商量了，她們的爸媽都說，可以去，一個月能給你五六百塊錢，到哪裡去撿呀？你爸媽搞了二三十年，一個月也只二三百塊哩。那樣的個單位，很少羈絆，自由得多。現在的大趨勢，就是要打破鐵飯碗。

兩個女孩子弄清了秦夢是個正兒八經的人，至於這個單位是不是正兒八經，那也就很難說，改革開放，由秦夢弄成《小太陽書畫》雜誌社，一屆一屆的全國小太陽書畫大賽，也不能不說是一種開拓。

兩個女孩子來了，一個負責雜誌的文字，一個負責雜誌的美術，一來就成了秦夢的左右手。那些個退休人員，秦夢就把他們辭退了，連他的幾個親戚也沒留。兩個女孩子感到奇怪的是，應招來的三十人當中，有一半是有關係和著手拉關係的子女。有一天猴子的女朋友珍珍也來了，秦夢說，喲，珍珍，你這才是稀客吶。珍珍在他的對面一坐說，猴子說過我的事嗎？秦夢說，你指的什麼事？珍珍說，個傢伙，那就是沒說了！秦夢笑說，什麼事呀，你說。珍珍就說，我想到你這裡來。秦夢說，到我這裡來？珍珍說，怎麼啦？不要哇？珍珍說著話的時候，不斷牽動著她的花裙子，她一牽起來就讓秦夢看得見她裡面的肉質色三角褲。秦夢的眼睛也不好意思停留在那裡，就看著窗外。珍珍說，你倒底是答應不答應啊？秦夢就回過神來說，不是我答應不答應，而是你來不來！珍珍說，我不是說著玩的。秦夢說，我也不是說著玩的。珍珍說，那就這樣定了！說著她又把裙子一牽。秦夢說，慢著慢著，你跟你哥說了嗎？珍珍說，沒有那個必要。秦夢說，猴子同意了？珍珍說，我的事還不能由我作主呀？秦夢又問一句，你為什麼要到我這裡來呢？珍珍說，我在群藝館只是打個雜，太抱屈了！秦夢說，那你在我這裡想幹什麼呢？珍珍又牽動她的裙子說，那就看你秦大哥啦！她來了，秦夢發現她沒有一點特長，秦夢就讓她跟著自己轉，秦夢到哪裡，她就到哪裡，成了貼身秘書。

盧豔常常是把嘴巴一撇說，真是！珊珊就跟著冷笑。秦夢知道兩個女孩子的心裡話，就笑說，你們真是不懂。你們兩個想想，這三十個人當中，我不想要的來了，我想要的也不是來了嗎？她們倆個說，那也是。秦夢說，我不想要的，是他們的素質太差，從另一個方面說看，他們是我們的關係戶，是我們的生態環境。環境，懂嗎？她們倆個說，不懂。秦夢笑說，會懂的。

秦夢自然是雜誌社的總編。秦夢把教室用三合板隔成編輯室、財務室、大賽辦公室等若干板塊，比先前正規多了。新聘來的那些人，上班的第一天，不是在辦公室，而是在大酒樓，秦夢讓大家規規矩矩吃一頓，酒席上，他跟每個人碰杯，然後宣佈一項政策。他說，告訴大家，現在的事情不太多，你們的主要任務，就是寫字，練字，循序漸進，然後進到書法的境界。初步練三個月，工資照拿，獎金照發，不過呢，這資金不是平均分配，是根據你們練字的情況——每天練的數量和品質，評分累計，一月一總結。一等獎的，一個月兩百塊。二等獎的，一個月一百塊。三等獎的，一個月五十塊。沒有完成任務的，不但不給獎金，還要倒扣工資！

這一頓預計吃兩仟塊。

蘇文雅對珊珊說，這人用錢好大方！

珊珊說，這是他的厲害，我看。

盧豔說，媽咧，我的字最差，我也最怕寫字！

珊珊說，寫字有什麼可怕的？一年三百六十五天，天天寫字我都願意的！

盧豔說，你不怕，你學的就是那！

珊珊就說，到時候我就幫你寫，獎金分成好不好？

秦夢走過來了，笑問，你們在說什麼啦？是不是對我的政策不滿啊？

盧豔忙說不是不是。秦夢笑說，對政策不滿也是要扣獎金的啊。說著就走到別人跟前說話去了。珍珍趁機扯扯秦夢的衣角，悄聲說，我也要寫呀？秦夢沒接她的話，只說，珍珍，拿酒來，也把我的酒杯拿來，我再敬大家一杯！珍珍始終是跟著秦夢提壹壺的。

八開的白紙，每人發一百五十張，還發字貼。正楷小字，每天寫五張。每張有多少行，要有多少字，也都有要求。很少有人能在八小時之內完成的，午休還要加班，夜裡也要熬到轉鐘一兩點。寫腫了手，寫痛了腰，寫暈了頭，寫花了眼睛。在租住的公寓裡，珊珊盧豔蘇文雅住在一起，盧豔深更半夜寫得哭，其餘的兩個被她哭醒了，見她還伏在桌上邊哭邊寫。

珊珊問，還沒寫完？

反而問得盧豔哭聲大作。珊珊蘇文雅趕緊爬起來，盧豔哭得把筆一丟說，不寫了！不寫了！就去倒在自己的床上捂著被子哭。

鋼筆裡墨水甩出來濺在白紙上，污了寫過的字。珊珊替她數了數寫過的頁數，也算了算時間，還差好幾頁的任務。

珊珊說，我幫你寫。

蘇文雅說，我也幫你。

兩個人拿筆，也展開了白紙，各占了一方位置，正要動筆，盧豔突然從床上撐起身來說，不要你們寫！不要你們寫！

她就衝過來，把展在她們倆個面前的紙奪了。她們倆個縮著頸子，伸著舌頭，連連後退。她就又坐在桌子跟前，把污了的那一頁賭氣撕了，便提筆重寫。

珊珊和蘇文雅退到自己的床上重新睡了。

盧豔的燈亮了一夜。該起床的時候，她也就伏在桌上睡著了，有那麼一兩滴眼淚還掛在她的眼睫毛上。任務倒是完成了。

公寓離上班的地方有些遠，要擠半個小時的電車。上班是不能遲到的，遲到一分鐘也要扣獎金五十塊。兩個人都不忍心叫醒盧豔，又不能不叫。叫醒之後，盧豔還迷迷糊糊的，珊珊說，要遲到了！盧豔一驚，一看鐘，就慌了神。

蘇文雅說，別慌別慌。就幫她擠好牙膏，端來洗漱水。

來不及吃早點，她們只匆匆畫了畫眉毛，塗了塗口紅，三把兩下地理了理頭髮，就往電車站的站牌那裡跑。等了一會車沒等來，有人說是車子撞了人，一下子來不了，她們就無主了。

還是盧豔說，我們坐的士。

珊珊說，那貴呀？

盧豔說，貴也要坐，都怪我，這個錢我出。

蘇文雅一笑說，要你出！

她攔了的士。三個人坐上去，只花了二十塊錢，要是遲到了扣錢，三五一五，就要扣一百五十塊錢，還是划得來的。

上了班，正是階段性的檢查寫字。一個個人，秦夢親自過目。他發現有兩個人寫了幾頁就沒寫。一個是市委辦公室主任的公子，一個是教委副主任的千金。秦夢在會上說，寫字就是工作！你們兩個不工作，你們就回家去吧。現在就回去！

說罷手一揮，那兩個人傻了眼，呆呆地坐著。

秦夢說，你們不想走嗎？

他隨即走到電話機跟前，拿起聽筒，當著眾人的面，給兩個主任通了電話，說了一個意思：你們的兒子姑娘不工作，也怪不得我，你們就來帶他回去吧。

不一會，兩個主任坐著小車趕來了，問清了情況，批評了自己的孩子，請秦夢以此為限，下不為例。

秦夢送走了兩個家長，接著在會上說，好，就來個「下不為例」！他也當場宣佈，限時他們兩個補寫，沒有獎金，還要倒扣工資，一人扣五十塊。秦夢在會上也表揚了珊珊盧豔蘇文雅，也捎帶表揚了珍珍，說珍珍的字雖然寫得不怎麼樣，是認真的，各人的基礎不同，也不能強求一律。珍珍很是得意的一笑。珊珊她們還是一撇嘴，顯出不屑一顧的樣法。

在三個月的練字時間內，秦夢還加了碼，要認三千個生字，造三百個新鮮句子，寫三篇體會文章，他說這是他的「333工程」。珍珍對秦夢說，我真是不該到你這裡來的！秦夢說，怎麼啦？珍珍說，你搞得我的精神好緊張咧。秦夢笑說，你還能緊什麼張呢？你寫的字，是我花錢請外面的人代勞，我也沒分配你什麼具體事，你又輕鬆又自由，你說那麼多人裡，哪個有你這樣的待遇呢？珍珍說，別個整天跟著你轉不累呀？秦夢就笑了，說，哦，那是累，是累。就問，你還想怎麼樣輕鬆呢？珍珍說，我看得出來，你有時避我，是不是？你怕我當「第三者」，是不是？秦夢說，看你說些什麼呀？珍珍說，我說些什麼不是很清楚嗎？秦夢就不做聲。珍珍又逼問他，你說話呀，我要你說話嘛。

說著，珍珍起身去關了辦公室的門，關成了他們兩個人的世界。秦夢還未及思考珍珍這舉動，珍珍已經走到秦夢跟前，突然把自己的蝙蝠衫的下擺朝上一掀，接著就將黑色乳罩往上一勒，那乳頭朝秦夢一彈，被珍珍捉住要往秦夢嘴裡塞，秦夢驚呆了，連說，別別別。有話沒說，秦夢的嘴被堵住了。突然有人敲門，珍珍趕快閃開，倆個人都不敢出聲。那門又沒敲了，那腳步也走遠了。秦夢指指珍珍的胸部，珍珍才意識到自己還露著胸。

在以後的日子裡，秦夢對部下的嚴格要求，把珍珍除外了。秦夢專門為珍珍設立了公關部。秦夢在全體大會上說，公關有公關的業務，所以不必跟大家一樣了。在八小時內絕對不准會客，也不准接電話，也自然是不適用於珍珍的。辦公室的氣氛常常是靜悄悄的，不敢說話，只有埋頭做事，都怕秦夢。只要是秦夢在辦公室裡，膽小些的，連上廁所也都要忍一忍的，不然秦夢就要問，哪裡去？女孩子是不好回答的，只有男孩子說，上廁所也不行嗎？大家聽了，笑都不敢公開笑的。只有等他離開了辦公室，他們才敢輕鬆一下。珊珊往往朝走廊裡探頭說，秦總來了！珊珊這樣一說，那些輕鬆就會嘎然而止。接著就是哄然一笑，笑「狼來了」，「狼」沒來。有回蘇文雅又在說著玩，秦夢真的出現在辦公室門口。

秦夢聽見了，黑著臉說，我是狼嗎？

他逼視著蘇文雅，差點要揚起手給她一巴掌。過了兩天，蘇文雅負責校對過的一篇應景的文字材料，被秦夢隨手揀出好幾個錯別字，於是狠狠地訓了她一頓。

蘇文雅說，我想這材料是沒人要看的……

秦夢說，你還狡辯？我說你才是沒人要看的！

蘇文雅頓時伏案大哭。

秦夢說，你哭吧，哭吧！用淚水沖刷沖刷你的眼睛，看看我是個好狼還是個壞狼！

大家拚命忍住不笑。

在訓蘇文雅的時候，秦夢就讓全體人員在場，殺雞給猴們看。第二天秦夢又向珊珊打聽蘇文雅的情緒怎麼樣。

珊珊說，您想她的情緒會好嗎？

秦夢說，你哄哄她吧，我也是過火了點，不過我也沒什麼壞心。又問，你看我是個壞狼嗎？秦夢心裡就想著他跟珍珍在辦公室裡的那個事，那是個擺也擺不脫的陰影。

珊珊吃吃笑。

秦夢說，笑什麼？我是真的問你。

珊珊只說，我要是沒「哄哄」她，她早就不幹了！

秦夢說，你是怎麼樣哄她的？

珊珊說，先說這個「哄」字就不對頭的。

秦夢說，也就是做思想政治工作嘛，我說「哄」，也不過說得土些。

珊珊說，我還不是說你是個沒有壞心眼的好狼呀。

秦夢說，你！你呀你！你怎麼也說我是狼呀？

珊珊說，是你問我你是不是個壞狼嘛。

秦夢拍著自己的腦袋說，是嗎？兩個人哈哈笑。秦夢又說，你的業務能力強，綜合素質高，人緣也好，大家都服你，你成了事實上的老總了。我想讓你當刊物的總編助理，不知道你願不願意。珊珊笑笑，冒出一句，讓珍珍當吧！秦夢警惕了，說你怎麼說這話？秦夢的臉都脹紅了。珊珊一笑說，我是隨便說的，我看你那麼喜歡她。秦夢說，我喜歡她？你看出我喜歡她？我不喜歡你呀？還有盧豔蘇文雅她們，我不是一樣喜歡呀？珊珊笑說，喜歡跟喜歡不一樣的。秦夢說，你到底看出了什麼不一樣？你一個人這樣認為，還是你們幾個都這樣認為呀？珊珊見秦夢很是認真，就笑說，我說著玩的，我真是說著玩的。秦夢想了想，就說，我這個人也可能有不少毛病，你們要幫助我，應當給我指出來。你說說看，我這個人倒底怎麼樣？

珊珊說，你像個商人。

秦夢說，什麼什麼？商人？他不大愛聽。

珊珊說，別急呀，我還沒說完哪。

秦夢說，好，你說。

珊珊說，有時又像個學者。秦夢「嗯」了一聲，他很愛聽。

珊珊又說，有時也像個行政長官。秦夢笑了，也還是「嗯」了一聲，就說，你接著說。

珊珊說，有時像藝術家，有時也像家長。秦夢聽罷哈哈大笑，還笑著重複說，哈哈，藝術家，家長！

秦夢說，再說。

珊珊說，再就說不出來了。

秦夢說，真的說不出來了？

珊珊說，真的。

秦夢說，你說的都是真話還是假話？

珊珊說，怎麼啦，秦總？我什麼時候說過假話的呀？

秦夢說，沒說假話就好，沒說假話就好。他說這兩句的時候，近乎喃喃自語。

秦夢常常載著個貝雷帽，比先前在工廠裡穿得講究多了。他是從來不穿西服的，現在也穿起來了，還打上了花領帶。他見一些人穿著旅遊鞋矯健，花了二十五塊錢買了一雙，在大家面前聲稱價值一百多塊。他想自己應當是個藝術家的派頭。

他的辦公桌上，放著一個普通的茶瓶子，蓋子上寫著一個「秦」字，像他家裡的煤氣罐上也寫著一個「秦」字一樣。茶瓶子旁邊放著一個餅乾桶，裡面放的不是餅乾，而是桃酥。世上他最喜歡吃的就是桃酥。小時候，鄰居家的孩子手裡拿著桃酥吃，他也伸手要吃，那孩子不給，他就纏著媽媽去買。媽媽用揀破爛換的錢給他買了一塊，他就拿在手裡，捨不得吃，故意在那孩子面前亮來亮去。今天亮了明天還亮，讓那孩子知道他天天在吃桃酥。媽媽說那桃酥要壞了，他才吃了，也是當著那孩子的面吃的，饞死那孩子啦！

現在那餅乾桶裡的桃酥，真是能供他天天吃。晚上加班，他只喝點白開水，吃幾塊桃酥，就相當滿意了。他對跟他一起加班的那些人說，我的桃酥是開放型的呀，你們誰想吃，誰就自己拿啊。

沒幾個人像他那樣喜歡吃甜食，所以只有他獨享。

其實珍珍無須晚上加班，她也只是陪秦夢加班，陪秦夢聊天，陪秦夢抽煙喝酒。秦夢也鼓勵她抽煙喝酒，開支當然是他的。秦夢號召大家要向珍珍學習。他說這是工作需要。雖然珍珍的工作是公關，但每個人也要接觸人，也要跟人打交道，每個人也就面臨著公關。日後需要你們哪個陪客抽煙喝酒，你們還都得能上哩。蘇文雅好玩地抽了一根煙，被他看到了，他就驚喜地說，你會抽？蘇文雅說，響應你的號召唄。秦夢就很是認真地送給她一個高級打火機，弄得蘇文雅不能不接受，她把打火機給弄丟了，當秦夢遞給她一支煙的時候，便問，我給你的打火機呢？有個男職工在旁邊，知道內情，也知道秦夢的性格，趕緊把自己的打火機偷偷塞給她，她出示說，這不是？秦夢一眼看出，說，這不是我給你的那個。蘇文雅編造說，我的男朋友認為您送給我的那個好，他要跟我換，所以就換來了這個。騙過了他。蘇文雅跟男朋友通氣，怕的秦夢哪天見到她的男朋友問起這事，不然他會小題大作，說不尊重他啦，不在意他啦。秦夢是連頭髮絲那點事也不放過的。

秦夢知道要大家高興，星期六就給大家發舞票。星期天也往往包車去東湖游泳，游泳還比賽，優勝者發小板凳，發洗衣粉，發床單。不參加這些活動的要扣獎金。他說這是集體活動，要熱愛集體。平素加班都累了的，到了星期天都想休息一下，一說出去玩，他們反倒害怕。秦夢也曉得他們的心理，他就說，我們要以極積的方式休息，不然你們就給我在屋裡練字！大家就更發是害怕了，倒不如出去玩。

秦夢喜歡看電影，尤其是喜歡看鞏利演的電影。他看也不是一個人看，他想的是有福同享，所以也發電影票。大家拿到電影票就笑說，秦總，是鞏利演的吧？他也以為別人喜歡看鞏利，顯得好高興的。大家去是去了，一個個卻是打起了磕睡。他就想，這些孩子們生在福中不知福。第二天他就要大講，人就是要有點精神的，幹什麼也都是要有點精神，玩也要有點精神。我真不明白你們！都是些毛丫頭，毛小夥子，看電影打磕睡，還不如我！

大家承認，秦夢總是精力充沛。

第四屆小太陽書畫大賽又開始發徵稿啟事的時候，校對的蘇文雅把「啟事」錯成了「啟示」，蘇文雅沒校出來，秦夢給圈出來了。蘇文雅以為秦夢又要拿她做文章，她這回是準備跟他對著幹，幹過之後就走人的。哪知秦夢只是輕聲說，以後過點仔細就行了。沒說別的。蘇文雅感動得差點掉下了金豆子。

接著叫她感動的是，秦夢提她當了辦公室主任，職務工資一下子就增加了一百二十塊，每個月還可以報五十塊錢的的士費。秦夢在大會上說，我是不記仇的，但我記一個人是不是發奮！

發徵稿啟事，男孩子女孩子都得參加寫信封。他們按照全國行政區域，給每個縣裡的每一個鄉鎮學校寄了啟事。光郵寄費就得五萬多塊。規定每人每天得寫二千封，要寫得快，又要寫得好。他認為寫得不好的，要揀出來重寫，報廢了的信封也還要重寫的人賠償。

秦夢走到盧豔跟前，隨手抓起幾個寫了的封皮，橫看豎看，然後朝大家一亮說，你們看，那麼怕寫字的盧豔，現在把字寫到這個份上，是不是了不得？有人笑著接話說，了不得了不得！秦夢說，字也是人的個牌面，人家看了我們這信封上的字，也會覺得我們不枉是搞書畫大賽的。哈哈，我們盧豔，人也豔，這字也豔，大家也都要不愧為一個「豔」字！有人就故意捏著嗓子喊，向盧豔同志學習，向盧豔同志致敬！於是哄笑了。

秦夢在這個人身邊站站，又在那個人身邊站站，很是滿意。他笑說，我也得寫寫信封哩，領導不帶頭，也就要失去領導的。正要寫，他隨即看到一個信封掉在地上，被腳踏過的鞋底印印在信封上，使好端端的一個白皮信封蒙受了不白之冤。他將那個信封拾起來，對大家說，你們看！你們看！他又抖動著那個屈辱的信封說，這是誰掉在地上的？為什麼不揀起來？一個信封算不了什麼是不是？這不是我們的血汗嗎？糟踏一個信封就是糟自己知道不知道？我們不是吃的皇糧，我們是靠我們自己的智力吃飯！別說是一個信封，就是一張材料紙，也不應當浪費的！我看到有些男孩子上廁所的時候，用材料紙揩屁股，我就心疼的，我就想說沒說的！

有女孩子吃吃笑。秦夢就說，這不是笑話！想了想又說，那就乾脆這樣吧：每月給女孩子發衛生紙的時候，也給男孩子發點吧。大家吃吃發笑。秦夢說，我寧可給你們福利，也不能這樣把東西不當東西的！

第四屆大賽通知發了一二十天，還不見回音，秦夢有些不安。在那個炎熱的夏天，他單槍匹馬，到下面幾個縣城去走訪，一節車廂裡，只有三個人：一個是挺著大肚子逃避計劃生育的婦女，一個是追三角債的廠長，再一個就是他秦夢。走訪回來也不回家，直接到辦公室找分管大賽的盧豔，第一句話就問，有來稿嗎？盧豔說，沒有。

秦夢一下子塌在椅子上，不言語。盧豔給他遞上一杯茶，說聲「請」，就抿著嘴巴笑。他不笑，接過茶，往桌上一放，隨即看到算盤底下壓著一摞匯款單，就跳起來說，你這丫頭騙子！騙我？

他誇張地舉起手，要去拍盧豔的頭，盧豔則吃吃地笑著縮頸子，結果他只把她的麻雀辮扯了扯，說，再騙我，我就要你拋金豆子的啦！

形勢很好。一連三個月，每天都收到好幾百份稿件，還有隨著參賽稿寄來的報名費。拆封，歸類，登記，他們總是加班加到深夜一兩點。秦夢當然是有他的桃酥吃，他不能不想到還有那些人，就一起到實驗小學附近的又一村餐館吃宵夜。秦夢最喜歡吃毛澤東喜歡吃的武昌魚。不要油煎的，要清蒸。那個黃師傅做的菜，很是對秦夢的味口，所以又一村成了他們的宵夜點。珊珊盧豔蘇文雅她們吃膩了清蒸武昌魚，又不能由著自己點菜，她們只不動筷，看著秦夢極有胃口地受用。秦夢有所發現地說，你們怎麼不吃呀？

說著，他把武昌魚分而治之：往她們的碟子裡挾。她們也不好拒絕他的熱情，一拒絕，他就會很不高興，即便是這樣的小事，她們也哄著他，不讓他不高興，所以就艱難地吞食著，以慰她們的秦總。對於那些男孩子，他就勸他們喝酒。他說，男人不喝酒，就是糟踏了一個男人的指標！

他說他原先也是不喝酒的，為了適應形勢，他就學會了。他學得艱苦卓絕：把酒倒在枕頭上，讓自己在睡夢裡也能受到酒的薰陶。把酒含在嘴裡睡覺，讓酒把自己麻木得不知酒味。他說有時為了陪客，為了一些子關係，他感覺自己喝多了也還得喝。他運用了一個辦法，就是假裝去上廁所，把廁所門一關，用手指掏著喉嚨嘔吐。吐乾淨了，再去接著喝！他說著就說得哭起來了，他哭著說一屆一屆的大賽辦起來不容易，《小太陽書畫》辦起來不容易，他能跟大家在一起工作不容易。別人就奪過了他的酒杯，不再讓他喝。他說，你們以為我醉了？別說是這兩瓶酒，再拿兩瓶來也不會醉的。

他也真是沒醉，是動了感情。珊珊盧豔蘇文雅她們回公寓的時候，深更半夜的，他怕女孩子出事，就跟她們一起坐的士搭車送她們到地方，看著她們上了樓，他才返回自己的家。的士費都是他付。

珊珊隨意畫了一幅頗具觀賞價值的水墨漫畫：一位似農民又不似農民的人，把雙手筒在袖子裡，悠然自得地欣賞著漫天飄飄舞舞的雪片，大地上也是一片白。題為《豐年好大雪》。秦夢走過來了，批評她，你怎麼在上班時間裡搞小動作？

珊珊紅著臉說，我突然覺得好玩，就畫了。

秦夢說，再不要這樣好玩，把心思放在工作上。說完這話，就突然吃驚起來說，好傢伙！因為他過細看了看這幅好玩的畫，那些飄飄舞舞的所謂「雪花」，有些小字，小字寫的是，小太陽書畫。原來「豐年好大雪」象徵的就是少兒書畫作品的大豐收。秦夢接著就高興得一拍桌子，說，好哇！把個珊珊嚇了一跳。別人也不知道發生了什麼事，都跑過來瞄，秦夢就索性對大家說，你們來看看！來看看！珊珊畫了一幅多麼好的畫！

男孩子女孩子看到畫面上的那個人物極像秦夢的那個神韻，外形也是胖胖乎乎的。他們奇怪秦夢怎麼容忍了珊珊筆下的這個形象。秦夢最怕別人說他胖的，男孩子女孩子去秤體重，秦夢從來是不去的。

就因為珊珊畫了那樣一幅畫，或者還有別的什麼原因，秦夢把珊珊盧豔蘇文雅等幾個部門的負責人邀到一起，在大酒樓圍了一桌。

秦夢說，今天算是一個工作餐。這一段日子，你們也是辛苦了的，算是我的慰勞。他又對珊珊說，珊珊，你的那幅《豐年好大雪》，是很藝術地反映了我們現在的大好形勢。俗話說「瑞雪兆豐年」，真的，我們今年又是一個豐年！明年呢？後年呢？後後年呢？我一直在想這個事。我們有了一點子錢了，我們也不能瞎用。我想到一個宏偉的目標，我一想到了，就忍不住要告訴你們，想聽聽你們的意見，看好不好。她們就邊吃，邊洗耳恭聽。

秦夢顧不上吃，只顧說。他說他想辦一個本省第一流的少兒藝術中心。這個中心容收藏、培訓、創作、表演、展覽、出版、交流、銷售為一體，面向海內外。他說這個中心至少是十層以上的大樓，可以引進外資，也可以是大家集資，他說他相信他這個夢想也能成真。

蘇文雅咐著盧豔的耳朵說，他無時無刻不在做夢。

盧豔也咐著蘇文雅的耳朵說，他的夢也總是越做越嚇人的。

兩個人抿著嘴笑。

秦夢說，你們兩個嘀咕什麼呀？我聽到了，你們說我做夢是不是？就是要做夢，人不做夢，或是不做夢的人，我看就是沒有希望的人。我常常是夢想成真的，不然我為什麼叫秦夢呢？他就講了他夢見自己在牆上種稻穀的事，她們就笑。笑過之後，秦夢又說他的少兒藝術中心。他說藝術中心要有自己的房地產，他也想好了：搞內部集資。集資總額為九十萬元。年息為百分之二十，三年還本付息，還要分給一定比例的紅利。

他把他的藍圖鋪開了，再加上他極賦煽動性的表達，他的幾個部屬沒有說不的。接著他就開了全體動員大會，他在會上說，兩利相衡取其重，兩害相衡取其輕，這是古人說的。我們就運用這個思維想一想，你們集資，對集體，對個人，是有害還是有利。有害，害在哪裡。有利，利在哪裡。害大還是利大。你們回去告訴你們的父母，是可以還是不可以，三天之內回話。

銀行的利息只九厘，有的把帳一算，划得來。有的回家去跟父母一說，父母也說可行。有的雖然一時拿不出多的錢，也還是七扯八拉地湊了一些，說起來也是支持子女的事業。所以十幾天下來，內部就集了二三十萬。再加上市教委那邊的關係戶也集了資，包括一些領導幹部，一共就有七八十萬。還有他的親戚們積存的，也就有一百多萬。秦夢花了上十萬塊錢買了一輛藍色轎車，因為有關係，人家也是半賣半送。雖然是個二水貨，也還是漂亮的。秦夢讓司機把車開到自己的家門口，坐在屋裡打毛衣的鄭英，看到藍光一閃，就起身迎出門，秦夢正笑盈盈的推開車門。鄭英也笑盈盈的說，是你呀！秦夢問一聲媽呢？鄭英說，在她房裡。秦夢進了屋，走到母親房裡，見母親坐在床沿上折疊衣服，朝母親一拜說，媽，我忙得有好幾天沒回來看媽了，好吧？母親忙說，好好好，你也總算曉得歸家了。家裡要不是你媳婦，我看你還能在外頭忙的。秦夢說，媽，您老出來看看！母親說，看什麼呀？就跟秦夢出來了。

秦夢就把車一指說，媽，您看！

母親說，車子呀？

秦夢就說，車子！我買的車子！又說，不，我說錯了，我們單位買了車子！

母親說，貴吧？

秦夢說了錢數，母親一伸舌頭，說，你幹麻買這貴的東西呢？秦夢說為了辦事方便。母親就問，這車子就歸你坐嗎？秦夢說誰出去辦事誰就坐。他輕輕地拍了拍車身，說，媽，您老也可以上去坐坐。母親伸手模了模車身，就在秦夢的幫助之下坐到車裡了。秦夢對司機說，讓我媽出去兜兜風。秦夢也要鄭英上車，車開動了，秦夢看到鄭英眼裡噙著眼淚。

因為珍珍的緣固，猴子經常來，來了秦夢就請他吃飯。有回猴子拒絕吃飯，秦夢說，怎麼啦？你還跟我講起客氣來了？猴子惱著臉說，你少讓珍珍加班加點，就比請我吃飯好多了。秦夢說，好好好，我少讓她加班加點就是。又說，不過呢，我也要跟你說清楚，加班加點也不是她一個人，作為朋友，你也還得支持我的工作啊。秦夢說出這些話的時候，很自然，一點也沒讓猴子感覺出點什麼。在秦夢的內心深處，也還是有那麼一些對不住猴子的東西。秦夢就對珍珍說，算了吧，你晚上不再加班了吧。珍珍說，怎麼啦？別人都加班，唯獨我不加班，你是想把我孤立起來呀？秦夢就說到猴子有意見，猴子約珍珍晚上出去，珍珍總是不能夠應約，對猴子那方面來說，也是不公平的。珍珍就說，其實我並不怎麼喜歡他。秦夢彷彿聽錯了似的說，什麼什麼？你是怎麼說的？珍珍就又說了一遍。秦夢說，這你就叫我吃驚了！珍珍說，吃什麼驚呢？那你是不瞭解情況。秦夢說，什麼情況？珍珍就說，他跟人家動刀子，其實就是他不讓我跟另外一個男孩子玩。他去坐了牢，他就跟我說，我愛你，我死也愛你，哪個敢碰你我就敢殺了哪個，你若有二心，我也殺了你！他說得到，也是做得到的，你也曉得他這個人的。所以我還跟他在一起，我不是愛他，是怕他。秦夢說，你一點也不愛他嗎？珍珍說，也不是一點也不愛，他從牢裡出來之後，也確實像變了一個人似的，我還是怕他，怕他的愛。秦夢說，你讓我沒臉見他，也沒臉見你哥。珍珍說，你也真是！又不是你在欺負我，是我喜歡你！我也曉得我們不可能做夫妻，我們做情人不行嗎？不能結婚就做情人，如今不都是這樣呀？你這人是那麼的有開拓精神，怎麼在這方面一點也不開拓呢？

珍珍的話讓秦夢有些許心安。後來秦夢發現珍珍有一個三歲的兒子。秦夢是跟珍珍上過一次床，珍珍才告訴了他的。珍珍跟丈夫在孩子一歲的時候就離了，猴子沒嫌珍珍這點，就是猴子的不錯，秦夢對猴子肅然起敬。儘管秦夢做了對不起猴子的事，珍珍一句開導說，你不跟我上床我就去找別人上床，你願意我跟別人上床嗎？秦夢無話可說。秦夢說，我們不能再有第二次了。但不是由秦夢說了算的，珍珍的瘋狂原本太合他的心意，鄭英的傳統性，倒讓他感覺著是個大缺點。

他倆上床沒人知道，他倆在辦公室裡的事也沒人知道，大家都知道他倆的關係不一般。雖然他倆在人面前努力不顯示出來，也總還是一種顯示。不過誰也不點穿就是。接著就發生了另一件事。有一天珍珍提出要獨生子女費的問題，秦夢叫辦公室主任蘇文雅給珍珍辦理。蘇文雅就說，口說無憑。秦夢說，怎麼口說無憑？哪個不知道她帶著個三歲的孩子？蘇文雅說，我聽說那孩子是判給男方撫養。秦夢說，那怎麼辦呢？蘇文雅說，要去查當初的那個離婚協議書。秦夢叫珍珍去弄個離婚協議書的影本來。珍珍說，我不弄。秦夢就對蘇文雅說，請你去弄一下吧，只當是出個公差的。蘇文雅說，她自己的事怎麼要我跟她去弄呢？她弄來了，我就照章辦事。她不弄來，那就對不起！秦夢又去對珍珍說，你去弄弄吧，弄來了我就叫蘇文雅跟你辦。珍珍說，我不弄，要弄公家出面弄！秦夢沒法，又去對蘇文雅說，還是請你去一趟吧，算是我求你怎麼樣呢？蘇文雅也就去弄了回來。那協議書上說，雙方承擔五十元的孩子生活費。蘇文雅把影本交給秦夢，秦夢看了說，那也就該給她一點了。蘇文雅沒提出異議。過了一天，大家正在開會，珍珍就走到蘇文雅面前，拿出那個影本，朝蘇文雅的桌上一丟說，這是你要的東西，看看吧，看該不該給我獨生子女費！蘇文雅一看，氣極了，她就衝著秦夢，大聲吼叫著說，你看看！你看看！這是我交到你手裡的，你怎麼就交到她手裡了？你這是什麼意思？你要給她錢，你儘管給好了，你說了算，用不著這樣抬起來對付我！

蘇文雅氣哭了，接著就數落著說，你什麼都護著她，你以為大家不知道啊？別人都忙得要死，她只是吃了玩，玩了吃，這就是你給她的公關！別人都拿那麼多錢出來集資，她一個錢都沒有拿！她那名義上拿出的錢，都是你把公家的錢劃到她名下！她晚上加班加什麼班？陪著你聊天，她的補助照樣拿，還比有些做事的人拿得多！蘇文雅數出這些之後，把那影本朝秦夢一甩，說，我不幹！我辭職！轉身就要走，珊珊盧豔扯住她，也扯不住。正巧鄭英來找秦夢有事，知道了這些細微末節，就坐在辦公室傷心的哭起來，一邊哭一邊說，你太對不起人哪！你太對不起人哪！

鄭英也不說別的，只說這。秦夢也只有抱著自己的頭，任其事態的發展。結果是大家把鄭英勸住了。回到家裡，鄭英也只是哭，一想起來就哭，邊做事邊哭。秦夢當然也還是哄著她，並聲言自己並沒有做出什麼對不起鄭英的事。他也體會到他面對鄭英撒謊是個什麼滋味。事後他也大罵珍珍是個「大混蛋大蠢蛋」！

蘇文雅辭職，珊珊盧豔她們倆個也要辭職，秦夢趕緊穩住她倆，三番兩次的跑去找蘇文雅，挽留蘇文雅。蘇文雅說，要我不辭也可得，但是你不可以留珍珍！她見秦夢沒有反對，又說，不是我容不得她，是她會害了你。我說這話對不對，你自己心裡有數。我們跟著你，好不容易到了這一步，我是不忍心讓她來毀了你的！秦夢心裡也確實是有數，表面上也還是說，你把她說成個禍害了，她只不過是有些東西別人看不慣

──我也不是說我就看得慣。他又穩住蘇文雅說，她說過她想走的，那我放她走就是。秦夢就再去對珍珍說由於她的「蠢」，弄得他不好工作了，他願意給她一筆錢，讓她離開這裡，或找個工作，或不工作，那筆錢都足以夠她生活的。他說這樣他倆的來往還方便些。秦夢在說出這些話的時候，用了些手段，造了些氣氛，也就是說，是他跟她第二回上床的時候，他就摟著她承諾的。他自己造成的很難對付的局面，也就由他擺平了。

通過關係，秦夢買到了三畝地皮，少兒藝術中心大樓的籌建計畫已經批覆，也跟施工單位簽了約，底層樓已預租出去了，人家的預付資金已經一步到位，再只擇日破土動工。定下了動工的日子之後，秦夢請來了省市一些有頭有臉的人物參加了奠基禮，他發言說了一些很得體的感謝方方面面的話，說了一些少兒藝術中心的意義，接著就說，想想我們的前景，非常美好，我們的同志，充滿信心！我想我們要不斷提高自己的境界，不要想著我們是什麼集體單位！我們是《小太陽書畫》雜誌的編輯記者，我們是文化藝術工作者！我們應該是藝術家，我們應該是堂堂正正的知識份子！有這個境界和沒有這個境界是不一樣的，一個人總是活在自己的境界裡！

他的話自然是博得了熱熱烈烈的掌聲。在蘇文雅她們聽來，有點不是滋味。怎麼偏從這方面去強調提高境界呢？她們覺得在秦夢的骨子裡有理不直氣不壯的東西在作怪。秦夢是在給自己壯膽。後來她們才知道，秦夢還不是個幹部，還只是屬於集體指標的職工。蘇文雅問過他，原先有兩個幹部編制的時候，你怎麼不算自己一個呢？秦夢指著盧豔珊珊說，我不能不要她們倆個呀？蘇文雅說，當時沒有第三個指標，我也不是來了嗎？秦夢說，我怕她們不能像你呀？盧豔珊珊在一邊聽了也很是難過，也為秦夢鳴不平。秦夢就笑說，沒什麼，沒什麼。世界上複雜的東西跟簡單的東西是相同的，輝煌的東西跟平凡的東西是相同的，古老的東西跟現代的東西是相同的，永恆的東西跟短暫的東西是相同的，我不知道你們聽懂了我的話沒有？

秦夢是在說惲。他這個惲的境界也沒保持多久，被破壞了。其時是面臨機構改革，市教委在策劃著分流，有三分之一的人要分流「下海」，有好幾個人就要下到秦夢這裡來。教委的黨組書記找秦夢談話，秦夢可以理解。秦夢不理解的，是有兩個人要來當頭：一個來當書記，一個來當社長，秦夢還是總編，卻是退居為第三把手了。黨組書記說，這是為了加強領導，也是為了事業的更大發展，你秦總的責任和地位也還是沒變……秦夢沒聽完，起身就走，走時是一個漂亮的體轉動作。

秦夢回到辦公室，拍桌大罵，老子日他媽呀！老子辛辛苦苦到如今，桃子熟了，就有人來摘桃子了！就想把老子丟到三下五去下了！老子日他祖宗八代的先人呀！

大家都圍過來說，別生氣，別生氣，氣病自己無人替！秦夢朝他們吼叫著說，你們走！你們走！不要你們管！我現在就宣佈：解散！算我對不起你們！

秦夢已經是說得眼淚直淌。蘇文雅盧豔珊珊她們幾個也就跟著流起了眼淚。秦夢只管在自己的境界裡行事：他把財務公章、業務公章收到自己的黑色提包裡，然後跑去叫了一輛車，把自己的辦公桌和一個重要的檔案櫃拖回家裡。大家求他別這樣，他也不理。他只說，現在放假！你們都去玩吧！平素我把你們太扣緊了，我成了工作狂！也把你們弄成了工作機器！你們沒當著我的面罵我，我就很感激的！我現在向你們鞠躬致敬！

他真的給大家深深鞠躬。他見那些女孩子哭得很厲害，又說，玩的工資我也會照付的的！

鄭英不知道又出了什麼事，面對秦夢拖回來的東西眼淚汪汪的。秦夢的母親只是面對毛主席的像作揖。

秦夢不再去上班，司機照例是每天把車開到家裡來，秦夢沒說叫他別開來，每次只說，你回去吧，沒事。也不斷有電話來找他，是珊珊她們打來的。她們向他請示工作。他咬著牙說，還談什麼工作？你們還在工作？我說了的，放假！就把電話壓了。幾天之後，秦夢還是坐上了車。那是因為蘇文雅盧豔珊珊她們聯名給秦夢寫了一封措詞懇切的信，意思是說，一個人，是不能夠被別人打倒的，要倒是他自己先倒了。秦夢前後一想，覺得也是的。他覺得那三個丫頭真的是不錯，比較起來，那個珍珍算什麼東西！他決定不再跟珍珍往來了，也很想把自己的內心跟那三個丫頭敞開，在她們面前做一個真實的人。司機把車開到了實驗小學跟前，秦夢下車進了他的辦公室。他看到所有的人還是在那裡工作，沒有一個人按他的指令「放假」。他什麼話都沒說，轉身回到了車裡。

司機問，去哪？

秦夢說，工地！

給我一個吻

寧寧的父親通過熟人關係，把寧寧安排在夾河洲農場。農場的集體化軍事化革命化，叫寧寧的父母放心些。不過這也不妨礙那些男孩子們喜歡寧寧。寧寧呢，對男孩子們都好，不親也不疏，距離相等。女孩子不嫉妒她，男孩子也不怨恨她。寧寧擁有自己獨特的一刻，是在太陽下山之後，她洗了澡，換了一身乾淨衣服，一個人拿著個小板凳，到青草蔓延的河堤上坐著，看河水的緩緩流動，看落日的光線在水面上撒網。她有時把鞋襪一脫，讓兩隻腳接受河水的蕩漾。翹起一隻腳，腳上也挽起了太陽的餘暉。於是，她就要唱歌。她覺得浪費了她那一副好嗓子可惜。除了當時流行歌曲，她還愛唱一位農村老婆婆教她唱的情歌，很動人的。

小小龍車下河坡，
龍骨刨葉一般多，
哪有龍骨不上水，
哪有刨葉不上坡，
哪有乖姐不想哥。

唱這樣的歌她當然是小聲唱，或者說是在心裡唱。不能被別人聽見。那是個提倡想革命「不想哥」的年代。有一天她又唱著「哪有乖姐不想哥」的時候，有一位青年走到她面前她還不曾察覺。那人輕輕笑起來。寧寧被笑得臉緋紅。寧寧豎起了眉毛說：

「我不認識你，走遠點！」

那人說：「對不起！我是從這裡經過，我這就走。不過走得不會很遠，吶，就是那個農場。」

他吹著口哨，移動著雙腳，緩緩離開她。他背著一個網兜。兜裡網著臉盆瓷缸毛巾和幾件胡亂揉成一團的灰的藍的衣服。她看著他走進了農場大院的瓦屋，頭也沒回。後來他倆成了朋友的時候她說：「你當時要是一回頭，就會失去吸引力了。不知這裡面有沒有什麼哲學。」

小小龍車三百頭，
杉樹筒子柏樹軸，
栗樹龍骨棗樹閂，
木梓刨葉把水抽，
放在河裡車斷流。

寧寧在河岸繼續唱著，也不知為啥情緒漸漸不佳了。她回到農場，進了那瓦屋，見男孩子女孩子都圍著那人說笑。她沒有走攏去。她看到他一臉的和善。別人都在喊他「黃鼠狼」長「黃鼠狼」短的。她想，他叫黃鼠狼？怪名字。農場團支部書記大毛看到寧寧，忙說：「過來過來，介紹一下。」她就算是跟黃鼠狼正式認識了。晚上在女生寢室裡，寧寧想從女孩子那裡打聽黃鼠狼其人，剛問了幾句，女孩子們就笑她「是不是一見鍾情」，也不好多問。

黃鼠狼也是下放到農場的知青。寧寧來之前，他坐牢去了。為什麼坐牢，寧寧用了點心計問她們，她們才說出了原委。寧寧忍不住好笑，在心裡說好一個黃鼠狼！

以後的幾天，各幹各的事：割麥、整田、車水、栽秧。寧寧沒跟黃鼠狼講上幾句話。那幾句話也是極普通的。「你去挑大糞？」「挑大糞。」或者反過來問：「你去鋤棉花草？」「鋤棉花草。」在一個黃昏裡，寧寧去河邊洗衣，聽到河邊有人唱：

> 小小龍車龍骨多，
> 遇到天旱抬下河，
> 可恨老天不下雨，
> 急得乖姐把手搓，
> 車上累壞小哥哥。

寧寧見是黃鼠狼，不覺心中一喜，也不知喜從何來，有些毫無道理。黃鼠狼把衣服脫了，只剩褲衩。他說：

「洗衣裳？」

寧寧答：「洗衣裳。」

黃鼠狼縱身跳下水，游到河心又游回來，在離寧寧不遠的水面，不斷地划動手臂，不讓流水把他沖去。她洗著自己的衣裳，只朝黃鼠狼笑笑。黃鼠狼說：

「寧寧，你是從哪裡學的車水歌？」

黃鼠狼第一次叫她的名字。一個人的名字被不熟悉的人叫出，似乎有一種能量，讓人興奮。她答：

「一位鄉下老太婆。」

黃鼠狼說：「是不是前灣的徐老太婆？」

「是的。」

「我們是師兄妹啦。」

寧寧奇怪自己在黃鼠狼面前沒有那麼多的話。她在人面前是很會講話的。像這樣單獨遇到過幾次，寧寧才有了主動的語言。她說：

「如果你求我替你把那髒衣服洗了，我會答應的。」

黃鼠狼說：「我求。」

寧寧說：「要把話說完整。」

黃鼠狼說：「我求師妹替我把我那髒衣服洗洗好嗎？」

寧寧說：「很好！」

兩個人哈哈大笑。寧寧履行自己的諾言。黃鼠狼仍然蹲在水裡。望著寧寧說：

「我怎麼感謝你呢，師妹？我去偷隻雞子你吃好不好？」

寧寧笑說：「你又說偷雞……」

黃鼠狼說：「我有偷雞的本事你知不知道？你還不知道吧？」

寧寧故意不置可否，看黃鼠狼如何說。黃鼠狼很坦誠。他說他就是為偷前灣的雞，被扣留了三個月的。報上說前灣集體養雞幾萬只是社會主義的優越性。中央的人，省裡的書記，說是要來參觀。縣裡的上上下下慌了腳手，把全縣幾百農戶的雞捉去湊數。新做的雞籠倒是氣派，新任的飼養員狗屁不通，一天死不少雞。天天死，也天天要抓老百姓的雞來充數。該來視察的那天沒來。以後也沒來，臨時取消了。雞們沒有什麼怨言，該死的照樣去死。黃鼠狼就是看著可惜才帶了幾個同夥去偷的。一晚上偷了三十隻，農場每個人能吃到一隻。大毛沒吃，場長沒吃。他們堅持原則，不吃偷來之食。後來傳出的話是有階級敵人破壞，首長來視察不安全。黃鼠狼當了一回階級敵人之後又認定不算階級敵人，所以又回農場做了知青。

當晚黃鼠狼真的到前灣去偷回一隻雞。他把寧寧邀到野外的河堤上，進行野餐試驗。黃鼠狼在雞的身上糊了一層黃泥巴，然後架起火燒烤。聞到了雞肉的香味，便剝開乾蹦蹦的燙手的泥巴。雞毛也隨著泥巴脫落了。內臟也烤熟了。他們把內臟丟到河裡餵魚，那雞肉便被他倆有滋有味地吃了。

黃鼠狼把他喜愛的書，把他父親喜愛的書，都搬到農場來了。沒時間讀書，沒心思讀書，讀了也沒用，有用也讀不進去。書都廢棄在屋角裡，屋漏水沿著牆角往下浸，也浸進了書裡，他發覺之後又可惜又在所不惜。寧寧倒是想翻那些書看。黃鼠狼說，你要哪本拿哪本，都送給你也行。他給了她最優惠國待遇，別人是不能動他的書的。後來他想別人動，別人也不動了。沒有一個別人像寧寧對書有永遠新鮮感。

他們兩個相好，卻始終克制著各自體內產生的某種慾望。他們沒抱過，沒吻過，連手也沒拉過。他們覺得克制也是一種意味。

老龍角上起雲彩，
不是風來是雨來，
要是風來打著傘，
要是雨來傘撐開，
乖姐替哥把汗揩。

兩個人總是同哼一首歌謠，同在一個境界裡。他們決定一起去看望徐老太婆，決定把徐老太婆的那些歌謠記下來，可惜這決定落了空。七月裡一個涼風習習的夜晚，他們在河堤上散步，前灣突然有狗叫，汪汪地叫得好兇。接著農場方面的狗也響應號召似地叫起來。有摩托車的打屁聲，有手電筒的光亮晃動，還有人的喊叫聲。仿佛是什麼東西丟了，都在尋找。

黃鼠狼說：「我們今天不散步了，你就先回去休息吧，我想一個人靜一會。」

寧寧說：「討厭。」

黃鼠狼說：「是。不，不是。」

寧寧說：「是！」

黃鼠狼說：「你依我一回好嗎？」

寧寧轉身走了。她走到農場大院裡，大毛碰見她，急切地問：

「黃鼠狼呢？」

寧寧沒好氣地說：「我怎麼知道！」

她回到寢室，在煤油燈底下接著看她的《林海雪原》。她想她是書裡的「小白鴿」，「小白鴿」有少劍波。她的少劍波呢？她拿著書就這樣想著。大毛的聲音又在屋外喊著：

「寧寧，你出來一下。」

大毛說：「你出來一下。」

寧寧懶得動，說：「什麼事呀？你說。」

寧寧出來了。月光讓屋角擋住了，他倆在陰影裡。大毛在陰影裡說：

「你不去看一下黃鼠狼嗎？」

寧寧說：「你是什麼意思？」

大毛說：「沒什麼意思。我想你以後怕是見不著他了！」

寧寧急了，說：「怎麼啦？怎麼啦？」

大毛說：「公安局的人在河堤上抓到了他，馬上要帶走！」

寧寧瘋狂地奔出月光滿地的大院。在通往縣城的大路旁邊，月光慘慘的，她看到被手銬銬著的黃鼠狼。

寧寧失聲痛哭。她抓住他的手，跺著腳，哭著大聲嚷：

「你犯了什麼法呀！你怎麼不告訴我呀！」

黃鼠狼說：「不要為我難過。永遠不要想我。」

他的聲音沒有異樣，跟在河堤上的聲音一樣。他這一去是不能再回的了。他被判了五年徒刑。此時的黃鼠狼在摩托車鬥裡，沒有說「再見」就消失在月色朦朧之中。

事情的由來寧寧很快就清楚了，那次被拘留三個月之後，黃鼠狼在一個同學家裡過了一夜。也就是在那個夜晚，他的那個同學去公安局局長家行竊，除了黃金等貴重物品，還竊得現金五萬元。黃鼠狼擔任了放哨任務。那個同學要給他兩萬元酬勞，他一個子兒都沒要，說：「我不是為了分贓才放哨的。」那個同學也沒敢動用那些錢和物，只是用塑料布包了幾層，壓在宿舍五樓頂上的隔熱板底下。破案很順利。那同學被傳訊一問就問出來了。也是屬於沒有見識的小傢伙，一說話就打哆嗦，連法官都忍不住好笑，說像你這種人還能偷東西！法官要他交出同夥，他說沒同夥。挨了一頓好打之後，堅持不了「不出賣同志」的英勇氣概，便含淚把黃鼠狼供出來了。黃鼠狼也正趕上了「從重從快從嚴」。這一案子帶出了另一個案子，即公安局長的受賄案。

有一天大毛找寧寧談話：「寧寧，本來早就應當找你談談的，我是受組織的委託。」

寧寧說：「有麼事說吧。」

大毛說：「我知道你很傷心。」

寧寧說：「我不傷心。」

大毛說：「你要瞎說你不傷心。」
寧寧說：「我不傷心。」
大毛說：「其實，我也傷心，我是說有點。這是不該說的話……」
寧寧說：「不該說的還說什麼呢？」
大毛說：「我想，我很理解你。但作為組織的委託，我要說，你得跟黃鼠狼劃清界限……」
寧寧說：「你不再叫他黃鼠狼了，你已經跟他劃清界限了對不對？」
大毛也不知道這次談話是失敗還是成功，他沒有再談下去。他也覺得黃鼠狼不壞，農場的重活髒活都是黃鼠狼的。從家裡帶來農場的東西，他總是充公，不吃獨食。比較起來有些人很不好意思，從家裡帶來的皮蛋躲到廁所後面去吃。黃鼠狼長得又帥，又聰明，又肯為別人著想，哪個見了哪個喜歡。人人都知道寧寧跟黃鼠狼好，上級指示要審查寧寧。到了團支部書記那裡，他只審視而不查。向上彙報的時候，他說：「我可抓得緊哩。」
寧寧總是悶悶不樂。這些子事傳到城裡的父母那裡，父母寫信來說，你是不是愛上這麼一個人？父母也不來看看她，她也賭氣不回去，她連個傾吐的地方也沒有。她只有常常到河堤的那個地方去哭。她不知道，大毛總是悄悄地跟在她後面，有時還聽到她在哭著唱車水歌謠。

大旱三載天地昏，
百花不開草不生，

山上乾死麻櫟樹，
河裡乾死標草根，
你看傷心不傷心。

當寧寧發現了大毛的時候，大毛已經躲避不及了。
她說：「你以為我會跳河嗎？」
他說：「不是……」
她說：「你也出來散步嗎？」
他說：「是……」
她說：「你想陪我一起散步嗎？」
他說：「不是……」
寧寧笑起來，大毛被她笑得莫名其妙，他從口袋裡掏出一張紙條，紙條上寫著一個地址，他說按這個地址能在沙洋找到黃鼠狼。寧寧很吃驚問：
「你是怎麼弄到的？」
大毛說：「託人。」
寧寧說：「謝謝你！」
大毛說：「你可以去看看，不過不能正兒八經地請假，我假裝派你出差……」

寧寧說：「場長那裡？」

大毛說：「有我。」

寧寧第二天就回了縣城，見了父母。父母也正在鬧離婚，見了她只說：「你已經是大人了。」也不再管她，她頓時沒心思去沙洋了，當即就回了農場。農活忙過之後放了幾天假，只留下大毛照場。他見寧寧進了院子，還問了一聲你找誰，待他看清是寧寧，便吃驚地說：「是你？你沒去？」

寧寧低下頭，去開了自己的房門，便倒在床上肆無忌憚地哭了起來。大毛慌了神，勸也勸不住。該吃飯的時候她也不吃。大毛跑了幾里路，回家去拿些雞蛋來，再到夾河鎮買了幾斤掛麵，悄悄送到她床頭的紙箱擱著，說了一句「你自己弄得吃」。過了一天，大毛發現她只是蒙頭睡，東西動都沒動。

他說：「我去弄得你吃。」

他沒要她批准，便弄得來了。他端在手上。站在她床前，說：「快起來吃。」

她只蓋著被單，她在被單裡動了一下。他又說：「快起來吃，我端來了。」

她終於開了口：「不吃。」

聲音表明不太堅決，這使大毛有了做工作的餘地。他說了一句，「我手都酸了」，把雞蛋麵條放在靠牆的小方桌上，筷子插進麵條裡，他又轉身站在床邊說：

「起來啦，聽人勸，落一半。」

他想伸手去拍拍她的身子，自己又把這個念頭扼殺了。他還在說：「我回家去拿的雞蛋，我到鎮上買的面，往回走的時候，一輛板車滑下坡路，我差點喂在板車裡了。二十個雞蛋還剩七個好的……」

寧寧就陡然把被單一掀，坐起來，定眼看到大毛的手膀子上有擦傷。她拉過他的手膀子看，又雙手捂著臉嗚嗚嚶嚶地哭。大毛用臉盆去打水來，不知床頭細繩上搭的兩條毛巾哪是洗臉的，問又不好明目張膽地問，只是指了指那條新些的花毛巾說：「是這個嗎？」寧寧點點頭，大毛將洗臉毛巾取下來，放在臉盆裡搓了搓，絞了絞，再把毛巾遞給她。她接了，開始擦臉上的淚水，根治著兩口淚泉，蓬蓬鬆鬆的頭髮也等著整理。大毛適時地遞給她梳子。她猶豫著沒接，大毛就將梳子齒插在她的頭髮裡。她握住梳柄梳了幾梳，便像癡呆人似的一動不動了。大毛將她手裡的梳子拿下，再去把麵條端過來塞在她手裡。筷子也塞在她手裡，說：

「快吃，快吃。」

她不動筷。他毅然決然地捏著她拿筷子的手，幫她作夾麵條的動作。他另一隻手也把她端碗的手朝嘴巴靠攏。她眼睛一閉，眼淚滴到碗裡。

一下田來拔秧苗，
不識稗子叫哥教，
哥說乖姐該挨打，
稗葉光光秧有毛，
教著教著就會了。

在幾天的時間裡，大毛能使得寧寧又愛唱起徐太婆傳授的歌謠，那真是證明著大毛的能耐。寧寧對他講了家裡的事，他沒語言勸她。倒是她說：

「父母的事我也管不了，我只有想開些，我難過的是，我再也不能把父母作為我驕傲的資本了！」

在農場的兩年裡，大毛培養寧寧入了團，還把她推薦到前灣民辦小學當民辦教師。逢年過節，大毛帶寧寧到他家裡去玩。臨走，他老母還給她塞些煮好的毛殼蛋、醃好了的鹹鴨蛋，再由大毛送她回學校。那時候她差不多十九歲了，一個高中生應該具備的知識她具備了，一個姑娘應該懂得的東西她懂得了。有一天縣城放映《流浪者》的影片，看過了的都說好看。她說她想看，大毛騎自行車去縣城買了兩張票，然後又騎自行車帶她去看。她坐在自行車的後架上，一手扶著大毛的腰。大毛的勁頭十足。看了電影出來，寧寧沉默不語。麗達姑娘愛上了小偷拉茲，她也愛上黃鼠狼。麗達等拉茲，她不能。因為她的拉茲說：「永遠不要想我。」因為她的拉茲永遠地拒絕了她。她好難過。大毛知道她難過，知道她為什麼難過，推著車子走在她的後面，路燈好亮。

他說：「你不回家看看父母嗎？」

她說：「家裡像個冰窟。」

他說：「你還是應當回去看看。」

她說：「不。」

大毛又騎著自行車帶寧寧回夾河洲。城裡的路燈亮，鄉下的月亮亮。在去前灣和農場的岔道上，大毛停下來。寧寧說：「朝前走。」

大毛說：「我送你回學校。」

寧寧說：「不。」

大毛說：「去農場？」

寧寧說：「不。」

大毛說：「去哪兒？」

寧寧說：「朝前走。」

大毛說：「去我家裡？」

寧寧說：「不能嗎？」

大毛踩車。寧寧又敏捷地坐上後架。寧寧閉上了眼睛，用雙手摟住大毛的身子，任大毛在土路上晃動。一路上只有大毛在說話，說些與此時此景無關的話，寧寧只是應應聲。到了村頭，除有一兩聲狗叫，一切都是靜悄悄的。大毛翻院牆進了院子，又撬開了正屋的大門，用隨手帶的鑰匙開了只有他回家才居住的屬於他的臥室。自行車推進來了，院子大門又關好了，人進臥室了，也沒有驚動獨佔正屋另一側的老母。

月光從窗口爬進了臥室，大毛和寧寧擁抱著的姿勢很明朗。他倆說著只有他倆聽得清楚的情話。

寧寧說：「至今沒哪個這樣擁抱我。」

大毛說：「黃鼠狼……」

寧寧說：「黃鼠狼也沒有。」

大毛說：「我以為……」

寧寧說：「你以為只要跟相好的男人在一起就會做這樣的事？」她生了氣，一把推開他。他驚恐了，忙說不是那個意思。寧寧不理他，他哭了。他的眼淚流到寧寧的臉上。寧寧心軟了，才又將他摟住。他倆體驗著提早到來的人生的一種滿足，仿佛世界上的幸福就集中在土屋的這一夜。黎明時他們睡著了。醒來時已是大天四亮。床單血了好大一汪。她起床站在大毛面前的時候，她感覺她已經是一個婦人了。她就這樣輕易地成了一個婦人而捂著臉哭個不止。

那一年恢復了高考。大毛考上了省農技學校。他上學四個月，寧寧懷孕也四個月了。那一年縣城也開始招工了。寧寧驚驚慌慌，招工要體檢，要是檢查出她肚子裡的東西，誰肯招她！她整天木木的。愛說愛笑的人突然不說不笑，那不是這個世界出了問題就是她出了問題。她給大毛寫信。大毛謊稱母親病危請假回來，託熟人幫忙到夾河洲衛生院打胎。醫生是個四十多歲的婦女。她叫寧寧脫光了下身，再把上身的衣服摟到胸部。她的手指頭在寧寧的肚皮上敲了敲，說：

「有感覺嗎？」

寧寧說：「有。」

她說：「什麼感覺？」

寧寧說：「動。」

她說：「動什麼呀動？你自己躺著別動！我再檢查裡面。」

她閉上眼睛。她聽見器械碰撞的聲音。她忍著器械給她帶來的難受，終於又忍不住地叫了一聲「哎喲」，醫生停止了一切說：

「你還哎喲什麼呢！動都沒動你！我只是看看！起來穿上衣服吧！」

寧寧一起身說：「打了？」

她說：「什麼打了？已經成形了，不能打了！」

寧寧要哭出聲來：「不能打了？」

她說：「出了問題誰負責？我們不敢打！」

在婦產室外面等候的大毛，等出來的是寧寧一張哭喪的臉。回到大毛家裡，老母迎接的也不是笑臉。老母不問也明白說：

「我們家的骨肉，該得要生下來就生下來吧！」

「生下來」幾個字如霹靂轟頂，寧寧頓時有些暈厥。「生下來」就什麼都完了。大毛說是我害了你。寧寧說是老天不要我活了，不如死了算了。大毛說要死一起去死。對於結束年輕的生命，兩個人都不含糊。大毛騙老母說他要帶寧寧到很遠的地方去看醫生。老母相信了兒子，把積攢的一千多塊錢都給了他，他一個子兒都沒要。他和寧寧共同署名寫下了一份遺書。遺書說，我們自願去死，死了比活著好。我們不怪誰，我們只是愧對父母。我們只有來世給父母做牛做馬，今生永別了。

他倆去了武漢。他倆想站在長江大橋的欄杆旁邊然後擁抱著朝江裡一跳。路過武漢軍區某機關門口，大毛的弟弟就在這裡當兵。他突然覺得應當去看看小毛，最後看一眼。看到了小毛，小毛很高興。未來的嫂子給了小毛極好的印象。他倆也裝作高興，不能拒絕地被小毛挽留住了一夜。第二天他倆說什麼也要離開。就在小毛感到不能再挽留的那一刻，小毛接到縣公安局的電話，問大毛和大毛帶著的一個女人在不在這裡。小毛明白了一切，當即穩住了他倆。穩住了兩個小時，縣公安局開來了小車，車裡還坐著寧寧的父母。要不是那封絕命書及時被發現，兩人便沒救了，因此也就沒有我們下面的故事。

寧寧痛哭，父母卻很嚴峻，嚴峻得近乎無動於衷。父母把女兒帶回家，對大毛也免不了一頓臭罵，讓他滾蛋。父親在對寧寧的諄諄教導而寧寧不服之後，宣佈父女斷絕關係。寧寧來到母親這一邊，準備對母親的同樣宣佈。可是母親老遠就把雙手伸過來，寧寧還沒有撲在母親懷裡之前，母親就淚流滿面了。

母親抱住女兒說：「寧兒，是媽不好。媽對不起我的寧兒！媽沒好生照料我的寧兒！媽不是好媽！」

寧寧哭著說：「別這樣說了媽！我理解媽……媽永遠是我的好媽……」

媽和女兒之間倒塌了一道牆。女兒離不開媽，媽也離不開女兒。媽要做的第一件事，就是幫助女兒引產。縣城到底是縣城，縣醫院很順利地把寧寧的身孕解決了。寧寧想告訴大毛，也不知大毛的音訊。母親要她在家調養，不准她出門。只是有一次，她在家門口碰到農場的一位姐妹，她也沒顧沒忌地向姐妹打聽大毛的情況。

姐妹說：「我一點也不知鄉下事，我病轉回來了……」

寧寧很失望。

有一天大毛自己送上門來了，趁母親不在家的時候。寧寧又驚又喜，她抱住他。他木木的任她抱，沒有一點熱烈的響應。

寧寧說：「怎麼啦？」

大毛癡呆地說：「我完了！」

寧寧說：「什麼完了！」

大毛說：「我被學校開除了！」

寧寧又一陣沉默，低下了頭，然後又仰起頭說：「給我一個吻！」

大毛的吻是冷冰冰的。

大毛吻過之後說：「我犯了誘姦知青罪，要坐牢的。你能不能改個口，不要說是我……」

寧寧瞪大眼睛：「說是誰？」大毛說：「你就說是農場場長……場長常常在背後說他想跟女人睡覺的就是你……」

寧寧在給他一個響亮的耳光之後，就是叫他趕快滾。他滾得不是很快，但他滾了。她的傷心是在他滾了之後的許多時日。寧寧也常常想起了黃鼠狼，她連一個吻都沒給黃鼠狼。她什麼都給了大毛，大毛居然說出那種話！

為了逃避，也是為了解脫，寧寧就看書。一進入書的境界，她就忘了現實。她每每回到自己回到自己的現實，她就要感歎一回，心悸一回。有一天母親對她說：

「寧兒，我打算到法院去告那個壞小子！」

寧寧一時語塞，不知說什麼好。

母親不是徵求她的意見，母親是在跟她通氣。母親說了是要做的。手銬銬在黃鼠狼手裡的情景變成了銬在大毛手上，那是解恨的。就為著大毛說出「不要說是我」就合適戴手銬。

母親說她明天就去法院，寧寧沒置可否。晚上，她做了個夢，夢見了黃鼠狼和大毛都在她身邊唱著徐太婆教的歌謠。黃鼠狼唱：

我跟乖姐隔條河，
朝天每日下河坡，
並肩並膀同車水，
對腔對板唱山歌，
乖姐打鼓我敲鑼。

大毛唱：

登上水車把腳落，
乖姐聽我唱山歌，
不是唱歌是戲姐，
不是唱歌要酒喝，
為的車水救秧棵。

第二天早上起來，寧寧在窗前梳頭，見大毛站在不遠的地方。寧寧一驚，趕緊出門說：「你還來做什麼？」大毛說：「我想了想，是我害了你，我要去自首。」寧寧突然衝向大毛，用力捶打著他，哭著說：「不！不！不……」

母親奔過來，扯住她。她感覺累了，身子往下沉，母親沒抱住，摔倒了。大毛趕緊上前扶起她。她的頭靠著大毛的手臂，睜不開眼睛，睡覺了似的，喃喃地說：

「媽媽……不要……不要……不要告他……」

又過了一年，通過母親的努力，寧寧正式招工招到了新華書店。上了幾天班，文化局長尚義說，母親和女兒在一個單位不怎麼好，不如把寧寧調到局裡，局裡也正想物色人。母親很贊同。寧寧也高興。

大毛在家裡當農民，他常進城，他不敢面對面地見寧寧。他進城的使命是看寧寧，他只是遠遠地看，跟蹤式地看。看得流眼淚或沒流眼淚，他看看就走，就回鄉，騎著他特地為進城看寧寧買的二手貨自行車。逢年過節，他送些雞蛋糯米糍粑豆絲紅苕什麼的，趁寧寧不在局裡就送進局裡去，或送到新華書店營業員手裡，代轉給寧寧，連字條也不留，也不說是誰送的，代轉就是。剛開始母親要問這些東西是哪裡來的，寧寧說我也不知道，她曉得是大毛送的不能說。母親不承認大毛，長日長時地送，母親有警惕心了。母親說：

「你不用瞞我。」

寧寧說了實話，但她說也沒見過大毛的面。是後來大毛實在忍不住思念寧寧的煎熬，給寧寧寫了一封長信。信裡寫下了想見她又怕見她的種種細節。一片真情打動了原本就沒有死心的寧寧。從此他們悄悄約會。寧寧感到時機成熟了，對母親說：

「媽，我還是應當嫁給他，我想好了。」她準備著跟媽對抗。不料媽說：「你以為媽不知道你想好了？說吧，要媽做什麼？」

寧寧正眼望著母親，讀懂了母親的寬厚，一下子撲到母親懷裡，鼻子一酸，眼淚就流出來了。她要母親幫她把大毛弄到城裡來工作。母親沒說答應也沒說不答應，只說容我有一個過程。寧寧把這事告訴了大毛，大毛在隊裡做起活來更賣力。他將要離開土地，要加倍回報土地，在他沒進城之前，他當了生產隊長。

寧寧在文化局裡當了業務股長，也很有能力。叫局裡男同胞不能理解的是，寧寧既做好了工作，又顯得輕鬆愉快。她能歌能舞，男同胞們只要說，唱一個吧、或是跳一個吧，她就不扭不捏地唱著跳著，氣氛極好的。她也總是穿得特別漂亮。那個年代裡老氣橫秋的衣服跟她無緣似的，她穿的總是花色，總是鮮豔的。商店極少有這樣的成衣賣，她撕布做，自己做。縣城裡的花色布也不好買，她托人到上海廣州去買。沒有人不說她穿得合身、好看。也沒有人不說她的毛病就是愛俏，沒人當面說，只是背後說。縣裡開科局級幹部大會，尚局長有事不能去，副局長還沒配，尚局長叫寧寧代他去開。寧寧走到會場門口，縣裡的一個頭頭眉頭一皺說，去去去，回去換件衣服再來。她什麼也沒說，轉身就走。她照樣穿她那鮮豔的衣服，但不再去開會了。還有的領導在大會上不點名地說，有的局，像培養資產階級小姐似的，特別打人的眼睛。這能做群眾工作？能跟群眾打成一片？都知道是說誰的。

寧寧還是寧寧，不管別人怎麼說。有人表面上讚揚她的衣服，她說，算了吧，你背後不癟嘴就是謝天謝地了。從此就有了一張厲害的嘴。連母親勸她收斂一點她都不示弱地說：

「我是危害了中華人民共和國的利益還是怎麼啦？」

尚義容她。只有尚義容她。尚義說，你寧寧什麼時候不使用自己的腦子，你什麼時候就不是寧寧了。

也許寧寧不該太個性化，太個性化的人都有可能被同胞的唾味橫飛淹沒。奇怪的是，縣婦聯縣團委縣工會舉辦的一些大型文藝晚會活動，偏偏請寧寧去當主持人。她的身材好，她的長相好，她的普通話說得好，語言得體，笑容可掬，風度翩翩，她的主持總是成功的。台下也總有人朝她點點戳戳，說莫看她那樣，其實是個騷貨。在夾河洲農場把一個男的弄得坐牢。當民辦教師把一個男的弄得開除了學籍。雖然沒結婚，但婚過無數次。你看她那對奶子，走路一聳一聳的，哪像個姑娘的奶子？

寧寧跟大毛結婚的那年二十四歲。大毛還一直在農村種田。全身是洗不掉抹不掉的太陽烤的糊焦味。頭髮裡，毛孔裡，手腳的粗糙裂紋裡，指甲殼裡，有永遠散發不了的泥腥氣。他回來住上幾夜，寧寧雖然不厭惡，但總是要把床單被子洗了又洗，把自己洗了又洗。她也每每勒令大毛上床之前要進衛生間洗了又洗。她每每思念起大毛的日子，就想起要把大毛弄進城裡。跟母親無數次磋商，跟有關方面無數次交涉，也動用無數的人力物力，直到跟大毛懷第二胎的兒子三歲了，才把大毛的戶口轉進了城。尚義也同意接收大毛在電影院當個售票員再說。

進城的第一夜，大毛視為慶祝，一夜沒讓寧寧睡覺。寧寧的月經剛走，剛斷紅，大毛會要。她只有依他。他伏在寧寧身上哭。他說他找到寧寧實在是他的幸福。他說寧寧能甩他而沒有甩是寧寧的大恩大德。寧寧也很感動。寧寧也忘了形，第二天寧寧發現不對頭，又來紅了，而卻來得不止。好幾天都這樣。大毛很抱歉，對寧寧笑臉相迎，百依百順。她心煩，有時也免不了衝撞大毛兩句。起先大毛忍著，時間一長，便產生矛盾。

有一天，寧寧在大街上碰到了一個人。那個人跟她打了個照面，便慌忙走開了。寧寧跟蹤看，那人感覺到了，有擺脫寧寧的企圖。寧寧緊追不捨，眼看擺不脫，那人乾脆站住了，望著商店的窗口吹口哨。

寧寧叫道：「黃鼠狼！」

那人板起面孔說：「你認錯人了！」

寧寧說：「黃鼠狼！」

那人說：「我說你認錯人了，小姐！」

那人說罷轉身就走。寧寧攔住他，咬牙切齒地叫道：

「黃鼠狼！」

那人這才低下了頭。他的衣著很隨便，跟在夾河洲農場一樣的灑脫相。臉還是那樣黑，往老裡長了許多。

寧寧盯著他說：「你燒成灰我也認識你！你為什麼裝作不認識我？」

黃鼠狼的眼圈紅了：「再見！」

他向寧寧伸出手，握了握。寧寧企圖抓住不放。他用力抽出手，轉身就走了，把寧寧留在原地未動，足足三分鐘。

大毛恰恰看到了這一幕。回到家裡，大毛問：「今天哪裡去逛了一圈？」

寧寧說：「到二級單位瞭解情況怎麼叫逛？」

大毛說：「我相信你。」

這話叫寧寧聽來沒頭沒腦，寧寧說：「你這是什麼意思？」

大毛陪笑說：「沒什麼意思。」

寧寧說：「你在跟蹤我？」

大毛強笑：「看你說到哪裡去了！」

寧寧說：「我說到點子上去了！」

大毛仍笑說：「你看你！你看你！」

寧寧說：「不要裝老實！不要裝寬容！有話說在當面！」

大毛便什麼都不說了。

晚上寧寧早早睡了。大毛坐在床邊拍寧寧的膀子。寧寧一扭身子，翻過身去。大毛輕言細語說：

「我調到電影公司去了，你知不知道？」

寧寧說：「知道！」

大毛忽略了，她怎麼能不知道呢？她在局裡，他的調動她能不知道？說不定仍是靠她哩。想到這點他感覺揚不起眉，吐不了氣。過了些時日，大毛聽說寧寧的父親病了，想跟寧寧一起去看看，寧寧說：

「不去！要去你一個人去！」

顯得很不近人情。她還記著父親跟她斷絕父女關係的那一筆賬。大毛曉得她的脾氣，也不好說她。等大毛提了些東西一個人去看她父親的時候，他發現寧寧已經在父親身邊抽泣。不久父親死去了，寧寧一手操持了葬禮。一夜的守靈，母親來陪她。想不到黃鼠狼也送來了花圈。寧寧知道黃鼠狼在漢正街做生意，找了個漢正街的胖女人。黃鼠狼要給寧寧一筆錢。寧寧說：

「你不欠我的。」

黃鼠狼說：「只說你要不要？」

寧寧說：「不要。」

黃鼠狼轉身就走了。從此黃鼠狼不再出現在寧寧面前。寧寧常常回憶起從徐太婆那裡學到的那些歌謠。

乖姐河上蒔芝麻，
情哥河下蒔棉花，
姐望哥來哥望姐，
望來望去連根挖，
挖得心裡起疙瘩。

上級文化部門來了個通知，要求各縣收集整理民間歌謠。這是由聯合國教科文組織資助的文化工程，省裡要出省卷，地區要出地區卷，有條件的縣份要出縣卷。正好由寧寧分管，她帶著文化館的文學幹部，第一站就要去夾河洲訪徐太婆。尚局長說他也去，他說他在夾河洲住過隊，就住在徐太婆家裡。他也從徐太婆那裡聽到不少歌謠，他說他還記得幾句。

寧寧說：「你唱唱。」

尚義說：「我唱幾句，你看是不是的。小小龍車下河坡，龍骨刨葉一般多，哪有龍骨不上水，哪有刨葉不上坡，哪有乖姐不想哥……」

寧寧拍手咯咯笑。文化館的文學幹部也都笑說：「尚局長只記得乖姐想哥的這幾句，別的都忘啦。」

尚義笑罵：「混帳！」

他們極有興致地去了夾河洲。到了前灣，聽說徐太婆前兩年就去世了。寧寧感到很遺憾，也有些難過。她獨自尋找到徐太婆的土墳跪下，算是看望。

寧寧還抽空到河堤上去走了走，走得她眼淚直漫，農場場址成了小學校。她悄悄走進了院子，看到她住過的房間改成了辦公室。一位跟她當年一樣年紀的女老師笑盈盈地走出來，問她找誰，她說了聲「不找誰」便逃離了那裡。回到縣裡，她頭痛了兩天。農場留下的記憶把她敲打得癡癡呆呆的，尚義給了她兩天休假才恢復過來。

大毛聽說寧寧又是跟尚義一起出去的，很不舒服。他聽到一些話，寧寧在外面是活蹦亂跳的，回到家裡就像死人一般。夜裡睡覺大毛不動她，她是不會動他的。他動她，她也總是顯得不耐煩，再麼就是無動於衷。他不得不懷疑她的心野了。他連著要她，她拒絕。他強制，她就把被子一掀，坐起來，讓自己的光身子受凍也在所不惜。大毛便妥協了，他用被子捂住她，扶她重新睡下，他則安靜在一旁，獨飲苦澀。以後像這樣的事情連續發生，他氣得去跟兒子睡，寧寧便起身閂了房門，上了插銷。第二夜寧寧睡得早些，也獨自閂了房門。大毛自然又流落到兒子床上了。第三夜大毛也早些上床，房門大開，做出和平的姿態。可是寧寧卻轉移到兒子床上睡，她把兒子的房門也閂上，築成不可入侵的銅牆鐵壁。沒有吵鬧聲，沒有槍炮聲，世界上又一對夫妻的分居誕生了。

在一個鍋裡吃飯而不在一張床上睡覺的日子延續著。有時是寧寧的疏忽，忘了閂門，她也睡熟了。她被大毛的撫摸弄醒，發現大毛已褪了她的短褲。從此，她的枕頭底下就壓著一把剪刀，威脅大毛說：

「你再敢來！」

在這以後的三年裡，寧寧參加了文化幹部管理學院的函授學習，取得了大專文憑資格。由於尚義從經費從時間從精神上的支持，尚義也被縣城的輿論界輿論成逐臭的蒼蠅。儘管尚義不在乎，組織部找他談話了。組織部長說：「夥計，你是個聰明人，不要被聰明所誤。」

尚義說：「我的聰明戰勝不了一些人的糊塗，我的聰明又有什麼用。」

後來傳出話，說尚義的態度不好，談崩了。接著發生的事，把尚義推向了深淵。

尚義的妻子得了乳腺癌，到武漢腫瘤醫院做化療。文化局派人去協助照料，派到寧寧頭上。寧寧也樂意。她把此舉視為報答尚局長的仁義。尚義除了一個星期去看望一次，還是堅持日常工作。確診化療無效之後，醫生告訴尚義，你們回家去吧，病人想吃點什麼，就弄點什麼她吃，滿足她的願望，她的日子不多了。大家都瞞著尚義的妻子，只說是有好轉，拿些藥回家吃，到縣醫院去鞏固鞏固，調養調養就沒事了。尚義的妻子微笑著點頭，信了許多人的謊言。真正接受不了的是寧寧，她忍不住跑到走廊外邊去哭。她在照料她的時候，聽她講過自己的人生。那種因社會帶來的痛苦經歷讓寧寧動容。醫院樹林子的清晨裡，有許多人在做氣功。尚義的妻子對寧寧說：

「我們那時候不練氣功。」

寧寧說：「那練什麼功呢？」

尚義妻子笑說：「五八年練吹功，看誰會吹。五九年練餓功，看誰餓不死。」

尚義的妻子死了，寧寧伏在她的身上痛哭，像是女兒失去母親。有人私下裡嘀咕：「她還哭得那樣傷心！是高興吧？老天為她撤除了一個障礙哩！」

外界不知怎麼知道了寧寧和大毛的不和諧。有一天寧寧對大毛說：

「是不是你唱出去的？」

大毛說：「我沒唱。」

寧寧說：「我不信。」

大毛說：「信不信由你。」

寧寧說：「你何必裝得那麼老實呢？」

大毛被逼急了，有點出言不遜：「要想人不知，除非己莫為。」

寧寧差點爆跳起來，說：「我為過什麼，你說？」

大毛不說了。寧寧氣得幾天不歸家。還是大毛妥協，自己帶著兒子去岳母家裡把寧寧接回來了。接回來的當天，宣傳部來人找她，叫她到宣傳部去一下。她仍是梳了梳妝，換了件她喜歡穿的鮮豔的衣服。愛說愛笑的宣傳部長見到她沒茍言笑。在那個八平方米的小屋裡，部長直奔主題說：

「找你來，就是為你和尚義同志的事。」

寧寧明知故問：「麼事？」

部長說：「你應當知道。」

寧寧說：「我這個人不是很精明，別人不指點我是不明白的，有時指點了反而更糊塗。」

部長說：「你很會說話。」

寧寧說：「憑會說話是沒有用的。」

部長說：「對。你們……」

他還沒有找到恰當的詞語。寧寧接著說：「我猜測，是說我跟尚局長有一手。部長現在是不是要問我跟尚局長接過幾次吻，睡過幾次覺？」

部長忙說：「不是那個意思，不是那個意思。」他說只是想從當事人那裡瞭解一下事情的真相，有則改之無則加勉。寧寧說，無則加勉，勉倒是容易，被勉人的思想情緒所造成的精神損失誰計算過？宣傳部長仿佛說不過她似的，說聲「你去想想」，便不了了之。過了些時日，尚義被抽去搞農村社教。又過了些時，文化局調來一位年輕的副局長主持全面工作。

寧寧還是業務股長，她還是著力抓民間歌謠的收集。有一天尚義回城休假，到局裡來領工資，領下鄉補助，便交一個大信封給寧寧。信封鼓鼓的，他說「給你的」。尚義也不避諱旁邊的人。寧寧拆開一看，很感動。原來是他在鄉下收集整理的民間歌謠。她當時沒說什麼，晚上她去尚義家裡表達了她的謝意。

尚義說：「你還謝什麼，這不也是我的工作麼。」

寧寧說：「你還能不能回來當局長？」

尚義說：「你怎麼提出這個問題？」

寧寧說：「我怎麼不能提出這個問題？」

尚義說：「想不到的不想，做不到的不做，吃不得的不吃，說不得的不說，這是我的四項基本原則。」說了一些鄉村生活的話，寧寧便告辭了。她回首望望那孤燈下的孤影，心裡好酸。

寧寧當晚沒回家，去了母親那裡，她說她要伴母親睡一夜。她跟母親睡一頭，還鑽到母親的被子裡，頭枕著母親的手臂。母親說：

「我的寧寧還沒長大。」

寧寧真想向母親講講她的愛情婚姻家庭。她什麼都肯對母親講，就是不能講她和大毛的現狀。她覺得她跟母親一樣不幸。母親和父親湊合了一生，她和大毛也是不是要湊合一生呢？她嚶嚶地哭了。

母親說：「你這是怎麼啦，寧寧？」

寧寧說：「我高興我在媽的懷裡，我也真希望我還沒有長大。」

尚義在鄉下搞了八個月的社教，應當是回局裡工作。組織部通知他，工作另有安排，先休息休息。他找到寧寧說：

「我幫你整理民謠吧。」

寧寧說：「那怎麼行。」

尚義說：「怎麼不行？」

寧寧說：「具體工作我來做。」

尚義說：「怎麼？我不是個做具體工作的？」
寧寧說：「不是。」
尚義說：「那就讓我給你分擔吧，我的股長。」
寧寧說：「是，我的局長。」
尚義說：「我不再是局長了。」
寧寧說：「調了？」
尚義說：「要調。」
寧寧說：「調哪裡？」
尚義說：「還不知道。」
不久，民歌集成縣卷成書了。寧寧送書給尚義，尚義不在家，她就在他家門口等待。突然看到門上有字條寫著：「如果我的預測不錯，你今晚會來找我的。我到組織部長家裡去了，請稍等一會兒。」
寧寧取下字條，感到身後的腳步聲。她還沒看清人就叫：「尚局長。」
尚義走攏來說：「別再叫我局長了。」
寧寧說：「叫什麼？」
尚義說：「叫尚義，或尚義同志。」
他哈哈笑了。進了屋，寧寧還有些發呆。他看到了她手裡的書：「書出來了？」
寧寧說：「出來了。」

她還在把書握在手裡。
尚義說：「給我呀。」
寧寧給他，給他的卻不是書，是捏在手裡的字條。
他又哈哈笑了，說：「你這是怎麼啦？」
寧寧的鼻子酸酸的，說：「告訴我，組織部怎麼說？」
尚義說：「你坐下，先把書給我看看。書出來了，這是個了不起的成績……」
寧寧打斷他的話：「不，你告訴我！」她的聲音有些異樣。
尚義說：「我告訴你，一開始，我同意你到文化局，我就知道現在。」
寧寧說：「那你為什麼要接受我？」
尚義說：「我一眼就看出你是個人才。什麼背景材料檔案材料我是忽略不計的。我越看重你，人家就越把你的美麗相貌跟我聯繫起來。於是我做的一切努力都成了好色之徒的佐證。再加上你是個只顧走自己的路的人，我們一拍即合不就是一拍成禍嗎？」
寧寧的眼眶熱了，說：「都怪我……」
尚義說：「誰也不怪。要怪就怪民族的一種淺文化、次文化、副文化。我還要告訴你一件事。」
他有意停頓，示意要寧寧把書給他。寧寧說：「不，你先告訴我。」

尚義說：「我孤身一人，我想好了。我不去當什麼縣委辦公室的副主任了。我決定到南邊去，我有朋友在那裡，已經聯繫好了。我什麼都不要，只想要一件。」

寧寧說：「要什麼？」

尚義說：「算了，不說了。」

寧寧說：「說！」

尚義說：「說了不好。」

寧寧說：「你怕違反了你的四項基本原則？」

尚義不作聲。

寧寧說：「我替你說。」

尚義說：「你替我說？」

寧寧說：「是關於……我嗎？」

尚義說：「請原諒我想了不該想的。」

尚義說是他們逼得我下了決心。他拉著寧寧的手說：「請跟我走吧，南逃吧！」

寧寧用拿書的手捂住臉，忍不住哭出聲來。

尚義等著她的回答。尚義沒想到她最後還是搖了搖頭說：「不，不能……雖然我想跟你走……」

尚義喃喃地說：「我也理解……」

寧寧把書交給了他，起身走的時候，尚義要出門送她，她說：「不用了。」把尚義攔在門口。她還遲遲沒有轉身舉步的意思，有一分鐘的僵持，沉默。

寧寧說：「給我一個吻好嗎？」

所有的星星都閉上了眼睛。

那地方沒有狗

天還沒大亮，宋老早鑾早就起來了。老伴糾起頭說：「起這早做麼事？」

宋老說：「縣裡有幾個人要來，去三陂買點菜。」

老伴說：「來來來，總有人來！」

宋老說：「我有個麼法子，是人家要來，又是不我要請人家來。人家說要來看我，我能說不要人家來看？」

老伴說：「來看你來看你，說得親熱流了的，就直說是來釣魚還好些，打著來看你的旗號！」

宋老不接話，起來洗了頭臉，提著籃子要出門，老伴歎了一聲，又弓起頭說：「只割肉就是了，其餘的菜都有，包括魚。」

宋老說聲「曉得的」，就反手虛掩起大門，手還沒放下，又推開大門，朝堂屋的另一側說：「健貨，你也起來，趁涼快，把那幾塊田耕了它，再曬板了不好耕的。聽見了嗎？」

健貨在自己的房裡答：「聽到了。」

接著就聽到健貨在嘀咕：「指揮人指揮慣了，生怕哪個不曉得的。」

有些子情緒。

聽到媳婦桂枝在說：「這些時，你跟爹說話就衝，像吃了粗糠的。」

宋老出了門，天上還有好多星斗，屋後山上的那些樹還是黑森森的。屋前的山沖裡騰起了霧氣。宋老沿著山沖走，突然聽到不遠水塘裡的水響。

那是他家的承包塘，也是城裡人來釣魚的領地，來的人吃了喝了，釣得到釣不到，也總要帶點子魚走的，這是慣例。莫不是來釣魚的人就直接到了塘邊。能來這麼早？走近一看，是一個人在撒網偷魚。

宋老認出是隔壁的狗蛋。

老宋往那裡一站，也不說什麼，狗蛋就收了網。

宋老攔住說：「算了，拿走吧。光做這樣的事不行的。」

狗蛋就把網起的魚放在乾坡子上，拎著網走了，也沒說什麼。宋老望著魚在乾坡子上跳，順手丟到籃子裡。

宋老去三陂鎮把肉買了，趕回來，太陽也出來了。老伴在門口掃地，雞們鴨們圍著她轉，她趕著它們說「討人嫌」，就進屋拿了葫蘆瓢出來，瓢裡裝的是穀子，她正要朝天一揚，宋老老遠就說：「要殺兩隻雞。」

老伴說：「說哩，豆芽菜還要屎澆。」

葫蘆瓢裡的穀就潑灑出去了，雞們鴨們搶起食來。她放下葫蘆瓢，走到雞們身邊，雞們不屑一顧，她就突然往下一蹲，一手抓到了一隻，其餘的雞鴨驚叫著飛跑，被抓到的就抖翅舞爪的亂叫。

宋老走攏來嘿嘿笑說：「你還會捉個雞哩。」

貼。」

老伴說：「我說的，我還不曉得你。來個人你就好陪著喝酒，喝了酒就東的龍王西的海，那才叫熨貼。」

宋老說：「看你說的。」

說著自個兒也笑了，又說：「你就盼來幾個人，來人就是你的好日子。」

老伴說：「你還會吃個雞哩。」

宋老說：「要喝酒，我不曉得一個人喝。」

老伴說：「一個人喝要喝得進的，沒人陪著，沒人聽你那陳谷子爛米。」

宋老笑說：「有理的的菩薩總叫你供著。」

進了屋，桂枝在灶屋裡燒早飯火，對宋老說：「爹，要不要多煮點子米？」

宋老說：「人來了再說，煮多了又吃剩飯。喝酒的人也吃不了多少飯。」

他放下提籃，一隻大黑貓就躥過來，宋老喝住說：「你敢。」

黑貓把頭縮了，那對藍眼睛還盯著籃子裡的魚。宋老就伸手把提籃裡的一條小魚丟給了貓，貓到一邊享受去了。

老伴已經把堂屋清理過了，看上去還是沒個章法，宋老不滿意，又將桌椅擺順，將那些鋤頭鐵鍬莞子扁擔收到裡屋，牆上掛的那些篩子囉筐鐮刀耙子犁轅水車也作了些調整。

老伴進來說：「你倒是講究起來了。這回要來的，是些麼貴人咧。」

宋老說：「你去做你的事，婆婆。」又說：「先把魚去弄乾淨。」

老伴說：「你買了魚的？」

宋老說：「不是。」

他不想說出狗蛋的事。

老伴說：「什麼不是？」

宋老說：「碰到個熟人，就送我這些了。」

老伴說：「你好人緣。」

話裡也還是譏諷，她把兩隻雞交給宋老，就剖魚去了。

宋老的手腳麻利，把雞宰了，用開水燙了，毛也褪了，剩下的事他就留得桂枝或者老伴去做。他從屋角裡拿出了好幾副釣魚竿，看是不是好的，清理了一下，就要去屋側邊的碴子坑裡挖些蚯蚓，怕他們來了弄不及，來的人總是急於往魚塘那裡跑的，過釣魚的癮。

有摩托車聲由遠而近，打著響屁，一直打到門口來了。

宋老以為是要來的人來了，一想，要來的也不會是騎摩托來的，他們是頭，有小車的。待出門看時，摩托車停在門口了，接著就有手裡拿著大頭盔的小夥子迎面走來了，後面還跟著個姑娘。

宋老不知是哪來的客，笑著讓進門。

小夥子見了宋老，就叫了一聲「宋老」，說：「沒認出我呀宋老？」

宋老說：「你是……」接著就哎呀一聲說：「小高，高潮。你怎麼來了？」很是驚喜。

高潮說：「怎麼？我不能來呀宋老？」

宋老就捏住高潮的手說：「我還以為你一走就走了，再也不來的，在我們這地方吃苦吃怕了的。」

高潮說：「看你老說的。」

姑娘手裡提著個大包。高潮指著她說：「這是我的女朋友。我總是跟她說，我住隊的那個住戶一家對我如何如何好，她也是很感動的，我們就約著一起來了。」

他的女朋友就從提包裡拿出了從城裡帶來的酒，糕點，營養液，還有送給小孩子的衣物玩具之類，放在堂屋裡的大方桌子上。

宋老說：「你看你看，帶些子東西來做什麼呢？」

高潮說：「你老還沒見過東西的呀？你老莫說，再說我就不好意思了。」

在灶屋裡燒火的桂枝，一聽聲音就曉得是高潮來了。她就猛然的一陣心跳。高潮那一年住在她家裡的時候，是她嫁過來不久，他看著高潮又勤快，又隨和，又是一表人才，就覺得自己是開了眼界。「奔小康工作隊」是一年一換人，高潮在她家裡一年的出出進進，使她覺得自己沒嫁給城裡人是她一生的錯誤。她對高潮好，也總想把自己的什麼東西獻給高潮。有一天她裝病躺在家裡，趁高潮一個人在家裡寫材料，她就哼著說要喝水，待高潮去倒水給她，她就把被子一掀，露出了赤身裸體，一下子抱住了他，高潮推開她說：「你這是害我，也是害你自己。」說著就要出門，她就死死拖住高潮不放，流著眼淚說：「是我不好！我再也不這樣了，再也不這樣了……」

她打著自己的臉。她說高潮要是不原諒她，她就去死。高潮叫她趕快穿好衣服，也不要難過，也不要再提這事，只跟先前一樣，他會把她當親妹子看待。

高潮說話算話。她照著他的話做了，便真是沒事了。高潮離開了這裡，也一直是惦記著她，一想起她來，他心裡也不好受。她只有那個文化，也只有那個見識，不是沒有德性，高潮體諒她。

高潮也是農村人，高潮也有妹在農村，高潮能夠將心比心的。時隔兩三年之後，他也就來看她了。城裡所有來宋老家的人，都是看宋老的，只有高潮，既是看宋老，也是看妹子。

桂枝出來見高潮。她讓自己的臉在灶屋裡紅過一陣，一出來就說：「喲咧，是你來了呀，我以為是哪個哩。真是稀客。坐呀，你們坐呀，大老遠來的，還站著，不累呀。」

及至看到桌上放的東西，又說：「還帶東西來，怕不給飯你吃呀？還講那個客氣做麼事，你們城裡人。」

高潮說：「我可不是城裡人呀。」他指著女朋友說：「她才是城裡人哩，可這東西不是她買的，城裡人是又尖又狡的。」

他的女朋友就笑著說高潮：「到你們農村來了，就把著門框子狠了，是不是？」

說得宋老桂枝哈哈笑。宋老望著高潮的女朋友，忍不住問「你爸爸是不是叫姚剛勝」，她說是。宋老又說：「你的個相貌很像你爸爸，我猜著是。我記得你叫萍兒，是不是？」

萍兒連說著是。宋老說：「我在三陂鎮當書記的時候，你爸爸是城關鎮的書記。我到城裡開會，你爸爸就要請我到你們家喝酒的。你那時候還只這麼一點子。」

宋老做了個「一點子」的手勢，又說：「你小時候特喜歡吃糖砣，我去了總要給你帶些子糖砣的，你總是說，糖砣伯伯來了！」

萍兒吃吃笑。

宋老說：「你爸爸還好吧？」

萍兒說：「還好，也退了。」

宋老一驚說：「也退了？他比我小得多啊。」

萍兒說：「有病，才退不久。」

宋老默了默神說：「唉，城裡人跑步，做氣功，打太極拳，也還是這病那病的。你看我，只做事，現在也還是一天做到黑，也沒說有個什麼頭痛腦熱的，城裡人都嬌些。」

萍兒說：「真是的，你老看上去比我爸還年輕，一點也不顯老的。」

老伴提著洗乾淨的魚，還淋著水，進來了，接話說：「喲，這是哪裡來的稀客？說他還不老，他就高興死了，我也是說他還不老，還不老得像枯樹蔸子。」

萍兒高潮發笑，宋老說：「一點子魚洗這半天，我還以為你掉在井裡了。」

老伴說：「那我就好了，我就享福去了。」

說著就衝著高潮萍兒一笑，突然就認出高潮來，說：「是小高？我的天哪，你還記著來呀。」

高潮住在家裡的時候，也總是幫家裡做事，掃地，挑吃水，出牛欄糞，跟兒子似的好，簡直比兒子還好。健貨說話還總是一横一横的，像哪個該他三斗陳大麥似的。所以老人總在念記著高潮。今天見著高潮，喜的眼圈都紅了。

她一面揪起衣角揩淚，一面讓桂枝接過她手裡的魚，接著就笑說：「你再只管來，再不要你挑吃水的，水井就在屋後頭。」

桂枝說：「還有一頭，這地方再沒有狗的。」

說著就笑了，還笑得臉紅紅的。高潮就記起第一次進村的時候，四條大黃狗像是從地上冒出來的，直朝他汪汪的吼叫，他猛然下蹲，然後撿起土塊朝狗們投去，狗們以為是什麼新式武器，不敢上前。他且戰且退，退到了村前的水塘旁邊，就掉到水裡了。

她看著高潮掉下去的，他並不會水，要不是村裡一個幹部救了他，命都難保。高潮後來總是笑說桂枝：「你好壞呀，見死不救。」

她不說她也是稱砣，總是笑。從那個時候起，村幹部就下令把狗打得吃了，再不准養狗的。

提起舊話笑過之後，高潮說：「伯媽，我給您老買了一件東西。」

老人說：「什麼東西？」

高潮從桌上拿起來，拆開紙盒子讓老人看，老人笑說：「小孩子的兜兜啊。」

高潮說：「這叫神功元氣袋，兜著健身去病的。」

老人笑說：「你要我活成精呀？」又問：「這得幾多少錢呀？」

高潮說：「你老還問這個。」

老人說：「怎麼？你的錢也不是大水打來的呀？只當你是替我買的，你不要錢我就不要的。」

高潮說：「虧你老說得出的。我那會子住在你老家裡，你老一搞就打荷包蛋我吃，燉雞湯我喝，那個帳怎麼算呢？」

老人笑說：「你還千年的狗記得萬年的屎（事）呢。你以後再這樣花錢，我就不准你進屋的，看我說到做到的。」

高潮又把給小孩子的東西拿在手裡，遞給桂枝說：「這個是給你小寶貝的。」

桂枝臉又一紅，只說了句「這……」

老人連忙笑說：「還沒有生哩，虧你還想著，也真是的。」

高潮自我解嘲說：「嘿，用得著的，用得著的。」

老人代桂枝接了。宋老問：「健貨呢？」

老伴說：「你不是叫他去耕田的？在沖裡。」

宋老哦了一聲，老伴說：「你這記性。」又對桂枝說：「把健貨叫回來。」

桂技把抹腰布解了，替婆婆圍上，對高潮萍兒說：「你們坐，喝茶。」

說著就出門，高潮說：「我也去。」

萍兒也說：「我也要去。」

老人不叫他們去，要他們先歇歇，宋老說：「讓他們到田販去看看。」

田畈一馬平川的。收了一季稻的田裡，那些稻穀茬還排列在田裡，等待著大自然的收編。沖裡有一條小溪，溪水沿著山的走向，往三陂那邊流去。溪兩邊是些雜樹，田埂上，也長著零零星星的木梓樹。犁田的健貨看到桂枝走過來了，後面還跟著兩個人，便扯住牛繩，停下了。

桂枝說：「來客了。」

高潮就喊：「健貨。」

健貨把牛繩一丟，離開了犁，跑過來拉著高潮的手說：「我看到騎摩托的帶著個人在我屋門口停了，想不到是你呀。」又拿眼睛望萍兒說：「這是……」，

停住不說，只是笑。

高潮說：「她叫姚萍兒，女朋友。」

健貨說：「還女朋友呀，還沒結婚呀？」

高潮：「我哪能有老弟積極，這是不能一廂情願的呀。」

他望著萍兒笑，萍兒拿眼睛橫他，他暗笑。

健貨要去解牛頸上的扼，萍兒說：「我來試試，行不？」

高潮說：「你試？」

萍兒說：「學呀。」

健貨就教她，怎麼掌犁，怎麼牽牛繩，怎麼站腳，怎麼用力，她一一點頭，做起來卻是一點也不行，犁只能在地面上飄，不能入土。末後是高潮幫她牽牛繩，她則是雙手扶犁。

高潮說：「犁尾要稍稍抬起些。」她照辦，犁尖卻是豎著朝土裡鑽，鑽進去起不來，不是高潮及時把牛繩扯住，犁尖就會崩斷。

高潮說：「看花容易繡花難。」

萍兒說：「你來。」

高潮笑說：「小菜一碟。」

說著就一手牽牛繩，一手掌犁尾巴，牽牛繩的手裡還拿著牛鞭，將牛鞭一揚，叫一聲「起腿」，牛抬腿走動了，犁插進土裡前行，發出茲茲的的響聲，犁頭有分寸的將一條子板土斷開，犁起的濕濕潤潤的土塊朝一邊翻倒，均均勻勻。

健貨笑說：「你還沒忘記。」

高潮也笑說：「手還是有點子生，掌著犁有時還試不到深淺，怪吃力的。」

說著，一犁就犁飄了。他扯了扯牛繩，牛停了。萍兒說：「不錯不錯，真的不錯。」

高潮說：「要你表揚。」

萍兒勾著腰，看那些翻起來的光光滑滑的土塊，時有犁成兩半的泥鰍鱔魚蚯蚓什麼的。

高潮想起個故事，就說：「你知道天有多高地有多厚嗎？」

萍兒說：「你知道？」

高潮說：「從前，有個年輕媳婦，在田裡栽秧，總愛把屁股翹得老高，婆婆就說她，說你栽秧怎麼是那個樣法？屁股翹到天上去了！媳婦聽在心裡了，婆婆栽秧的時候，也翹起了屁股，媳婦就說，婆婆的屁股也翹到天上去了。婆婆就罵她說，有這樣說話的嗎？真不知道天高地厚！媳婦說，我知道，我就知道。婆婆說，你知道個什麼？媳婦說，地有一犁頭厚，天有我和婆婆的屁股那樣高。」

萍兒笑個不止，追打著高潮說：「你是在說我，你好壞。」

健貨桂枝也在一旁笑得開心。鄉裡的早飯都是好晚才吃的，健貨叫桂枝先回家，把飯儘量趕點早，他說高潮他們到鄉裡來，這會子還不能吃早飯，會餓得心裡發慌的。

高潮連忙說：「沒事沒事。」又問萍兒，「你也沒事吧？」萍兒說：「有時我早上吃都不吃的。」

高潮說：「你是亂來。」

萍兒笑說：「跟你什麼相干呀？」

高潮說：「好，不跟我相干，你再莫在我面前叫餓就是了。」

萍兒說：「我今天沒叫呀？」

高潮說：「你看，她到這裡來了，什麼都感到新鮮，連餓也不知道了。」

萍兒一揚頭，頭髮抖得飄起來，說：「就是嘛。」

萍兒又學了一會兒犁田，他們從田畈裡回來，太陽已經好高了，桂枝在跟灣裡的幾個婆婆媳婦搭夥牽布。在門口的寬場子上釘了一溜排竹簽，把線筒插在竹簽上，拎出線筒上的線頭，捏成把，挽在手裡，牽出線來，將線的一頭繫在另一邊或左或右的木樁上。那人手裡還捏著光光滑滑的竹筒，便於人攬住那把線而滑動。那些根線從不同線筒裡牽在她手裡，牽成了一個扇面，人就成了走動的軸，帶著牽動線筒發出的嘩嘩的響聲，走到一頭，就有人接應，把線挽在小木樁上。萍兒沒見過這個場面，不懂。

她問高潮。高潮說：「這是管弦樂。」

萍兒說：「管弦樂？」

高潮說：「鄉村管弦樂。」

這個場面很是叫萍兒驚喜，連連說著「有意思有意思。」

健貨解說，這只是農村做布的一個步驟，這之前，還要彈花，還要紡線，這牽布之後就是織布。

高潮說：「把健貨說的組合起來，就是農村交響樂，那彈花的，見過吧？那人背著個大弓，從身後彎到身前，那根挺粗的弦，用木錘敲打的聲音，是不是可以命名為單弦？那紡線的，我想你也見過的，手車的搖動，那棉條在手裡變成的棉線，和那呢呢的聲音，不就是像古人說的絲竹樂嗎？這牽布的，剛才說了的，就不說了，再說那織布的，你越發見過，電影裡經常有的，那種古老的木頭織布機架，那種踏板踏出的節奏，梭子來回的梭動，再加上那個撞擊，是不是像架鋼琴？」

萍兒拍手說：「真是的，真是的。」她攤開隨身帶的速寫本，幾筆幾筆就把這個場面畫下來了。桂枝走攏來看，之後驚叫「喲咧，我們都在畫裡頭，都在裡頭。」

她這一「喲咧」，把別的人都「喲咧」攏來了，看她筆下的稀奇。健貨的母親出門喊「飯熟了」。宋老出門接過健貨手裡的牛繩，把牛繫在門口白果樹底下的木樁上，木樁就挨著小山一樣的稻草垛垛，牛很順便的一口一口從草垛上扯著草，受用起來。那草垛已經被牛吃成了個洞洞，高潮指著那個洞對萍兒說：「這是個象徵。」

萍兒說：「什麼象徵？」

高潮說：「這叫坐吃山空。」

萍兒點頭說：「真是的。」

吃早飯的時候，牽布的沒停，健貨的母親用大碗盛了飯，把菜也揀在大碗裡，送到桂枝手裡，桂枝邊吃邊做事。母親回到屋裡，把菜擺上了桌子，又拿出酒，高潮說：「你老不是不曉得，我不喝酒，拿飯來吃，伯媽。」

伯媽說：「還沒學會？你不是幹部呀？」

高潮笑說：「幹我這一行的，算不得幹部，算業務人員。」

伯媽說：「我說哩，哪有當幹部不喝酒的。」

宋老說：「喝點喝點，今天不同。」

健貨也說：「少喝點。」

高潮還是說不能喝，伯媽說：「不喝也好，也好，酒也不是個麼好東西，亂性。你不喝，那你就粗些吃菜，像幹部那樣吃，莫客氣。」

高潮忍著笑說：「伯媽，我也不習慣只吃菜不吃飯，我要吃飯。」

伯媽笑說：「像你這樣的我真是少見。」

高潮要起身去灶屋裡盛飯，伯媽把他的肩膀按住說：「你給我坐著。」又對萍兒說，「你呢？」

萍兒一笑說：「我也吃飯。」

伯媽去把他們兩個人的飯盛來了。健貨也起身去盛了自己的一碗，坐到桌邊說：「我也是不喝的，那就隨意啦。」

高潮說：「我就喜歡隨意。」

宋老說：「把我的飯也盛來。」

老伴說：「你也不喝？」

宋老說：「不喝。」

高潮說：「你老就喝點。」

宋老說：「陪起人來，也是沒辦法的，你幾時看到我一個人喝了的？」

老伴說：「我說你今天就一個人喝點子，小高來了，還帶女朋友來了，你不高興？」

宋老說：「高興是高興，還是不喝，是他們兩個說的，還是隨意好。」

老伴也去把他的飯盛來了。老伴就站在一邊看著他們吃。

萍兒說：「你老也來吃呀，伯媽。」

伯媽說：「你吃你吃，粗些吃菜。」

高潮也叫伯媽一起來吃，宋老說：「你們不管，她是那樣的，只要是來個人，總是等吃完了她再吃的，習慣了。」

他們邊吃邊說著話，吃到一半，聽到有汽車開到門口來了的聲音。接著就聽到有人跟牽布的那些婦女打招呼的聲音。宋老把碗筷一放：「是不是他們來了？」

老伴說：「你吃你吃，我去看看。」

說著就出去了。剛到門口，見幾個人朝門口走來，老伴說：「稀客稀客。」其中一個人說：「還稀哩，再稀我就得天天來啦。」

老人笑說：「你呀，厚臉皮，要不怎麼叫個皮厚哩。」

那個人說：「說了多次你老都記不住，不是皮厚，是皮侯，姓皮叫侯，王爺侯爺的那個『侯』。」

老人笑：「還王爺侯爺哩，叽爺還差不多，你一來就是又要對婦女們叽的：結紮結紮，弄去結紮！」

皮侯笑說：「你老就怕我對著桂枝叽，放心，她不替你老添個孫子，是不會叫她去結那個紮的。」

老人笑說：「那我不是要謝你？」

皮侯指著隨他來的年輕女的說：「那你老就要謝她喲，她是計劃生育的總管，我只是配合。」

那年輕女的就笑著說：「宋婆婆好吧？」

宋婆婆說：「是小曹吧？」

小曹說：「是的是的，你老好。」

宋婆婆說：「你看我這眼睛，還一直沒把你認出來。」

皮侯說：「她越長越好看了是吧？」

宋婆婆說：「少是觀音老是猴，老話說得有的。」

小曹說：「聽他嚼牙巴骨。」

從車裡還下來個年紀大些的人，皮侯介紹說：「這是縣裡的老曹局長。」

老曹局長笑：「宋婆婆好吧？」

宋婆婆笑說：「一餐還吃得兩碗。快進屋坐，進屋坐。」

說笑著進屋。在屋裡吃飯的人就都站起來。

進屋的幾個人說：「你們吃，你們吃。」

宋老離開飯桌，拖凳子他們坐。又要去倒茶，皮侯說：「你老不管，我來。」他就充當起主人，負責倒茶。

那幾個人一一拉著宋老的手說：「宋老好，宋老好。」

宋老笑說：「彼此彼此。」

宋老握著小曹的手時，皮侯說：「宋老，怎麼把小曹的手握得那麼緊？」

滿屋人笑。宋婆婆指點著皮侯笑說：「當了鎮長的人還沒正經。」

笑過之後，皮侯說：「鎮裡本來是安排了飯的，老曹局長他們偏要過來看看宋老。」

宋老說：「領當不起，領當不起。」

宋婆婆說：「那你們還沒吃是不是？」

皮侯說：「昨晚上吃了的。」

宋婆婆說：「嚼鬼，要來吃飯就早些子來，這殘菜剩飯的，把得你吃，看你吃不吃。」

皮侯說：「吃，怎麼不吃？又不是在別個家。」

他招呼老曹小曹他們說：「來來來，我們就這樣一圍。」

真的就要往桌子跟前坐，宋婆婆喝住他說：「跟我坐到一邊喝茶去！」又對另外的人說，「你們也一樣：你們想吃這剩的，我還不給哩。」

宋老在一邊也配合說：「重新弄，重新弄，燒劈柴的灶，快得很。」

宋婆婆說：「讓他們餓一下怕麼事，哪叫他們不早點來的。」

說著進灶屋忙活去了。健貨已經放下碗筷，遞煙。高潮萍兒也放下碗筷，他倆都說吃飽了。

皮侯問宋老：「這是哪裡來的客人？」

老宋就說高潮三年前在這裡住過隊，是縣文化館搞文學創作的，萍兒是縣文化館畫畫的。皮侯看出他們兩個是那麼個意思，故意發問「你們倆是什麼關係」，問得滿屋人都笑。

萍兒回答說「同事」，高潮也就附合著說「對，同事。」皮侯懂了「同事」的意思，就介紹小曹說：「這，也是我的同事。」

大家又笑。皮侯又正兒八經地說：「你們這『同事』真好，一個寫文章，一個畫畫，詩情畫意。哎，我說你搞創作的，把我們宋老創作一下呀？」

高潮笑說：「你說怎麼創作一下呢？」

宋老笑說：「你聽他說。」

皮侯說：「我說真的。」又對高潮說，「宋老不求名，不求利，革命一生……」

宋老連忙攔他：「別提一生，別提一生，我這一生也是白過。我這一生還不如你們現在的一時。」

皮侯說：「怎麼這麼說呢，那是時代不同……」

他說出這話又趕緊收住。他知道宋老忌諱這個「時代不同」。宋老一生積極，一生是個模範，全縣唯一被毛主席接見過的人物。

宋老還是接話說：「別提別提，夥計。提起來叫人有愧。大躍進、大辦鋼鐵、學大寨，那些子模範還算是個模範呀？不叫人咒罵就是好的。」

皮侯說：「宋老，你還別說，那個時候的人，還真是有精神，吃天大的苦，遭天大的罪，都不算個事的。現在人像兔子，都精得很，做點子事，算計了又算計。說起來都講現代化，什麼化不化，有錢就好化，沒錢就不好化。依我看，越來越他媽的不像話。」

宋老笑說：「這不像鎮長說的話，反動。」

皮侯笑說：「宋老，我不是多喝了酒，這是在你這裡說的話。」

宋老說：「看樣子，我今天不能把酒你喝。」

皮侯說：「我不來喝宋老的酒，還能想到來看宋老呀？」

在灶屋里弄飯的宋婆婆也笑著插嘴說：「今天再叫他醉一回，不過醉了他還是說老頭子的好。」

老曹局長說：「宋老也的確是個好人。」

宋老笑說：「你們抬起來一唱一和的，是怕我不把酒你們喝是不是？」

老曹局長說：「我也說的真的。」

宋老說：「我這一生，只要人家不說是個壞人就行了。」

老伴又在灶屋裡插嘴說：「還不壞，要麼樣子才壞？那會兒上頭說要推廣雙季稻，他就拼死拼活按上頭說的辦，人家長得好生的麥子，硬要人家犁了它。生產隊長不肯犁，睡到田埂上打滾，他也心不軟。我們這裡收不了兩季稻，他倒說，收不了稻穀收稻草，收不了稻草收思想。你看你，說的是人話？我都跟著你挨罵的。」

宋老笑說：「人家是家醜不外揚，你倒好，巴不得。」

老伴笑說：「天下都知道的，還說揚不揚。」

大家就笑。

宋老又說：「我也知道我這一生做了些麼事。我這一生真正感到安慰的，就是當了一回指揮長，指揮做了幾個大水庫，包括我們這錢沖上頭的錢沖水庫，沒別的，別的都是過眼雲煙，一風吹了的。」

老伴在灶屋裡說：「莫說你做水庫。」

宋老也就真不說了。這也觸到宋老的一塊心病。做錢沖上頭的那個水庫，遇到塌方，一下子壓死了八個人。八口棺材擺在那裡，裡面裝著那八個人。宋老哭著朝那八口棺材下跪，千把民工也朝那八口棺材下跪。把死人埋了，把活人安頓了，宋老就到縣公安局去自首，說是自己的罪過，說是指揮長的指揮不當。縣裡沒把責任算到宋老頭上。縣裡保護他，保護他這見過毛主席的老模範。宋老的心裡也還是不安的。多少年來，宋老也總是盡他的能力照看那些人的家裡，直到他們的孩子都大了。只有那個狗蛋還記著宋老的仇，常常跟宋老過不去，不是宋老吃得住，就不可能不生出些事來的，譬今天狗蛋偷魚，就是在跟他故意扯橫，好在他服軟不服硬。

老伴的飯弄熟了，又是一大桌菜擺了上來。老人對健貨說：「你去看看桂枝，看還要不要飯。」健貨去了，拿回來的碗裡還有剩飯剩菜，老人說：「今天怎麼啦，一碗飯也沒吃完。原先是要吃三大碗四大缽子的人。」

高潮就想，是不是跟自己這回來有關？老人又對高潮萍兒說：「你們是不是還找一口呢？」他們說是真的吃飽了，皮侯插一句說：「別牛肚子受餓啊。」

萍兒說：「沒留肚子受餓哩。」

高潮就笑說：「你以為是說你留著肚子受餓呀？是說你牛的肚子哩。」

萍兒就笑說：「真的呀？」

高潮說：「『牛』『留』同音哩。」

大家就笑。

健貨問高潮：「你們打算怎麼活動呢？」

高潮說：「你還是忙你的，我就帶她隨處看看，她對那些銀杏樹群落很感興趣的，她想寫寫生，再到桃花洞去看看。」

健貨說：「我陪你們。」

高潮說：「不用不用，又不是別的人。」

健貨說：「那你們就按時回來吃中飯，下午一兩點鐘的樣子。」

宋老說：「你還是陪他們轉轉，那點田我去耕。」

老曹局長說：「宋老還做得呀？」

宋老說：「我身子還硬朗得很，能動就動動，不動人還不舒服。我在三陂當書記時候，我也總是愛動動的，你們曉得的，不論是住隊，或者是包片搞中心，田裡的活，我哪回不是勒腳舞手的幹？」

老伴笑說：「別再說你的勒腳舞手了，人家的肚子餓了的。」

宋老忙笑說：「請，請。」又說，「萍兒，我忘了問，你爸咳咳吭吭的個毛病好些子吧？」

萍兒說：「還不是那樣。」
宋老說：「你帶個信，叫你爸到我這裡來走走，住些時，包他咳咳吭吭要好些的。」
老伴對宋老說：「你有話回來再說，讓他們趕早出去玩，趁涼快。」
宋老也說：「對對對。趁涼快。」
健貨陪他們去了。宋老又坐在桌旁，陪他們幾個喝酒。宋老把一瓶酒遞給皮侯說：「來，你當司令。」
皮侯接過酒瓶說：「遵命。」
瓶口沒開，一時找不到起子，皮侯用牙一咬，開了。皮侯給幾個人斟滿酒杯，問大家：「怎麼喝？」
老曹局長說：「這幾個人，還要講個形式呀？」
宋老先端杯說：「老曹局長，我敬你一杯。」
老曹局長說：「說反了，說反了，應當說是我敬宋老一杯。」
宋老說：「我真是要敬你一杯。不是你的關係，我們這裡就安不了電，是你帶來了光明。」
老曹局長說：「不不不，那不算回事。要說，人家還是買宋老的面子，你宋老不在這裡住，也安不到這裡來。」
說著就站了起來，舉杯說：「借花獻佛。」
宋老說：「坐下坐下，站著幹什麼。」
老曹局長還是站，宋老說：「你站著我就不喝。」
老曹局長這才坐下了，宋老說：「我們山裡窮困，還希望能夠多照應照應。」

老曹局長說：「只要我能夠幫得上忙的，沒說的。」
宋老笑說：「這是你說的。」
老曹局長說：「我說的，寫個便條，或是帶個口信，只要你宋老一句話。」
宋老就一口乾了，老曹局長也一口乾了。
宋老抹了抹嘴說：「吃菜吃菜。」
皮侯說：「痛快痛快。」
宋老說：「吃菜吃菜，莫只顧講話。」
但他們還是講話，小曹問老曹局長說：「哎，曹局長，聽說到二〇〇〇年，縣城就要做得跟三陂接起來？」
老曹局長說：「是的，那時候我們縣就成了中等城市。」
小曹說：「好些年就說，要在這錢沖建個國家銀杏公園的，總是聽樓板響，不見人下樓的。」
老曹局長說：「這事已經定下了，國務院已經批了，只是還沒正式行文。」
皮侯舉杯跟老曹局長喝了一杯，又要跟小曹喝，小曹忙說：「我不能喝，你也不是不知道的。」
皮侯說：「我知道什麼呀？我只知道『老曹』，並不知道你『小曹』，要是知道你『小曹』，那還得了？你趁早再莫瞎說，老實把這杯酒喝了。」
幾個人都笑。
小曹說：「這有個什麼好笑的？」

司機說：「這個也不懂？他是說的那個『槽』……嘿！」

大家又笑。宋婆婆在一旁提示說：「粗話。」

皮侯說：「我們這些人就是這點好，說粗話，不做粗事，是不是？」

他問小曹，小曹說：「不跟你說。」

宋婆婆說：「喝酒喝酒，別把正事忘了。」

幾個人就又相互敬酒了。

小曹還沒忘她的話題，說：「我說呀，要把縣城連到這裡來了，那真是個破壞。」

老曹局長說：「怎麼是破壞呢？」

小曹說：「城市不就是破壞鄉村的結果嗎？占耕地，毀樹林，污染河流。」

老曹局長說：「憂國憂民。」

小曹說：「你這如今的環保局長不憂呀？」

老曹局長笑說：「憂，憂，憂。」

小曹說：「我對城裡的有些東西也真是不理解。鄉下一大片一大片樹林被砍伐，城裡一小塊一小塊的陽臺上都像模像樣的擺弄著盆景，江河湖泊的魚類任意受到污染，那些子金魚缸裡的金魚卻叫人高貴地侍候著。世界上好多動物快要絕種了，都好像與己無關，一旦有個什麼動物被關進了籠子，就洋洋得意地收起門票來了！」

老曹局長笑說：「你心懷全球啦。來來來，喝酒喝酒，我們現在不說那些。」

就舉杯自己喝了，菜也沒吃，宋老又說「吃菜吃菜」，老曹局長專揀著青菜吃，說：「這個白菜好吃，味口正，城裡賣的那些白菜，都是些化肥催起來的，不好吃，我說是不是叫老嫂子再炒一碗呢？」

宋婆婆接話說：「行得行得，到我們鄉裡來了光吃白菜，只怕是說起來不大好聽的。」

老曹局長說：「看老嫂子說的，我就是喜歡青菜的。」

皮侯說：「青菜是我們曹局長的命，不過呢，要是見了雞鴨魚肉，那就連命都不要了的。」

老曹局長笑說：「那是你吧？」又說，「國外有人研究未來的食品，說那時候最高級的營養，就是喝菜汁。看來農村還是比城裡好，城裡人吃的那些東西，容易得富貴病。」

宋婆婆笑說：「你們是說得好聽，叫你們長住，保險又是不願意的。」

老曹局長說：「那倒是。」

老曹局長接著說這酒也不錯，品得出來，正宗的糧食酒，一點假都沒攙摻的，喝得口裡純純正正的，不像城裡買的那些酒，水貨，連茅臺也有水貨的。這酒好喝。

皮侯說：「好喝你就多喝點子。你只顧說話，剛才你還欠我一杯沒喝的。」

老曹局長說：「我也不知我喝了多少，再要悠著點。」

皮侯說：「再一悠就悠到明天去了。」

老曹局長說：「明天就明天，哪裡去做什麼呀？今天的任務就是玩，到宋老這裡來玩。」

皮侯還是堅持要老曹局長把那杯的帳結清，說：「我現在是司令，要聽我的，你怎麼能不配合我的工作呢？我的局長？」

老曹局長說：「我說你別叫我局長局長的。我還是個副局長。副局長，負全面責任，有不有意思？」又說，「沒意思，嗯，也有意思，反正是那個意思。」

老曹局長還是把皮侯纏他的那杯喝了。皮侯在給他斟酒的時候，手有些子打抖，斟滿了還在斟。宋老觀他也是喝多了，說：「我來斟。」

皮侯說：「不，不，你不能奪我的權。」

宋老說：「還要不要？」

宋婆婆炒的青菜又上來了，幾雙筷子伸過去，沒幾個回合，又被掃蕩一空。

都說要。宋婆婆說：「一碗青菜就那麼好吃呀？」

宋婆婆只得再去炒。皮侯又纏著老曹局長說：「再怎麼喝？」

老曹局長說：「你說。」

皮侯說：「難得老局長到我們這地方來，以後真的也有事要找到局長頭上的，比如說我們這錢沖的那些石灰窑，每天出那麼多石灰，有的有銷路，有的還找不到銷路，是不是跟我們牽個線搭個橋呢？以你那個資歷地位……」

老曹局長攔他說：「莫談莫談！莫談資歷地位夥計。談起來叫人傷心。」

皮侯說：「怎麼？我說的是假的不成？」

老曹局長說：「假也不假，真也不真。我這一生，也真算是一塊磚，哪裡需要哪裡搬，沒到過正兒八經的像樣的單位，總在跟著中心跑。重視工農兵的時候，把我算成『臭老九』。在重視知識份子的時候，把我算成大老粗。在重視老幹部的時候，我那時尚年輕。在重視年輕幹部的時候，我又老了。我總沒趕上趟。」

大家笑過，他又說：「你皮侯倒好，什麼都叫你趕上了，參加工作幾天，三巴兩下，就是個鎮長，蛋殼還沒掉，就是個正局級，我是巴了一生的！」

皮侯說：「我也不年輕了，你以為我還年輕呀？」

老曹局長說：「多大？」

皮侯說：「三十二啦。」

老曹局長說：「那真是小孩的雀雀，『正長』著，祝你更上一層樓，乾杯。」

他就先喝了，皮侯說：「這杯我不喝。」

老曹局長說：「你不喝？不喝我就往你嘴裡灌的，喝不喝？」

皮侯說：「你祝我『更上一房樓』我就不喝，你換個說法我就喝。」

老曹局長說：「為什麼？」

皮侯說：「我跟你曹局長想的不一樣，我才不想更上一層樓哩。」

老曹局長說：「我說你是個蠢東西：更上一層樓，上到個副縣級，或者縣級，那就不一樣了。」

皮侯說：「也沒多大個意思。前任縣委書記劉得元該是堂堂的縣級吧？調到地區檢察院當了檢察院長，得了病，要到北京去買藥，一兩萬塊錢的藥費也付不起，死之前，在病歷上寫了兩個字：該死。你說寒不寒心？」

老曹局長說：「你那說的是另外一個問題，那是單位與單位的差別，有錢的，十萬八萬還不是照花？沒錢的，就從大醫院轉到小醫院，再從小醫院轉到家裡等死，要是劉得元還在我們縣裡當書記，多少錢也都要給他用。有些縣委病了，送的送，塞的塞，住一次院，不就是發一次財呀？」

小曹忍不住插嘴說：「說得好深。」

司機笑說：「你感到深嗎？有多深？」

又是叫大家哄笑。小曹說：「你們都是些鬼人，別個說的正經話。」

司機說：「這也不是歪話，你自己瞎想。」

小曹說：「還說我瞎想哩。吃都塞不住嘴，一說就說滑了。」

司機說：「你覺得滑了呀？」

小曹想喝口茶，她端起自己面前的茶杯，杯裡沒茶水了，司機就順手取過水瓶，給她倒水說：「不接話，只接水。」

宋婆婆笑說：「這真是沒得門，什麼事都連得上。」

司機笑說：「就這個水準。」

小曹笑說：「就這個德性。」

司機裝作沒聽到，就問：「你說什麼？什麼『性』？」

又是笑得一哄。笑後皮侯接著自己的話說：「我算是看透了，我才不想更上一層樓哩。你以為那個樓就是好上的？上了那個樓你就要辦那個事。你想上任來個『三把火』嗎？怕是有人一下子就把你拍熄了，有好些子事，你也不能個人了算，要牽動方方面面，你有權也不一定能行使權，你說話不見得有人聽。過去是說朝內無人莫做官，現在發展了，不僅是朝內要有人，朝外也還要有些企業朋友的支撐，再還要看你是管的哪一行，要是管諸如財政、金融、稅務、組織等重要部門，那就占全了，只占一頭兩頭，也還是不錯的，不然你就寸步難行，莫說你想來『三把火』，有時是一把火也燒不成的。拿最簡單的說，就是來幾個客人，吃飯都沒得地方報的。當然你也可以掛在賓館帳上，掛一回兩回可以，掛長了呢？你也可以找某個單位報，也是找一回兩回可以，找長了呢？我們縣裡那位新任的女副縣長，你們曉得的，她要不是來自銀行，銀行不送她一輛小車，她有專車坐哇？還有，現在也不是一級管一級，搞得不好，炮打隔山子，你也弄不清楚那裡面的關係，現在有些子人，雖然是在底層，你想像不到他們跟上頭高層人物的關係。你有理又能怎麼樣？有理也會叫你無理，你能抓起石頭打破天？過去還有個『主薄』一說，你有了政績都給你記上，現在誰給你記？好壞也還不是由人一說？現在強調個『群眾關係』，你主事正直，你就要得罪人，今天可能得罪了這個，明天可能得罪了那個，俗話說，當家三年狗也嫌的，有些子人是抽了雞巴就不認人的，你用筷子揀肉他吃他就不記得，用筷子動了他一下他就記得你一生的！當然啦，你的政績要是有目共睹，也不怕什麼，但我說，有幾多能顯出特別的政績呢？有幾多不是平平淡淡的過呢？用經商的話說，有幾多不是保本經營呢？我現在三十二，就算我現在巴到個副縣長，當一屆，五年，政績平平，再當一屆，也還是平平，又是一個五年，我就四十二啦，就老口啦，再就是上不上下不下啦，要死不活啦。好在有一頭，不會輕易叫我下臺，到『人大』或者『政協』，搞個相應的職務，我就是個終身制的副縣級幹部了。人緣再好點子，不要有棱有角，退休之後，或許就可以享受正縣級待遇了。當然，這要保證絕不犯個什麼個性上的錯誤，保住三條，一個是不走錯路，二一個是不統錯包，三一個是不上錯床，你說是不是呢……」

皮侯的長篇大論征服了聽眾。老曹局長就連說「是是是」，也跟著多話了，有些個醉態，宋老就不讓他們喝。老曹局長說：「宋老，你捨不得酒呀？到宋老這裡來了，我今天就是寡婦走夜路，拼了！」

皮侯接話說：「我嘛，是月經來了過喜事，寧可傷身體，也不可傷感情。」

宋老說：「拿飯來吃。」

飯上來了，皮侯老曹局長也沒反對，端碗吃起飯來。吃了一碗還要添，鍋裡再沒有飯了。按以往的經驗，喝了酒的人是不怎麼吃飯的，吃菜就吃飽了，所以飯就弄得不多。那幾個不怎麼喝酒的也吃得飯。宋婆婆接過空碗，還是往灶屋裡走。到了灶屋裡，她就從灶屋那邊的側門去了隔壁狗蛋家裡。狗蛋一家也正在吃飯，她一去就揚著空碗說：「來了幾個人，飯吃得撳了鍋，有不有？」

狗蛋老婆熱心快腸地說有有有。狗蛋拿眼睛橫她，她也做個沒看見的，去給宋婆婆盛了飯。宋婆婆端著飯走了，狗蛋的老婆以為狗蛋會說她什麼，狗蛋什麼也沒說。這個鄰居對得起他和他這個家的，除了父親那個事，也就收起自己的雞腸狗肚。

吃了飯，坐著喝茶，大家又說了好些話，老曹局長一看表說：「該走了。」皮侯幫忙留客說：「不走不走，就在這裡玩一天，來一趟也不容易的。下午我再跟你喝幾杯，剛才沒喝好的。」

老曹局長說：「還沒喝好！還沒把人喝倒！」

皮侯說：「下午就在這裡釣魚。」

老曹局長說：「釣魚？只怕魚要釣我，走走走，客走主人安！」

老曹局長的小車就停在白果樹底下。皮侯跟他們一起上車。老曹局長在車裡大聲說：「宋老，有時間我再來看你。」

宋老說：「不敢當不敢當。」

老伴也跟出來了，說了一句「有空再來，」心裡卻巴不得他們快走，灶上灶下的，累死她了。可是他們偏偏走不快，車子發動不起來。司機下車忙乎，皮侯老曹局長下車，轉過草垛子，人還沒隱蔽徹底，就開始撤尿。牽布的婦女看到，就笑。老曹局長一邊繫褲子，還一邊說：「還真是應了人家說的個話。」

皮侯說：「什麼話？」

老曹局長說：「走路腳打飄，坐著想睡覺，說話舌打滾，出門就屙尿。」

皮侯說：「真是真是。」

車子總算弄好了，上了車揚起一陣灰塵，走了。宋老還在朝那個方向望。老伴站在門口說：「你說要來的人，是不是他們？」

宋老說：「不是。」

老伴說：「就這樣把人繫著！」

宋老說：「你呀。」

老伴說：「我呀什麼呢？你還對我煩了是不是？我沒煩你就是好的！」

宋老說：「我是想，來就來，不來就不來，繫在身上做麼事呢？」

老伴說：「不繫在你身上！」又說，「不是說哪個捨不得把人家吃，把人家喝，也不是說沒得吃，沒得喝，總是像這樣開流水席的，你只曉得跟著人家吃呀喝呀的，你不曉得人操的個什麼心！」

宋老趕緊走到她跟前說：「你的聲音說輕了，還說大些，好讓全世界都聽到。」

老伴也就跟著他進了屋說：「你還怕丟面子呀？」

宋老說：「我怕了你好不好？」

老伴說：「還怕了我哩。」

自個兒又笑了，到灶屋裡做自己的事。宋老也拿了草帽，出門去牽了牛，去了田畈。日頭偏西了。健貨帶高潮萍兒他們去轉了一圈回來了。宋老的田也耕完了，他扛著犁，讓牛走在他前面，手裡牽著牛繩，好像是牛在牽著他。

桂枝也回來了，宋婆婆問：「布牽完了？」

桂枝說：「牽完了。」

她見了高潮萍兒他們，打招呼說：「回來了？」

高潮說：「回來了。」

她又問：「累了吧？」

高潮說：「不累。」又指指萍兒笑說，「她有點。」

萍兒說：「還好。」

桂枝到灶屋裡去打水給他們洗，待他們洗了，她就端著一盆米湯出門，母親說：「還要去漿線呀？」

桂枝點點頭說是。

母親說：「到了吃飯的時候哩。」

桂枝說：「你們先吃，我還不餓。」

高潮知道她是在躲避自己。她走出了門，高潮就突然問起健貨：「你們怎麼不要孩子呢？」

健貨一笑說：「她不能生。」

健貨的母親一聽說這事，眼光就暗淡了，說桂枝有不孕症，在想法治，也沒能見效。

高潮就對萍兒說：「你舅舅不是這方面的專家麼？讓你舅舅開個藥方試試。」

健貨的母親就高興了，說了些情況，拉住萍兒的手說：「勞為你了，勞為你了。」

健貨說：「媽，他們餓了的，吃飯。」

母親說：「吃飯吃飯。」又說，「他呀，我一說這事，他就打岔。」

健貨說：「我媽見人就愛說這事的。」

母親說：「你說的。」

飯桌擺在院子裡了。院子裡也有一棵大白果樹，正是掛果的時節。樹葉把太陽都遮了。風是一陣陣的，吹得人好涼快。抬頭能望見屋後面的山和山上的樹，那山和樹就在頭頂。

吃飯的時候，宋老問高潮萍兒他們去哪些地方玩了的，玩得好不好，還叫他們倆個今天就別走，明天還玩一天。高潮說他們有事要回去。健貨的母親說：「什麼事那麼要緊，又不是做農活搶火色，不走不走，我還沒煨雞湯給你們喝呢。晚上就煨，明天早上喝最好。」

健貨笑說：「聽媽說話的口氣，好像他們沒喝過雞湯似的。」

母親說：「鄉裡煨的雞湯跟城裡煨的雞湯不一樣的，鄉裡是穀殼子煨的，城裡是炭火燉的。穀殼子是暗火，小火，炭火是明火，大火。小火煨肉，大火煮粥，那穀殼子煨的，幾里路都能聞得到香的。」

健貨笑說：「那倒是。」又問萍兒，「你喝過嗎？」

萍兒說：「沒有。」

健貨說：「那你就明天再走。」

萍兒拿眼睛望著高潮，有不太想走的意思，高潮說：「你硬是想喝了穀殼子煨的雞湯再走哇？」

萍兒笑說：「不……是……」

高潮說：「到底是『不』還是『是』啊？」

萍兒笑。高潮和萍兒就決定不走了。下午，他們想跟健貨一起到晚稻田裡去扯雜草，健貨阻攔，高潮說：「什麼都想體驗體驗的，讓她體驗一下吧，我也是長年沒做過農活了，也想做做。」

健貨母親笑說：「生得賤。」他們下田了。萍兒說：「有沒有螞蝗啊？」

高潮說：「有，專咬細皮嫩肉。」

萍兒叫著「媽也」，跳上田埂，宋老健貨大笑。宋老說：「莫聽他的，他哄你的。這山裡多是些冷浸田，撒了石灰的，螞蝗還不死？」

萍兒說：「好哇，你嚇我。」下田去捶高潮，高潮在秧田裡跑起來，腳起帶水，踏下去咕咕響。一個村幹部走過來了，高潮認得，相互打招呼。村幹部稱讚高潮說：「到底是農村人，跟農村人有感情，走了還來。」

高潮笑說：「是你們好啊，你們不好我還來呀？頭一的就要感謝你，你要是不下令殺狗，我就不敢來了。」

村幹部哈哈笑，說：「看來我不准養狗是對的，城裡人到鄉裡來就怕狗的。」

說了幾句笑話，村幹部喊健貨，說是為石灰窑的事，要他去一下。他勾腰洗了洗手，起坡了，對宋老說：「讓他們搞一下就算了，不緊搞。」

宋老說：「曉得。」

高潮對健貨說：「你不管，你走你的。」

村幹部走的時候說：「宋老，我請小高他們吃晚飯，在我妹家裡，我妹家裡近些，我現在順便就去落實，你也來。」又對高潮說，「聽到嗎，小高？還有這一位，這位是？」

他指著萍兒。

宋老笑說：「小高的女朋友。」

村幹部笑說：「我想著也是。」就對萍兒說：「你這算是八抬的大轎也請不來的稀客哩。」

高潮說：「不麻煩，不麻煩，你的心意領了。」

宋老也說：「算了，就在我這裡算了，你也來吃晚飯怎麼樣？陪小高他們？」

相互扯了一氣，村幹部依了宋老的，但晚上不能來陪，因為不請他們吃飯他就要抓緊處理事，怕搞晚了。要是搞晚了，連健貨也不能回來吃晚飯的。

村幹部跟健貨去了之後，高潮對宋老談起了健貨，問宋老是不是跟健貨生了什麼意見。宋老說：「生什麼意見？生鬼的意見。他現在不曉得幾狠，動不動就煩了，在家裡橫七豎八的，一搞就頂你兩句，以前不是這樣的。怎麼啦？他跟你說了什麼啦？」

高潮笑說：「沒說什麼，只是我跟他談起你老的時候，他就說『別提別提』的，我想就是有什麼不和了。」

宋老說：「我能跟他有什麼不和？說穿了，就是他要買摩托車，我不讓買。」

高潮說：「為什麼不讓買呢？」

宋老說：「你不曉得，這裡的路不好，三陂鎮有二十個買了摩托車的，到如今，沒得一個還在的。」

萍兒說：「怎麼啦？」

宋老說：「都飛起來跑，飛死啦。」

萍兒在一邊打起嘖嘖歎息。高潮看著萍兒手裡扯下的草說：「喲咧，你哪裡是扯的稗草呀？你扯的是秧。」

萍兒說：「這是秧？讓宋伯伯說。」

宋老笑了，說：「你扯錯了，是秧。稗草中間有一條白線的。」

宋老把自己手裡扯下的稗草跟秧苗比較，萍兒就說：「哦。」

高潮說：「鴨子頭上一個包。」

萍兒說：「什麼意思？」

高潮說：「鵝。鴨子頭上長個包不就像鵝了？」

萍兒吃吃笑。

宋老還是喜歡談健貨。宋老說：「他沒跟你說？他現在能哩，白果樹，他嫁接出三五年就能結果的新品種，農民日報都介紹過他的。」

高潮說：「喲咧，我還不知道哩。」

宋老說：「剛才村幹部為什麼找他？一搞就找他哩，他有些鬼點子。我們這裡的石灰窑都是燒的柴，也就是樹，燒得可惜，他就動腦子，改了燒煤，而且燒出的石灰比柴燒的好。剛才叫他去就是他在試驗省煤的窑，要是成功，那也不得了的。」

高潮說：「真不簡單。」

宋老說：「所以他才在家裡橫。」

高潮笑說：「不是吧？是父子沒溝通吧？」

宋老說：「還溝通哩，是老子溝他的通，還是他溝老子的通？」

萍兒聽著這話也吃吃笑。

宋老也笑說：「你笑，本來嘛。」又對高潮說，「我想他買個神牛，跑跑運輸，就是朝城裡拖個石灰，也賺錢的。」

高潮說：「上頭要培養他當村幹部哩，他能去跑運輸？這點，你老有所不知吧？」

宋老說：「我知，哪有不知的。我就是不想他當幹部，我當一生幹部當怨了的，還讓他當幹部。」又笑說，「哦，他全都跟你說了？狗東西，你一來他就告我的狀啦。」

說著話，就見老伴走到田邊來了。她說：「算了算了，還緊搞的呀？你也是老糊塗了，你不累，他們也不累呀？」

宋老就說：「好好好，不搞了。」

她說：「我水都燒好了，洗一洗，休息，旋了一天的。」

老人又望著萍兒說：「你看，臉都曬紅了，回去要變黑的。」硬是把他們兩個趕起了坡。

回到灣裡，萍兒看到一家門上貼的一副對聯是「一二三四五壺酒，六七八九十斤肉」，橫聯是：小康生活。萍兒說不僅是內容很有意思，那字也寫得很有意思，她參觀過許多的書法展覽，也見識過不少名人書法，但都難得從眼裡跳出來，叫人心裡怦然一動。她覺得這副對聯的字，沒受過大氣污染，沒受到世俗侵襲，處在大拙大樸的自然境界，她的心動了。她一時愣在那裡，竟然眼眶熱熱的。

老人催她快回家洗洗的時候，她就說：「伯媽，我想要這個字。」

伯媽笑說：「啊，要這個字？這怎麼要啊？」

這字是春節貼上去的，紅紙都快發白了。萍兒問寫這字的是個什麼人，宋老說就是這屋裡的個孩子，三陂鎮的個高中生，剛考取了清華大學，現在到武漢他叔那裡玩去了。高潮和萍兒都驚歎不已。

取得這屋裡人的同意，高潮就配合萍兒，費了些功夫，把那些字揭下來了。萍兒當寶貝似的，小心翼翼地夾在她的畫夾裡。

到吃晚飯，天已經黑了，健貨也真是還沒回來，就不等他。老伴在抱怨又停電了。宋老也說：「就是這點不好，鄉裡一搞就停電，像抽筋似的。」

高潮笑說：「我曉得的，摸著黑吃飯，光著屁股關燈。」

萍兒說：「怎麼是光著屁股關燈？」

高潮笑說：「你呀？」

萍兒說：「什麼你呀你呀，我不懂嘛。」

高潮說：「你真是要多下來走走。」就解釋說，「半夜裡來了電，那些子光屁股睡覺的人，不是要光著屁股起來關燈麼？」

大家就笑。宋老說：「晚上也沒什麼文娛活動，是有人說的：電視停了電，廣播斷了線，報紙包了麵，今晚就要委屈你們了。」

高潮說：「哪裡的話。」

正說著，屋裡的電燈就扯起來一亮，同時也聽到灣裡的人扯起來一聲「啊」，各家各戶都是大亮通了的。

吃了飯，有電視的就在家裡看電視，沒電視的也到有電視的人家去看。不看電視的，就搬個竹床或躺椅在各家家門前乘涼。不斷有大巴蕉扇拍蚊子拍得叭叭響的聲音。對面山上石灰窑燒石灰的火光忽閃忽閃。乘涼的人，有你把凳子搬過來我把凳子搬過去的，各自找著人說話。他們從宋老家的客人就談到城裡人頭上。說鄉裡人喜歡到城裡去，城裡人喜歡到鄉裡來玩，說他們喜歡來吸新鮮空氣，喜歡看白果樹，喜歡去桃花洞，撿些石頭和樹根當八錦寶。

宋老一家也把竹床竹椅搬出來了，宋老，高潮，萍兒，健貨的母親，說著話，不一會子，宋老也被又一個村幹部喊去有事，健貨的母親衝著那村幹部說：「你們是在發他的工錢怎麼的，一搞就要他去替你們辦事？」

那個村幹部說：「你老忘了？宋老是我們村裡的顧問哩。」

老人笑罵：「顧你個砍腦殼的。你莫是又跟你婆娘幹架要他去當黑耳朵就是！」

那個人笑了，連說：「你老再放心，放心。」就跟宋老一起走了。

為牽布的事，桂枝晚上還得去忙，她走攏來跟高潮萍兒招呼說：「我又不能陪你們，真對不起，你們好生休息，累了的，原是留你們玩玩的，你們還要去做活，真是。」

她去了，他們說話就說起桂枝。老人說：「桂枝真是不錯的，內內外外的，粗粗細細的，像個抓耙，都是桂枝在耙，我跟她爹，也還只是幫襯。健貨呢，他有他的那些鬼名堂，你想他分些心也是不能的。」

聽了這些話，高潮也心安了，說到桂枝不孕的那個事，老人就反覆說「你們要跟我打探」，高潮萍兒也反覆承諾。他們談話談得好晚，有的人家在露天安靜的睡了，宋老健貨也還沒回，桂枝也還在人家屋裡做事，老人要高潮萍兒他們睡，他們說還不睏，老人讓他們一個睡在竹床上，一個躺在躺椅上，她坐在他們旁邊，揮動著芭蕉扇，給他們解涼，趕蚊子，還講著一個高腳郎的故事。故事說，從前有個大家人家的小姐，一個人在繡樓上乘涼，很是寂寞，就一個人說起話來，她母親聽到了，不對勁，很是慌張。小姐說的是這麼幾句話：「高腳郎，高腳郎，奴掌銀燈進繡房，撩開銀羅帳，入帳上牙床，隨你親來隨你咬，不該時刻在耳旁。」高潮一下子從竹床上坐起來說：「伯媽你老先別說，看萍兒曉不曉得是怎麼回事。」

萍兒也從躺椅上坐起來說：「我不知道，你說是怎麼回事？」

高潮笑說：「那就還是讓伯媽講。」

老人就說：「小姐的母親一聽這還了得？以為是小姐有什麼私情，就偷偷的瞧，結果什麼也沒瞧見，原來是蚊子。」

萍兒忍不住吃吃地笑，連說「有意思有意思」，高潮也笑說：「伯媽是個故事簍子哩。我住在這裡的時候，不曉得給我講了幾多的，我都記下了，記了一大本，我不是跟你說過我的小說是汲取了民間營養麼，就是伯媽給的營養。」

老人笑說：「抬舉你伯媽。」

第二天吃罷早飯，高潮萍兒就要走了，老人給他們些鄉下出產的東西，他們不要，老人硬是要他們要，他們也硬是不要，老人急得發狠說：「你們再莫來，不要你們來！」說著就抹起了眼淚。

高潮萍兒才接了，宋老一家人送到大路旁邊，老人就笑了，說：「再要來的呀你們。」

高潮說：「來的來的，還來喝伯媽用穀殼煨的雞湯。」

老人又對萍兒說：「你該不會來怕了不再來呀？」

萍兒也眼眶熱熱的，說：「看你老說的。一定再來看你老們的。」

宋老說：「過幾天，我可能要到城裡去的，為村裡的事。我去就去看你們。」

萍兒說：「我回去告訴我爸爸，你老一定要來。」

宋老說：「好的好的。」

健貨說：「再見，祝你創作豐收。」

高潮說：「也祝你豐收，包括當官。」

健貨說：「幾大的官呀，進不得夜壺。」

說得都笑了，萍兒又不懂，也還是笑了。桂枝一直站在那裡，竟然沒說一句話，她怕她一說話就要哭，她眼裡的淚水被高潮看見了，她沒等高潮的摩托車開動，就說了一句：「你們快走吧，趁涼快。」就很快轉身回屋，讓自己的眼淚痛快地流了一氣。過了幾天宋老就真的到三陂搭車去了縣裡。他先辦完了事，路過環保局，他想進去見見老曹局長，沒見著，正要轉身走，就見老曹局長迎面來了，老曹局長說：「你來了？」

宋老笑笑呵呵地說：「來了來了。」

兩個人就握手，就到辦公室裡坐，說了一會子閒話，見老曹局長不斷看手錶，宋老就說：「你是不是有什麼事啊？」

老曹局長說：「有是有點事，你宋老來了，我能說丟下你不管嗎？」

宋老說：「你是有工作的，不能誤了你辦事。」

說著起身要走，老曹局長說：「你是不是找我有什麼事呢？」

宋老說：「沒事沒事。」

老曹局長說：「你真要走哇？」

宋老說：「真要走。」

老曹局長說：「什麼時候再來呢？」

宋老說：「想來的時候再來。」

老曹局長說：「你看，茶也沒喝一口的。」就把宋老送出了大門，又說，「那就對不起了，宋老。」

宋老說：「不說那個話。」

宋老離開了，有點陰錯陽差的是，宋老去找萍兒的爸爸，也沒找著，他就想去找高潮萍兒他們，要路過環保局門口，看到老曹局長手裡端個茶瓶子，坐在大門口的通道裡，邊喝茶邊跟一個漂亮的女人閒聊。通道涼爽的風，不斷將漂亮女人的花裙子掀動著，漂亮女人聽之任之，連宋老也看得到那紅紅的撩人的三角褲。

大約是聊得特好笑，那個女人笑彎了腰。老曹局長也笑，突然的笑止了，因為他看到了宋老，不得不站起來打招呼說：「宋老，你現在要到哪裡去呢？」

宋老硬梆梆的回了一句：「不到哪裡去！」

老曹局長說：「有空再來玩啊。」

「再來玩個屁！」宋老這話是在心裡說的，沒出口。

他的氣不打一處來，憤憤地想，總是說去看老子，老子今天來了，送得你看你都不看！

宋老一下子感到自己老了十歲。

誰家月亮

跟她走得近，源於她的一條短信：祝節日快樂！那是勞動節，普通的短信。手機號陌生。接著又發來一條：錯了！

我通常的回覆是謝謝。無所謂對錯。我的謝謝未及發出，短信又來了：錯了也是問候。這就有意思了。錯了也是問候。

我的回覆比通常多了幾個字：哈哈，何方神仙，謝了謝了。短信又來了：是啊，快樂像神仙就好。我又回了：神仙下凡，充滿仙氣，助我好心情呀。短信又來了：那就請呵護自己的好心情吧。

我是寫作者，通常叫作家吧。沒有節假日，勞動節也勞動。只是那天停電，電腦不勞動，我拿了本佛教書在院子裡看，半躺在躺椅上。

「錯了也是問候」的短信，讓我破例跟陌生人聊了起來，似乎沒打算計時。我回覆：在家出家。短信又來了：大隱隱於市。我不能向你學習，只能向你致敬！

我回覆：把學習與致敬區別開來，我所見第一人也。短信又來了：我是從一篇文章裡學來的，現買現賣！

我回覆：不在這裡學習就是在那裡學習，不是明著學習就是暗著學習，一個人總會是另一個人的參照，逃不脫的學習。短信又來了：看來我不在你這裡學習不行。

一來一往，消費了一個上午。到了中午十一點四十一分，我只有說，對不起，要打住。肚子在喊話，得去搪塞它。

那邊回了一個握手的圖示。我將神仙的手機號存在手機裡，取了個名：錯了也是問候。

每天早晨，我到長江二橋那裡去游泳。妻在世不讓我游，無視游泳的優越性。妻去世，我從安陸小縣城移居到武漢女兒跟前，靠近長江，游泳之心復活。

碰到泳友洪總，跟他講了「錯了也是問候」的事，他笑。笑得有點怪怪的，他問了一句，你不知道是誰嗎？

我哪裡知道呢。

他說，真是個書生。

我說，什麼意思？

他正要解惑，卻是朝我背後一指，笑笑說，你問她。

她叫月亮。名字好聽，好記，人也像月亮一樣銀白，柔美。身材也極好，穿上黑色游泳衣，更顯出皮膚的白。穿上白色游泳衣，便是天上的月亮在人間。誰見了都會是過目不忘。不知有不有三十歲，不便打聽。她也是早游的泳友。見了面，點個頭，打個招呼，沒有更多交往。

月亮見我轉向她，仍是一聲招呼：龔老師，你好。

我說，你好。

洪總在一邊不三不四地說，月亮代表我的心。

他總愛說些二五點子的話。用月亮的語氣說，鬼人，總說些鬼話。

洪總怕我不明白，又說，她就是忽悠你的人，你還跟她你好我好的。

月亮笑笑，淺淺的笑，不接話，轉移話題說，龔老師，教我學吹葫蘆絲好不好？有天我聽到你在江邊吹葫蘆絲，吹得好動聽。我還在網上查到有人為你寫了一首詩，我背得出來。

長江邊吹葫蘆絲的人

——給龔達

九月的早晨
有個人在江邊吹奏葫蘆絲
橋上的車來車往
江上的船來船往
我不知道有誰會停下
聽聽一個男人的快樂與憂傷
江水在聽
還有那隻落下的白色水鳥
他吹出一陣風

搖晃身旁的蘆葦
音樂如水
把山中的小溪
吹成滿眼的浩蕩
把浩蕩
吹成蒼茫……

這是詩人朋友俊鵬寫給我的。月亮能背出來，我有些感動。我說，「錯了也是問候」的創意也不錯嘛，原諒你的本次忽悠，下不為例啦。

洪總說，我巴不得美女忽悠呢，可她偏不忽悠我。

我不接他的話。我說，不跟我學寫文章，學吹葫蘆絲？我也只是個半瓢水，蕩呀蕩的。什麼時候我讓你拜個真正的老師吧，她的網名叫「淡雅香」，是我的老師，網上教學挺有名的。

她說，不，我偏要拜半瓢水為師。

曾幾何時，漢口江灘沼澤遍布，雜草叢生，野兔出沒。一陣子的大卡車運來黃土堆成小山。一陣子的紅色推土機在空曠的江灘上突突吼叫。發黑的粗樹樁，有棱有角的石塊，鏽了的鐵傢伙，棺材板子，動物屍骨，像翻檢陳年舊帳似的被推土機翻了出來。

以前沿江到處是窩棚，一片殘跡。亂七八糟的棚板料，煤灰，殘灶，亂菜幫子，破損的白瓷碗，倒地的簡易電線桿，歪著的醃菜罐子，空酒瓶，爛抹布，破拖鞋，灰色破短褲，還有被沙裹著的避孕套。漢口江灘公園，成為世界江灘公園之最，代價也只不過是焚燒了這些陳年舊帳。

游泳基地在漢口江灘的桃花島，長江二橋旁邊下游一側。青磚鋪成的路段，一邊是樹林子，一邊是矮植物大葉子的綠化帶。經過竹林組成的瓶頸一樣的小路，直通桃花島。

桃花島被湧進來的一汪江水半環半繞，形成一彎湖水。桃花島的頭部與身子在湖水的臂彎裡躺著，翻個身就要翻到江裡洗澡。

游泳基地地標性建築是小木屋。木屋是一根根茶杯粗的杉樹緊挨著拼起來的整體，木門面對江水，江水與木屋總隔著沙灘的一段距離，江水的漲落決定距離的長短。江水漲得最高的時候，也只平了木屋的地基，好像再也爬不動似的。

木屋建在江灘統一栽植的楊柳樹叢裡。木屋前的大場子上，原本有的蘆葦鏟了，又重新長了起來。月亮不知通過什麼關係，拖來哪家賓館用得不要了的紅的綠的地毯，鋪在場子裡。

地毯上的油漬，與鐵攪合過的鏽跡，重力壓下彈不起來的凹印，煙頭燒過的洞點，無法洗淨的灰濛濛。地毯原有的絨毛已經被千萬隻腳踏成板板。污濁的地毯仍是讓這個場子氣派起來，武漢十幾處游泳基地不可比擬。

有幾處地毯的破洞處，經緯稀鬆稀薄處，綠生生的蘆葦苗子從中鑽出來探頭探腦。有人亂丟煙頭，空煙盒，糖紙，餐巾紙，塑料袋，包裝紙，廢報紙，空酒瓶，飲料瓶，據說都是月亮每天早早來撿，不聲張。撿的垃圾裝在袋裡，游泳完了帶走。時間長了，都知道是月亮所為，也沒有人再亂丟。

毯子周圍許多很難搬動的方形長條形圓柱形的水泥墩子，是洪總花錢顧人從哪個建築工地搬運來的，代替凳子。有人說洪總這行為是受月亮的影響。洪總供認不諱：是呀，美女的號召力無敵。

木屋裡間，隔成男女換衣服的地方，像男廁女廁一樣。月亮將自己的花被單拿來，掛成女間門幔，比寫上男士止步還管用。

返青的植物枝條伸到路上絆腳。江上水氣濛濛，波浪不興。不到一百米遠的上游長江二橋在朦朧裡是一幅水墨畫。水面與天一色。灰亮的。又是淺紫的。模糊的清晰。江水像是立起來的浮在空中孕育著太陽的柔性晶體。世界在那一刻停止了喧嘩與騷動。

江灘細沙上，積著一層白霜，像撒了鹽。陸續有人來游泳，開始有了人聲人味。有人穿著泳褲在沙上打滾。沾著沙的皮膚通紅。有人大叫著下水。沒游一會兒就起水，像餃子下到鍋裡沒等熱就撈了起來。

月亮來了，總是叫許多人眼睛一亮，紛紛跟她打招呼，套近乎，她只是點頭，淺淺一笑，見了我有點特別：總要說一句「龔老師好」，像個小學生。

她進小木屋，到穿上白色泳裝出來，叫人的眼睛更亮。雪白肌膚與泳裝渾然一體，洪總打起了嘖嘖，說太美了，太美了，美得我們受不了啦。

月亮說，鬼人，又說鬼話。

洪總是五十五歲內退的副處級公務員，沒有指望轉正，便下了。副處級資源還在，與朋友合夥開辦了公司，有錢，也有人巴結，失去的也能得到，「有毀有成」，莊子說得沒錯的。在冬泳隊裡出手也大方，幾年的年飯，都是他買單。這個鬼人也還和人。

月亮的白色泳裝，透明度高。洪總後來告訴我，你注意到沒有，月亮穿的白色泳裝，下面的一團黑糊糊的肉勾勾都描畫出來了，嘿嘿，想多看一眼又不好意思。不知道她後來為什麼又不穿白色泳裝，可能是誰提醒了她。

洪總當然不知道是我的提醒。我不知道為什麼要那樣提醒，好像她是我的什麼人似的。

我來游泳，不想跟任何人走得近。不想認識人。陌生環境，沒有關聯，沒有紛紜，沒有是非。別人不知道我是個啥蟲最好。

以前在縣裡任職，心靈被白天黑夜地扯來扯去，無處躲藏。依稀記得早年一位國外足球教練說過的話：要想得到幸福生活，就得躲起來生活。

躲起來的生活，正好是我移居武漢的心境。

初來基地的一個星期，我只游我的，游完了走人。那天是一位老者走到我身邊說，新來的吧？好多天我就注意到你，因為你總是低著個頭，不愛理人。

我只哦了一聲，不置可否。

我收藏起我的人生熱情，與我的自然品性背道而馳。

有人叫他祝領導或是祝隊長。冬泳隊的隊長吧。祝領導問我姓名，我不想說，也不能不說，對人起碼的尊重麼。也只有說，姓擱，叫擱筆窮。

我說出了我的一個筆名。

祝領導連連哦著說，老郭老郭。祝領導向其他人介紹我說，這是老郭，新來的，相互關照些。他的意思是在安全方面。水火無情麼。

那個在霜上打了滾的人站起來，高個，大塊頭。只穿著泳褲，身上沾滿細沙。他面對大江吟誦：

故人西辭黃鶴樓，
煙花三月下揚州，
孤帆遠影碧空盡，
唯見長江天際流。

如此情趣，胸意，我在心裡叫好。要是以往，我會去親近他。我在扼殺我一直堅守溫馨傳遞的理念。妻子去世讓我退出人世中紛呈的種種羈絆，是不是又陷入另一種羈絆？我不知道。不想知道。

鑽到水裡感覺有吱的一聲，像燒紅了的鐵塊往冷水裡一吱的聲音。江水長了牙齒，咬人。春已經從上游漫過來了。水裡仍是冰冷的舊故事。

沿岸離橋墩百米距離的水面相對平靜。有厲害的角色游到橋墩打回轉。有人叫他北極熊，原是那位吟誦者。

在江邊觀景的人，把自己包裹得嚴嚴實實，看著水裡撲騰的冬泳者，縮緊著身子叫「媽呀」。有報導說，俄羅斯有人在零度以下足足待了五個小時，那才是「媽呀」。

小木屋的木柱上，掛有黑板，每天有水溫報告。那天是攝氏一度。在水裡只能游一分鐘。兩度游兩分鐘。三度游三分鐘。溫度與冬泳時間成正比，冬泳專家在網上發佈的概念。

我游泳了五分鐘就不行。手腳麻木。握不攏拳頭，腳蹬水蹬不出感覺，兩臂的皮膚像是橡皮筋扯動得還不了原。起了水，腳踏在細沙上，像是踏在火上，要跳起來。風仍是像錐子錐。人像立起來的失去平衡的一張紙兩邊飄。

洪總起水之後，立即披上大毛巾，說是感覺好多了，要我明天也帶上大毛巾。月亮遞給我一個裝可口可樂的大塑料瓶子，說裡面有她沒用完的熱水，讓我沖沖手腳，會緩解許多。

美女的好意，不能不接受。溫熱立即傳遍全身。沖沖手，沖沖腳，感覺就是不一樣。換衣服不再那麼艱難，手腳不再那麼不好使。只是長內褲好半天筒不上腿，腳上沒乾的水有阻力，制住了褲筒。

洪總說，用這個套上再穿。他給我一個普通的裝食品的塑膠袋，往腳上一套，腿子順利筒到褲子裡了。

我還給月亮塑料瓶子，謝她。她說你明天就像這樣帶瓶熱水。又問，有瓶子嗎？要不這瓶子送給你。

洪總說，月亮送溫暖呀。

水凹裡結著冰，北風趨炎附勢，助長著寒冷。下水真的是冷，我在心裡說，老子明天不來了！待游過舒服之後，我又在心裡說，老子明天還要來！

我要了月亮的瓶子，又謝了。我第一次對人（對月亮）說著再見離開，祝領導喊住我說，老郭，我們要辦第五批冬泳證。中國游泳協會的冬泳證。交一張登記照，和十塊錢的辦證費。

我怕證。我一生有多少類型的證啊，大的小的，長的方的，紅的綠的，紙質的，銅質的，燙金的，能擺在檯子上的，能掛在牆上的。在安陸的家裡塞滿一大箱子，成負擔了。榮耀嗎？資歷嗎？雲卷去舒，風弛電騁。唯見長江天際流。

我說再說吧。一種推脫。

祝領導說，不是再說，有時間限定的，不能大家都等著你呀。

我笑說，好的。還是一種推脫。

我總是起得早。四點半鐘醒了，不是睡不著，是我的生物鐘。洗漱了，大腸裡的垃圾解決了，五點鐘出門。騎自行車，五分鐘進江灘，沿著臨江的親水道，騎車二十五分鐘，到達小木屋。

江灘總有走步的，跑步的，溜狗的，比我還早。路燈沒熄。長條木椅上有戀人相擁，嘴對嘴吹氣。長江二橋上的一串燈，串到了武昌那邊。橋上來往的車，不知疲倦。

冬泳專家說，應當選擇中午或下午游，能曬太陽。我之所以選擇早游，是有起早的習慣。早游了早舒服。一天舒服。取之不盡的太陽是可以彌補的。

早早到江邊，面對江水，可以吹吹我的葫蘆絲，沒人打擾，我也不打擾人。俊鵬從雲夢來看我，一起早游了一次，聽我在江邊吹了葫蘆絲，就寫了那首詩，寫出一種滄桑的快樂。月亮也理解那首詩，她要學吹葫蘆絲，不是說說而已：去長江琴行買了一把葫蘆。低音5不準，我帶她去換。

我的葫蘆絲也是在長江琴行買的。女經理認識我。我說，這是我的學生，你怎麼好意思賣給她五音不準的葫蘆絲？女經理笑得燦爛，說我的學生拿了葫蘆絲就走，也沒試吹，差點還忘記付錢呢。月亮笑。

我到這裡買了葫蘆絲，女經理給我介紹一位吹葫蘆絲的老師淡雅香，也是琴行聘請的培訓老師。她教了我四十分鐘之後說，你不需要這樣學，你有很好的基礎，你買本教材自學就成。

我說我可是八十歲學吹鼓手呀。老師問我，你多大啦？不過五十吧？我說我正宗六十，同時吃驚的還有女經理，她們說連五十都看不出，是什麼養生密訣啊。

我按規距給琴行交五十塊錢的課時費，女經理說，不到一個小時，只給四十吧。我堅持給五十。月亮跟淡雅香老師見了面，也聽了老師的示範吹，更是把月亮的心吹動了，要下狠心學。月亮私下跟我說，我們都是淡雅香老師的學生，我應當稱你為師兄。

我說，好吧，稱師兄。

她說，師兄。

我說，嗯，什麼事？

她笑說，一定要有事嗎？

有好長時間，洪總並不知我的底細。他只是喜歡跟我說話。我只是傾聽。洪總喜歡講述。剛開始是講大眾語，後來講個性語。再後來，能講的話，或不能講的話，都跟我講。沒有禁忌。

洪總最愛講的，是關於性，關於男人和女人上床的事，他跟不同年齡不同層次女人上床的經歷，經驗。他在自己的狀態裡，總是講得興致蓬勃。我不表明我的認同，也不表明我的不認同。外表隨和吧。

每天早上洪總跟我來得差不多早，他的講述有時影響我吹葫蘆絲。我也不得不承認，性聽聞的豐富，都是從他那裡得來的。他和車友一夜情，和網友一夜情，和票友一夜情，和舞友一夜情，和女秘私通，和老同學私通，和女下屬私通，有時還形成文字，郵發給我，還配有神形兼備的亮麗照片。他說有個外地女網友，跟他上過一次床之後，死活要做他的情人，哪怕他有一百個女人，她做他的百分之一也情願。他就怕這種女人。最後他跟這個女人達成一致：一年只見兩次面，給她一萬塊錢。

世上有這樣的男人，也有這樣的女人。

我問過一句，也算是表明我的一種態度：你怎麼面對你老婆？

他說他老婆生孩子的時候，置了毛病，只要是過性生活，疼痛難忍。他十五年沒動過老婆。老婆感謝他的理解，說我知道男人的心，你可以在外面搞，只是不能惹出麻煩。

他說他睡過那麼多女人，沒惹過任何麻煩。他對老婆很是體貼，很溫存，每月工資如數交給老婆，說得清楚與說不清楚的灰色收入，老婆不過問，自由度很大。

有一次，他對我略為不滿地說，總沒聽你講自己，你這麼有氣質的人，長得也帥，一點風流韻事也沒有嗎？

我說，不好意思，實在沒有可講的給予回報，以後有什麼風流韻事，一定在第一時間向你報告。

他哈哈大笑說，我看月亮對你有意。

洪總總愛講月亮的趣事。有回月亮以為自己是在家裡穿好了泳衣，沒進更衣室，在木屋外面的場子裡，邊跟人說話邊脫衣服，結果是脫得精光，她還沒意識到。洪總看到了，提醒她，她驚叫著，一手捂胸，一手捂下身。本來別人沒注意，她一叫，都注意到了。洪總趕緊將自己的大毛巾捂披在她身上，才救了駕。

他說月亮這個人隨和起來也很隨和的，嚴肅起來也嚴肅，有種挺逗人愛的單純。他表達得很準確，我點頭。

洪總真正知道我這個人，從朋友的一次請客開始。

六合宴四樓。餐桌面對落地玻璃窗外的江灘。江灘伴江而居，因江而生動多姿。江上巨輪鳴笛，像是在鬧市中喊著的悄悄話。

朋友請來的朋友，多是文化人，見過面的，不算陌生。生活的變故，朋友知道我不再喜歡聚會，那次是他的強迫，說是「有重要事商量」。

沒想到，洪總也被請來了。有我在場，他很是驚喜，說郭老師也來了？我的朋友接話說，你們認識？洪總說，我們是泳友，老朋友啦。

我的朋友哈哈大笑說，他什麼時候變成郭老師了？你說你跟他是老朋友，老什麼呀老？

洪總不解地望著我。

我只是笑笑。

洪總說，怎麼回事呀？

不用說，我的朋友隆重地介紹了我，使用的關鍵字是：著名作家。還附帶說喪妻兩年，如今住在女兒跟前，請大家多多關照。

洪總說，你隱藏得深啊。

我還是笑笑。

洪總特意坐到我身邊，說不可思議不可思議。還悄悄說，我知道，月亮欣賞的是文化與智慧，你倒真的是有資格追月亮。他說他年輕的時候，最大願望是想當作家。作家沒當成，崇拜作家的熱情沒滅。在他的生活領域裡，什麼樣的人物都有，唯獨沒有作家。他說他太高興了。

到開飯的時候，我的朋友撥打了一個電話，開口就說，等不等你？大約對方是說不等。我的朋友說，那我們就先吃了。

吃到中途，有位中年女士推門進來了，全體起立鼓掌，並不責怪她來遲了。洪總鼓掌之後笑說，我們不停嘴地等你呀。

原來「等不等你」就是她。

我的朋友指令她坐在我旁邊，介紹說，這就是我們的龔大作家，你挨著龔大作家坐。我已經看出，這就是他要跟我「商量」的事。

她執意坐在了我的對面，就近。

她是我的朋友有意安排來的，意在讓她見見我，看我們兩個人來不來電。我的朋友事先不說出他的陰謀，只是跟女方通了氣。

大家不斷開玩笑。關於我和她的玩笑。我知道這幫人是在合謀製造氣氛。

我對於一盤大肉不感興趣，沒動筷，洪總說，我知道你今天的心思不在吃上面。我對於一盤青菜吃得多些，洪總又說，大作家，我發現你今天的胃口特別好呢。

無論我怎麼說，怎麼做，洪總他們都能輕易地牽引到與她有關的話題。她不附合，不回應，只是笑，像月亮那個意味。

酒過幾巡，洪總說，你怎麼不主動給人家敬酒？拿大作家的架子呀？

倒是她主動端杯給我敬酒。洪總說，人家是醫院院長呢，你看人家放下了架子敬你，你作何等答謝？我不喝酒。我還是表示了回敬。她說她也是不喝酒的，隨意。洪總說，好哇，你們兩個剛見面就那麼隨意起來，眾望所歸呀。

洪總竟然提議我和她喝個交杯酒。這是酒席經常愛鬧的節目，我不習慣。洪總離席，拉著我的手膀子往她那邊牽，她也被人拉往我這邊邊。眼看她繞過了半邊席位，我還在扭扭捏捏，還真不習慣。

我的朋友說，真是不大氣，那些大氣文章不知是怎麼寫出來的！他離席迎接著她說，來來來，我們先喝，給他個榜樣。

我的朋友大氣得讓我慚愧。他喝過之後說，你們再喝吧，看是不是榜樣的力量無窮。

洪總像個督導，不放過我說，你主動點好不好？男子漢大丈夫不主動，要人家小女生主動，有這道理嗎？

我這才端起杯，用一隻腳推開靠椅，朝她那邊走去，大家拍起了巴掌。她也笑著端起酒杯，兩個人離得不是很近，手腕挽起來有點困難，我也有點潦草的意思，大家不依，說不規範不規範，靠攏要靠攏。

我們按大家意願靠攏了，我聞到了她身上好聞的香味。她是精心打扮了自己的，打扮的效果也出來了，在我眼裡不俗。

我們兩個聽從大家的指點，評判，近似完美地喝了交杯酒。大家又為我們鼓掌，洪總說沒有辜負大家的希望，好事已經在朝好的方向發展。

我是主角。洪總是鬧我的主角。

不知誰說過一個定律，只要你認識六個人，這個世界就被牽起來了。冬泳隊都知道我是作家，老郭不是老郭，郭是擱，擱筆窮是我的一個筆名。有人說笑，擱筆窮這個名字好，筆一擱，沒稿費，窮了，所以龔老師一直要寫，不能擱筆。

洪總替我宣傳：錯，你們錯。擱筆窮的真正意思是，不寫作，他的精神就貧困了，生命意味也就完結了。所以說寫作是龔老師的第一需要。儼然成了我的代言人。

許多人不再喊我老郭，而是喊老龔。月亮有時也「老龔老龔」起來，洪總說，月亮，你不能喊「老公老公」的呀，那樣一喊就要負責的呀。背了月亮，洪總也總問我，在六合宴認識的那個女人怎麼樣呢？進展如何？上了新臺階沒有？有沒有新舉措？我說我的熱情不高，沒有叫我怦然一動的東西。他說怦然一動的東西就是性感嘛，我覺得她沒性感，是不是的呢？

我笑，他不笑。他說他是正兒八經跟我討論問題。我說那個女人是很不錯的女人，不能說很不錯的女人就可以成為老婆嘛。

他說我是精神貴族。他確信我跟那女人沒戲，要親自替我介紹一個。年齡四十五歲左右，在日本工作過十年，已回國發展。她什麼都不缺，就是缺一個好老公。我相信你是最佳人選。他又加了一句，很性感，見了就知道。

我說我最怕這樣的介紹，人家有情有意，我沒有，會傷了人家的心，那個醫院院長就是一例。人家約我逛逛江灘，看看電影，我扯理由謝絕。人家給我打過幾次電話，我一次都沒跟她打。人家在電話裡說，應當是男士主動給女士打電話呵，我想我還是不講究這個吧，所以我就主動給你打呀。聽她這話，我很難過。人家要是看不上我，我無所謂，男人畢竟是男人，想得開些呀。

洪總說沒關係的，生意不成仁義在嘛。他說等他電話，到時候由他作東請我們吃飯，飯桌上見。異乎尋常的熱心。

月亮來了，聽到後面一句，說，什麼飯桌上見？不請我呀？

洪總說，請是想請你，只要你不吃醋。

月亮說，又說什麼鬼話。

洪總說，不告訴你，事成請你吃糖。

月亮說，我知道了。

洪總說，你知道什麼了？

月亮說，我不告訴你。

情態可掬地去了小木屋的更衣間。

洪總的熱情我沒法拒絕，終是與他說的那個女人見了面。想想也沒什麼不好。生活的一種。

見面地點在沿江大道的維多利亞小餐廳，異國名字，倒有些異國情調。洪總和兩個女人已經先坐在那裡。很年輕的那個，是他的秘書兼情人。他給我傳過照片，她撫著車門照的。車是他送給她的。另一個女人便是她了。披肩髮，飄逸感。臉色有紅有白，是保養得好還是天生麗質？女人的秘密。見我進門，洪總的女人先站了起來，算是認識的禮節。

那個女人也站起來了。個子不高，胸部豐滿。領口開得低，乳溝顯現處有金項鍊的金墜閃動。確實性感。擁抱一下這樣的身子，也許是男人的嚮往。

我也有點性生理反映。我佩服洪總的膽量與技巧，他見了他喜歡的女人，總是敢上前搭訕，最後他也總能張開他的雙臂，和女人擁抱。

他也擁抱月亮。如果是幾天沒見，或是他告訴月亮讓月亮感到驚喜的事，或是月亮要感謝他的一個什麼事，或是去歌廳唱歌他讚揚她的歌唱得好，他都是要張開他的雙臂的。我看不出月亮欣賞他這點。月亮有點回避，有點勉強。洪總感覺不出來。

這餐飯吃得也還是快樂的。她聽我說話，我聽她說話，都是洪總希望的。他的女人很少插言，似乎是很乖地依在他旁邊。我瞥見他的一隻手搭在她那裙子沒有蓋住的光亮的大腿上。我努力使自己不往那裡看。多看看那個從日本回來的女人，轉移我的注意力。

妻子去世之後我沒親近過女人，有機會親近總是失去機會。原因是不准自己造次，守著自己的紳士風度。幻想著有女人主動投懷送抱，只是幻想而已，自己好笑。想必一個男人的健康心理，也不是不能這樣幻想一下的。

我在心裡把這個女人跟月亮作比較，也是好笑的。如果只是想找一個人上床，更是好笑。洪總也不止一次跟我說，什麼時候有需要，我給你安排。

飯局過後幾天，洪總傳來那個女人的反映，說真是看不出年齡。有學識，有幽默感，大氣，還有點本份。誰知道是不是他編的。

他問我的感覺，我知道他想要我說什麼，我偏不說。我侃他說，她是你的女人。他說，你怎麼這樣想？過了好長時間得到證實，他說他單獨跟她一起看日語的裸體音樂會碟片，她一邊講解，一邊跟他做愛。

他忘記了他曾經是想將她介紹給我。

祝領導有天早早來到基地，一般來得晚些，有時他來了，我游罷走了。他說他是特地來碰我的。見了我笑笑地說，你是真人不露相呀。我還一直以為你真的是老郭，欺騙我們呀。現在把你揪出來了，知道你是大作家，我們冬泳黑板報要請大作家寫篇稿子，看你寫不寫？

祝領導是冬泳隊的守護者，活雷鋒，我自然是不能拒絕。

我寫了首小詩，題為〈冬泳在長江黎明〉，署名是「泳友」：

吸了星星
又呼了出來
吞了長江

又吐了出來
我在長江心底
有我無

小詩在粉筆的幫助下，發表在黑板報上。有人說好，有人說不好。有人在詩旁用彩色粉筆批語：牛逼牛逼真牛逼！

祝領導看了，對眾人說，這傢伙懂什麼叫牛逼？我看這傢伙就是牛屎。你們知道這是誰寫的嗎？大作家寫的，寫得多麼有氣派！

祝領導將批語抹掉，扼殺了自由言論。

江邊能見度很好，上天的清明，把江對面的高樓大廈推到了眼前。上游堅守了工作崗位五十多年的在前蘇聯老大哥幫助下修建的武漢長江大橋，和下游將誕生的陽邏大橋，看得清楚。

哪知祝領導又對我說，冬泳隊要辦一期簡報，不能沒有大作家的稿子，你寫一篇吧，發揮你的特長：寫篇帶文學性的稿子，誰叫你是大作家呢。

在天堂戲水

每天的生活，從一條河流開始：長江。

這是我的天堂。

這天堂是用水建築的。

我在天堂裡嬉水。仙女們是不是躲在一邊濯洗秀髮？我的四肢把上帝的浴室攪得一塌糊塗。我的皮膚又光滑了一層。我的心又清秀了一回。大觀園裡的情種賈寶玉只說女人是水做的骨肉，他沒經歷長江，沒有這天堂的體驗，怪不得他不懂男人也是水鑄的剛柔。

上善若水，水善利萬物而不爭。

老子的話寫在這天堂的水上。我睜眼閉眼都能讀到它。我游在這天堂，游在老子的水裡。形體實實在在，內心空空虛虛。每天都是一個接納萬物的新我。

我愛你，我的天堂。

天堂的回應：我，愛，你……

我表達了我真實和心境，在大自然裡放下我的得失心，剩下的只是無矯無飾的率性，無掛無礙的真實，才是人間清福金不換。

簡報印出來了，冬泳隊員人手一份。沒有不讚揚〈在天堂戲水〉的。我署名是「天天退步」，沒人知道這個筆名。洪總說，肯定是龔老師，龔大作家，別人寫不出來的。

月亮出面證實是我寫的。我寫好之後，發到月亮的郵箱裡，由月亮發到簡報主編北極熊的郵箱裡。主編識貨，發在簡報頭條。

洪總問我，什麼名字不好叫，怎麼叫個「天天退步」？跟「天天向上」唱對臺戲呀？我只是笑而不答。這回倒是月亮成了我的代言人。她說，龔老師取的是老子的意思：為學日增，為道日損。損之又損，以至於無為……意思是回到人的本真。

太對了。要是洪總的方式，立即會將她一抱。我不知道怎麼表達我對她的喜歡，正呆呆地望著她，她說，怎麼啦？不認識呀？沒等我回答，竟然是她張開雙臂將我一抱，她的臉貼著我的臉，讓我很受用。我沒有發表任何評論，我視為自然，像江水一樣自然流淌。

月亮講了個笑話，說是一個小學生在學校「讀經」之後，回家背誦：上善若水，上善若水。下面的話不記得，他爸爸說，你這是什麼話啊？他說這是老子的話。他爸爸一巴掌打在兒子的頭上說，你充起老子的老子來了，邪不邪？

笑過一陣，月亮也面對大江，朗誦起〈在天堂戲水〉。當我讚揚她的朗誦水準，她說，我告訴你吧，我差點當了電視臺節目主持人的，因為我太愛運動，才讓中國少了一個著名美女主持人。

月亮是運動員出身。現在是一家網球俱樂部的教練。洪總常去她那裡打球。洪總沒研究球，而是研究月亮怎麼就曬不黑呢？怎麼是越曬越白呢？

早上冬泳去得最早的，大家稱之為「四人幫」，三男一女：北極熊，洪總，我，月亮。我們總在一起，有個照應。單獨游，出危險的不是一兩例。

一個小夥子，騎著摩托車來游，帶著年輕的妻子和兒子看他游。他一下水就沒起來。妻兒哭死哭活又能怎麼樣呢？

一個年輕女子，總愛單獨游，不愛跟人講話，出事的前一刻，我碰到她，還關照過她一句：結個伴一起游為好吧？她笑笑，沒點頭，沒搖頭。下午我就接到月亮的電話，說她死了，原因是她游泳胎的繫繩打的是活套，在流水的衝擊下，越套越緊，繫繩將她活活勒死了。

還有兩個人，結伴到是結伴，沒有相互照應，一個男的被急流衝到躉船底下，頭被撞暈了，當另一個男的發現了，做什麼都是來不及。

還有三個人一起下水的，在大霧的冬天，以為不會游得遠，時間也不會游得長，兩個人下水就不知道回頭是岸，叫了幾聲救命，永遠消失了，連屍體也沒找到。另一個人下水稍遲了點，聽到喊救命不敢下水，也無法施救。霧鎖大江，水上公安巡警船也無法起航。

總有人不能吸取教訓，總是要讓死來提醒生，才驚心動魄一回，才警覺一回。月亮也是這樣。她跟我一起游泳的時候，我總感到一種壓力，一種責任。我帶得有胎，她不帶，她說兩個人有一個就行了。我說過多次要她帶一個，她總說不要緊的。她仗著她水性好，又是運動員出身。

我有點惱火，下通碟：你再不帶胎，我不跟你一起游！她也說好好，來的時候也還是沒有帶胎。她扯理由，說沒有時間去賣。我去漢正街的體育用品商店給她買了一個，是能吹氣又能放氣的那種，放在自行車簍子裡拿去拿來不是負擔。有了胎，有時她也忘記帶。

洪總也說她：龔老師的胎呢？掉啦？

他話裡有話，我也隨即明白過來。我真是信了他的邪，話到他嘴裡就渾了。

月亮沒帶胎的那回，我還是跟她一起下水了。「四人幫」的另外兩個人沒來。我和她不是在基地那裡下水，是在岸上走三百米左右，到二橋上游不遠的地方，再借流速邊游邊飄，到了基地再起水。我和她保持在二米距離之內。她游在前，我跟在後，保持英雄能救美的那種狀態。

我們邊游邊說話，把游泳真的是當成「閒庭信步」，聽她細細碎碎地說話，說些細細碎碎的話，很是有趣。只顧說話，錯過了該起水的地方。聽到有人在岸上喊，快靠岸快靠岸！朝岸邊游朝岸邊游！

我們差不多被流水推到江心，江心流速大，不奮力靠岸，就會被衝到濱江苑輪渡的躉船那裡，危險性大。

我採取緊急措施，不由分說地，將我的胎套在她身上，我一邊奮力游，一邊讓她保持冷靜。岸上幾個人，搶到下游的適當地方跳下水，將我們攔截。然後由他們拖著我們，斜線抵岸。

上了岸，月亮腿都軟了，癱坐在水線拍岸的水沙裡，叫了一聲好險。我沒癱坐，踏在水沙裡卻是搖搖晃晃。拖我們的原是北極熊，洪總，還有另外兩個人。

洪總還記著玩他的幽默。他說，龔老師，不是我們嚴密防範，你們倆可就私奔了啊。

有驚無險的事件，讓月亮聽話多了。她不再忘記帶胎。我也要檢討，游泳就游泳，有多少話說不完，偏要在水裡說？

月亮發短信約我出去喝茶，說是對不起，拖累了我，有賠禮的意思。我因事不能應約，她說，掃興，沒有情調的鄉下爺爺！

調侃我。她常常指著我的鷹勾鼻子說，鷹勾鼻子陰險。這是民間說法。我翻譯成她的心裡話，是說我有漂亮的高高聳聳的鷹勾鼻。她讚揚我總要轉個彎，或者正話反說。

月亮的體貼話語，也常常戳到我的痛處。龔老師你的頭髮太長了，怎麼還不去理個髮？龔老師你這上衣穿該換下來洗一洗吧，要不要我替你洗？龔老師你把你的褲腳卷起來一點，你看拖得灰溜的，邊都拖毛了。龔老師是不是有好長時間沒洗頭？聞著臭！龔老師你以後講究點好不好，尤其是在女士面前？諸如此類的話，是妻子在世說我的意味。

我身上不知是在哪裡擦得有白灰，月亮見了總要伸手撣一撣。我頭上有時有片碎樹葉什麼的，月亮也要伸手拂一拂。我後頸窩的領子沒牽伸，月亮總要順手拉一拉。她經常給我發手機短信的主題，是要我自己關照好自己，「提高你的自理能力，你夫人在世的時候讓你喪失這種能力」。

有回月亮看到我襯衣的一顆扣子鬆了線，吊著晃蕩，指著說，扣子要掉，乾脆扯下來吧。我明天帶針線來。第二天早上來游泳，她站在我面前說，扣子是掉下來的還是扯下來的？

我說，我一時忘記扯，自己掉了。

她唉了一聲說，你這人。幸好我帶了一顆相同的扣子，這淺白色，相同吧？她給我看。

月亮拿出了針線，牽起我襯衣的下擺，將那顆扣子釘了起來。釘牢了，她俯下身子，低下頭，用牙貼著扣子，咬斷線頭，像妻常做的那樣。密不透風的黑得放亮的頭髮，就在我眼皮底下。髮式是運動型，溫柔的發香撲鼻，一種活力也是吱噗吱噗往外冒。

我淚水直湧。我不敢說謝謝的話，一說話我的聲音就會變調。洪總看著這情景，在一旁說，龔老師真幸福呀。月亮不理他，扯了扯我的襯衣下擺，小聲說，討厭！

月亮跟我說過，她不喜歡洪總這個人。洪總幾次約她出去喝茶，都推脫了。我說，去喝喝茶也沒什麼。我顯得很大度，其實心裡是很讚賞她的。

她說洪總不懷好意。我哪有不明白的？我故意吃驚地一聲啊，她說，我看你虛偽得不得了。我笑。

月亮說，我有個從小一起長大的女孩子是他的姘頭，從十九歲跟他姘到現在，十多年了，吃軟飯。他給她買了房，買了車，他還在外頭今天一個明天一個。他以為我是很容易上手的，打錯主意了。

我笑說，越是不容易上手越是想上手。我聽人說過，女人勾引男人的辦法是不讓他上手。

月亮說，你聽誰說？還不是聽那個鬼人說的。

我說，我是寫小說的，什麼事都是想研究研究呢。

月亮說，你有沒有研究一下你自己呀？哦，我記起個事，忘記跟你說的：我在網上看到一個「寶刀不老」的貼子，有你冬泳的裸照，你覺得那好看嗎？

我不知道她說的什麼「寶刀不老」，也不知道有我的裸照上網，倒是有裸照的事。去年冬天應邀去雲夢參加一個作者的作品討論會，與詩人朋友俊鵬去河裡冬泳。因是野外，又是清晨，我游了起水，光著身子穿衣服之前，隨同看熱鬧的朋友用相機對準了我，我衝著他做了個羅丹雕塑作品的式樣，他拍下了，他當即給我看，還真有點藝術性兒。

我向月亮老實交待之後，說是朋友發到網上了。她一聲哼，說再優秀的男人也有猥瑣的一面，再成熟的男人也有幼稚的一面。

我說，你是說我又猥瑣又幼稚呀？就為了那個裸照？

月亮沒做聲，只是嘴巴一撇。

我說，什麼意思？

月亮沒做聲，只是嘴巴一撇。

洪總給我提供了一個細節，說有一個人，老拿眼睛橫著看我，深仇大恨似的。

我說誰呀？洪總說他發現那個人經常跟著月亮到這裡來，只是我們以前沒注意罷了。那個人不愛說話，總是悶聲不響的，像你當初來這裡一樣。

洪總側面打聽了一下那個人，別人都說是月亮房下哥哥。洪總直接問過月亮，月亮自己也說是房下哥哥。洪總有好幾回看到房下哥哥跟月亮一起去超市買菜，一起在江灘散步，還陪她去161醫院看病。洪總斷定，關係不一般。

我說，這是人家的生活，與我什麼相干？

洪總說，人家是在跟你競爭呢，你能說不跟你相干？

我說，你說什麼話嘛。

洪總說，別好心當驢肝肺呀？要是月亮成了人家的人，你心裡就舒服呀？

我心裡沒有不舒服。起碼是我沒有去想舒服不舒服。不過經他這麼一說，心裡有一點點莫名其妙的不平和。自己還是警告自己：月亮是自由的。尊重人家的選擇。不然真的是猥瑣與幼稚。

月亮從網上看到我新近發表的小說〈哥們〉，想看看。早游的時候，我將那期雜誌的樣刊帶給她。那天下著小雨，我叮囑她，別把「哥們」淋濕了。她回家給我發了條短信：放心，哥們一直被我貼身捂著呢。月亮看了一遍還想看。離春節還有八九天的時候，她給我短信說，哥們太叫人喜愛了，讓哥們陪我過年吧。我說好吧，陪你過年。還給了她一個圖示的笑臉。

這個短信發出去，一直沒有回覆，這是從來沒有過的。我有點不能接受。那八九天她也沒有來游泳，沒有任何資訊。以前不能來游泳，前一天都是要發個短信通報的：明天不能去，別等我。

一天晚上，也就是春節前三天，我在江灘散步，手機響了，以為是月亮的電話，應當是有她的電話。路燈的昏黃看不清來電顯示，我接了。手機往耳邊一挨，就聽到一陣暴風雨般的大罵：你個臭婊子養的，你個流氓！老子瞧不起你，你給老子添屁股老子還嫌你舌頭粗了！

我很是吃驚，怎麼遇到這麼個人！我從沒跟誰結怨，更不用說結仇，想必是打錯了。

我很平靜，在平靜中插問了一句，你是誰？

不回答問題，而是引來新一輪粗俗粗暴的咒罵：你管老子是誰！你個臭婊子養的！老子要殺了你！老子殺了你只是分分鐘！你個流氓！你跟老子過點細！

我仍是很平靜，我說你是不是打錯了電話？

這一口一聲的老子，在電話那頭說，老子沒有錯！老子看得準得很！老子不怕你是名人，你死了老婆活該！

這個無賴知道我是所謂的名人，知道我死了老婆，瞄準了我無疑。只是我不明白這個人是誰，為什麼對我如此仇恨。

電話掛斷了，是陌生號手機。

泳友當中，除了洪總和月亮知道我手機號，沒有第三個人。我突然想起洪總提到過月亮房下哥哥的話，想給月亮打電話，正要撥月亮的手機號，那老子的電話又來了。這回開口沒充老子，只是質問「哥們是誰」？

我冒出一句：你是月亮的老公？又加了一句：月亮怎麼會有你這個老公？

那老子又擺出老子架式了。他說，你管老子是不是她老公，與你雞巴相干！

無賴罵了這一句，忘了自己要的答案，把電話掛了。

給月亮打個電話就會明白，我想打又不想打。月亮不會知道這事，一定知道打這個電話的人。一定會憤怒，不憤怒不是月亮。讓月亮歡度春節吧，不是什麼急著要去辦的事，不去破壞月亮的情緒。

大年初一那天，月亮早早來了。見了我高高興興，說她差不多有半個月沒來游泳了，因為父親中風。我說你怎麼連個音信也沒有嘛。她說實在對不起，她的手機不見了一個星期，家裡也沒安座機，再加上為老爸的病，急糊塗了。打算去買個新手機，昨天又找到了。

當她說到手機，我有說出那個故事的衝動，看到她的快樂，滿臉的紅潤，實在是不忍破壞。

每年的大年初一，冬泳隊的人到得特別齊，是要舉行一個年度儀式。祝領導主持，他帶來的錢紙香燭，用乾樹枝在沙灘上挨著畫了三個有開口的圓圈，宣佈分別為毛澤東周恩來朱德三個偉人燒錢紙敬香燭，每個人分到錢紙，表達一種祭拜，保佑我們游泳平安。

月亮在我身邊燒完了手裡的紙，還跪著叩頭。她說龔老師你也叩頭呀，我就叩了。長長的鞭炮炸起來了，青煙升騰，紅紙片飛落。藉著新年喜氣，三個一群，五個一黨，在些微的陽光裡聊天。

洪總沒來，他給我發短信，祝我春節快樂，也要我轉達祝月亮春節快樂。我沒有轉達。

月亮朝我靠近，我注意到她身後有一種眼光，盯著我看的陌生眼光，仇恨的眼光。洪總說的那種眼光。那個人的眼光激發了我的情緒，我想我應當順理成章地說出那個故事。

我說，我想跟你講一個莫明其妙的故事，想不想聽？

月亮可能讀出我臉上有表情，說，什麼莫明其妙的故事？怎麼啦？

我想像著她聽了故事之後臉上難看的表情，心想還是忍忍吧。我說，算了，以後再講。她連說不行不行，一定要講，現在就講。

我脫口而出：你知不知道13554196471的手機號？

月亮眼睛睜得老大，又是問怎麼啦。

我說，你聽了之後，不許生氣，心態要平和，不然我不講。

月亮說，那要看是什麼事。

我說，你不答應我這個，我就不講。

那小女生的形象出來了。她說，偏要你講，不講不准你過年。

我笑了起來，走到離人群稍遠些的地方，她跟著我走。我站定，她也站定。她感到有嚴重的事情發生，臉色有些陰沉。我剛講了個開頭，那個在她背後盯著我看的人走過來了，把我的手膀子一拉說，來來來，我們兩個在一邊講。

我甩掉他的手，冷冷的說，你就是我的老子嗎？我真是有眼不識泰山嘍。

月亮看我的神情，聽我的語氣，臉鐵青，衝著無賴說，喂喂喂，你幹了什麼見不得人的事啦？你拉龔老師幹什麼？有話你就當著我的面說呀你！

無賴一時語塞，只說，你不知道你不知道。

月亮說，我要聽龔老師說了我就知道！又對我說，龔老師，你說！是什麼事？

無賴還想打岔，月亮緊接著說，你要麼站遠些，要麼聽龔老師說，不准打岔。

無賴乖了。

我簡潔講完了事情經過，月亮鐵青臉又脹得通紅，幾乎是指著無賴的鼻子說，難怪我的手機不見了，原是你拿去了！你，你真缺德！龔老師是什麼人我知道，我是什麼人你不知道嗎？我每天早上跟龔老師在一起游泳的快樂，你也要破壞嗎？你馬上向龔老師賠禮道歉！馬上！

無賴還是重複著「你不知道你不知道」。

月亮說，你說還有什麼我不知道的？你心裡有什麼鬼我太清楚了！

無賴終是反擊一句，說，「讓哥們陪你過年吧」這是什麼話，怎麼這樣說話？

月亮更發生氣，說，你懂什麼？你的文化不夠，你的智慧不夠！你給我走開些！

我本想教訓無賴一下，覺得不必，與夏蟲不可語冰。他撞到我是他的運氣，他撞了別人就不會有好果子吃。

我只說，你偷了月亮的手機，偷看月亮的短信，還如此發飆，要是你老婆和她老公知道了，先要殺了你，還輪不到你這老子殺我！你懂不懂？

北極熊在那邊喊，龔老師，月亮，快過來快過來，快過來照相呀。

我將月亮的手一牽說，走，照相去！

月亮一連幾天給我發短信，說讓龔老師受辱了，實在對不起。說他是個粗人，要我原諒他。我要她不要再提了，像沒發生任何事一樣。

我沒跟任何人說起這事，包括對洪總。遇到這樣的人，這樣的事，不值一說。這種人是石頭，踢他一腳，痛的是自己。

洪總打聽到這個人的一些事：是某個單位的小頭目，跟老婆離婚一直沒離掉，沒有孩子。洪總還告訴我，月亮的婚姻早就解體了，只是我不知道，洪總以為我知道。

月亮從來沒有跟我談及她的家庭，除了知道她有父親和弟弟，沒談起過她的先生。洪總說她先生是個有錢人，嫌她沒有生育，這也是紅顏薄命之現代版？離開這樣的先生也好。

我帶著對月亮的憐憫，我想對月亮說一句話，不管妥不妥，我還是咬著牙說了。我說，他那樣對我發飆，說明他對你愛得深切。從這個意義上講，我也要原諒他，我也還是為你道喜。

月亮不領情，兩眼瞪著我說，龔老師說什麼呀？這是什麼樣的愛呀？有這樣的愛嗎？能接受這樣的愛嗎？

我不能再說什麼。在心底，我跟她是一致的。

月亮似乎覺得把我頂得不能動彈，她又趕緊說，對不起，龔老師。我們再找個時間詳細說好嗎？有好多事情龔老師不知道，我也沒跟龔老師講，我想該是讓龔老師知道的時候啦。

月亮總好像抽不出整塊時間談她的事情。她忙，晚上的時間，她還帶得學生，教聲樂。我期待她談她的事情。終於有了個機會，是冬泳隊開展一次活動的時候。

冬泳隊經常組織外出活動，去武漢周邊縣市水庫游泳。新州的道觀河，廣水的徐家河，黃陂的木蘭湖，咸寧的陸水湖。那次是重游陸水湖，週六加週日，兩天一夜。

我一般不參與這種遠游泳。我不湊熱鬧。快樂不在遠處。那次有許多泳友也想要我去，怕我不去，要月亮出面邀我。洪總也去，笑說，我不邀你去，自然有人邀你去。

月亮要我去，我也沒有積極性。月亮說，給我個面子行不行呢？再說我們可以在一起說說話，我有好多話要跟你說呢。這個由頭說動了我。她還說，帶上你的葫蘆絲，你還可繼續教我吹。

要在湖心島住一夜。兩個正餐一個早餐，去來路費，一百二十元。在北極熊那裡報名，交錢。我去交錢的時候，發現月亮替我把錢交了。她就斷定我不能不去，而她偏不說出「我已經替你交錢了」。

包租的大巴，吃了中餐出發。月亮要我不在家裡吃中餐，由她安排。她早早到了集合上車的解放公園旁邊的永清街路口，提著她為我熬的鴿子湯加上她做的香蔥雞蛋烙餅，還帶了香蕉蘋果。

大巴已經停在那裡，她上車選好了雙人坐位，正要用她的提包占一個位置，我去了，自然是坐在了她身邊。她見我帶了葫蘆絲說，好，你教我吐音，我總吐不好。

有位中年女同胞從大巴旁邊經過，看到了月亮，驚喜地跟月亮打招呼。月亮不滿足在車上跟女同胞說話，對我說「我下去一下」，就下去跟女同胞站在車尾親熱地說起話來。

我想去附近加油站的公廁方便一下，也下車。月亮看到我，我朝加油站那邊指了指，她明白，說「你去」。那女同胞也朝我笑笑，我擺擺手，也算是跟月亮的熟人打個招呼。我去了回來，月亮已經在車上。她說那是她過去的一個同事，挺好的一個人。你知道她怎麼論說你嗎？

我說打死我也不知道。

月亮說，她說你老公長得好帥好瀟灑。我哈哈大笑。月亮也笑，她笑得含蓄。從她的笑裡，我顯然感到她的得意。我說，她沒見過你老公嗎？月亮說沒見過。月亮又不經意地說了句：她也不知道我離了。

我說，我這是第一次聽你說到你老公，而且是這樣說法。月亮說，真的嗎？我以為我都跟你說了，什麼都跟你說了呢。

月亮取出她弄的食物，讓我吃。她說她是吃了來的。她總是變著法子弄些我喜歡吃的東西，既清淡，又有營養。早上游泳的時候帶給我，早就是泳友們的談資，也是洪總不衰竭的話題。

我喝著湯，吃著餅，是一句電視廣告詞說的：味道好極了。她遞給我衛生紙揩嘴。有時我不知道我的嘴角是不是需要揩，她就用她手裡的衛生巾直接干預：替我揩。也不怕別人看著不好。

陸續有人上車。別人看著我和月亮坐在一起只是點頭笑笑，似乎是一種認同。只有洪總上車的時候有話說。他說，我說嘛，還是月亮的政治思想工作有威力。

洪總選擇坐在我們前排的坐位上。回過頭，看著我吃的東西說，哇塞，豔福不淺呀。月亮不說話，我模擬月亮的口氣說，你個鬼人。大家都笑起來。

我吃得一點都不剩。月亮說，對你的味口。我小聲說我恨不能連碗都吃了它。洪總聽到了，接話說，什麼什麼？你說恨不能連月亮也吃它？月亮月亮你說說，龔老師這是不是得寸進尺？

月亮回了他一句：龔老師是那樣說的呀？

洪總承認說，月亮呀，你真是單純，你不知道欲加之罪何患無詞呀？

的確單純。有回大家去黃陂礦山水庫，車上有人說，龔作家怎麼沒來？那個人有意思，我發現大家都喜歡他，不管是男人還是女人。月亮接話說，是的，龔老師是逗人喜歡，我也喜歡他。這種表白，不是一種單純是會把自己的喜歡藏起來的。大家沒有笑，連最愛挑逗的洪總也沒笑，彷彿一笑是對單純的一種褻瀆。

月亮用塑料袋裝好了碗筷，又給了我些衛生紙打掃嘴邊戰場。我們就小聲說話，車開動了，在春天裡行駛，我們也不覺。她穿著白底起碎花的連衣裙，肌膚顯得更白。她剝香蕉我吃。她的手臂皮膚和我的手臂皮膚，時有離開合攏與合攏離開的溫馨撞擊。一種醉人的癢癢的暖暖的奇妙感覺，讓我通體舒服。

我在通體舒服中聽月亮說話。她說的正是我期待多時想聽的。她說她和那個人，不是我想像的那種關係。那個人對她本來是好，好得也沒有名堂，讓她不能接受。她走到哪裡，那個人就想跟到哪裡，變成對她生活的一種干預。

她非常不想讓那個人進入她的生活圈子。在人面前，那個人總做出跟她親熱得不得了的樣子，做出那種刻意的樣子，恨不能讓全世界都知道他對她好，她是他的人。

那個人要是一兩天沒見到她，總要問她在哪裡，在幹什麼，他可不可以跟來。當她說到她在哪裡的大體方位，他不滿意，一定要她說具體。比如她說「我在江灘」，他一定要問在江灘那個閘口，哪個標誌性的風景點。後來她發現，他總是在跟蹤她，試探她是不是在說謊。

她說有幾次她偶然在江灘碰到我，跟我說話的時候，那個人都在樹叢裡窺視。她覺得好恐怖，她能跟這樣的人在一過日子嗎？

我理解月亮。我也理解那個人。我不想再叫他無賴。慈悲些吧。我不知是出於什麼動機，問她，他這回怎麼不跟著你來？月亮說他還敢來嗎？他還有臉面對嗎？

有人建議月亮唱支歌，大家鼓起掌來。月亮望著我，我說，唱吧。亮亮你的嗓子。

她站起來，抖了抖衣服上的香蕉皮沫。有人把車上配有的無線麥克風遞給她。她報出她要唱的歌名，大家又鼓起掌來。歌名是〈我睡在你眼睛的沙漠裡〉，有詩意。

我睡在你眼睛的沙漠裡
想用我所有溫存瞭解你
我潛入你眼睛的深海裡
探索那令人好奇的秘密
總要時刻去防備，害怕會縮成一團的刺蝟……

歌詞意味好，音樂旋律好，月亮唱得也好。一種恬然的憂傷，一種心靈的傾訴，是不是印證了她的一種心境？

車上的快樂情景，誰也不知道後來發生的事情對我意味著什麼。

到了目的地，大家下車，乘機動船去湖心島。月亮一直是在我身邊的，因為洪總一直跟我講話，沒有注意到她，到了湖心島起坡，我才發現沒有月亮。洪總掃視著大家，也確信沒有月亮。

我的手機響了，是月亮的電話，她說她剛轉身去了洗手間，回頭來就沒見著大家了。

北極熊檢討，說他在清點人數的時候是對的，錯把大巴司機算在內了。我在電話裡說，你在原地方不動，我坐返回的機動船來接你。

我跳上機動船，洪總也跳上來。我說好，一起去。他說他也有責任，一直跟我說話，沒注意到月亮在不在船上。

十五分鐘之後，船快靠岸，不見月亮在岸邊，我喊著月亮，沒人應聲。洪總也喊，沒人應聲。船和陸地只有半米的距離，我輕輕往岸上一跳，我知道我為什麼要這樣一跳——急著去找月亮，這一跳便跳進了醫院。

岸是沙岸，前腳滑到水裡，船跟上來，撞了小腿。我聽到竹筒破碎般一聲悶響，感覺小腿完了。我抱著傷腿在沙灘上滾動。洪總也立即跳上岸，扶起我，將我抱到岸上的樹蔭裡，連連叫著「我的龔老師啊，怎麼會這樣啊，怎麼會這樣啊」。

月亮似乎聽到這樣的叫聲，奔過來，驚慌著，問「怎麼了怎麼了」，待她看到我的腿傷，哭了起來。

傷處有巴掌大的面積，右腿膝蓋下的部位，皮膚和肌肉捲到了一邊，像翻耕過的土地。創面血肉糢糊，沒有大量出血。

洪總立即指揮月亮，打電話給110，再打電話給島上的組織者北極熊，說龔老師腿傷了，我們不能上島，得返回武漢。指揮若定。

110來車之前，我一直躺在洪總懷裡，兩手緊緊抓著他的胳膊解痛，忍著不哼一聲。過後洪總笑說我抓得他生疼，也只有忍著。

洪總指揮110將我先送往咸寧醫院，拍片，縫合，作臨時處理。月亮去辦手續，掏自己的錢包交現金。我躺在醫院專用的平板滑輪車上，由洪總和一位醫護人員推來推去，感受著這一切。進手術室了，洪總才被擋在門外。

醫生告訴洪總，他們只作了臨時的應急處理，去了武漢醫院，得拆線重新清理有壞死的肌肉。在八小時之內，他們的處理是管用的。

洪總叫的士回武漢。我躺在後坐上，月亮也在後坐，我的傷腿一直擱在她的雙腿上，由她護著。途中，我給161醫院的醫生朋友宋打了電話，說了事故，我的聲音還是很輕鬆。他說，聽你的聲音，我不著急啦，我會等你的到來，不過下不為例。

這個時候他也不忘來點幽默。

住進了161醫院的420房間。那是單人房間，高幹病房。我明明白白地當了一回高幹。

載我的車子進161大院，天黑了，城市的燈亮了。一群人圍上來，多是我的泳友。我和他們招手說，同志們，要吸取我的教訓呀：以後只能活蹦不能亂跳呀。

那氣氛也不再是穆肅得像送葬的。一直等著我的醫生朋友宋笑說，把你的腿交給我吧，這回看我怎麼整治你。

洪總說，你怎麼整治我們都支持，因為龔老師太不老實了。我知道他的內心在調侃我：沒見著月亮就那麼一跳幹嘛呀？一個月之後他接我出院，還不忘說我，你也是太急了，幹嗎那樣跳嘛，哈哈。

他對宋說了咸寧醫生的交待。宋說好的，我們先檢查檢查。我被推進醫院大廳，推進電梯，又出電梯，拐彎又拐彎，才停下來。我想喝水，沒說出，一直跟在我身邊的月亮將手裡礦泉水伸過來了，說，想喝吧？

我點頭，伸手接礦泉水，月亮示意餵我。當著洪總，當著那麼些人，我不好意思。我糾頭，她也趁勢將我的頭扶住，也沒鬆開她拿瓶子的手，我的手拿住了瓶子，兩人合作似的完成了瓶口與我嘴唇的接近。一連喝了三口，不敢再喝，喝多了尿尿，會是很麻煩的。

我頭腦清醒。在清醒中意識到一個不安：女兒出差了，得幾天才能回武漢，怎麼是好。月亮知道我心裡在想什麼，輕輕拍著著我的手說，放心吧，有我呢。真是神了。

洪總被宋叫到一邊去了。不一會洪總又把月亮叫到一邊。大約是在商量著什麼。我突然想到要先交錢的，我把月亮叫過來說，錢的問題……還沒等我說下去，月亮說，你不用管。

我被推進了手術室。宋和另外一位女醫生，看了我的拍片，拆我腿上的繃帶，儘管動作很輕，我還是痛得咬牙，只是不出聲。

他們觀察了傷勢，宋說，恭喜你，小腿部只是斷裂，沒有粉碎性骨折。不經歷這一下，還真不知道你的身子骨有如此之堅硬。

我不敢笑，一笑傷處也扯得痛，只有咬牙裂一下嘴。

對於整體傷勢，宋說，不必拆線再作處理，我們先用藥，觀察觀察再說。寫文章不如你，但我們知道怎麼修改你的腿，讓你的腿恢復到跟你的文章一樣漂亮。

宋運用了他的處理手法，把我推進了我的高幹病房。最後只有洪總和月亮留在病房裡。洪總溜出病房，一會回來了，給我買了小便器和大便器，租借了陪房的折疊鋼絲床，還買來了水果。他的心還真細，月亮給了他好臉色。

月亮去詢問了這裡一日三餐的飲食，及作息時間表，當即買了十天的飯菜票，去開水房灌了兩瓶開水，洗與喝並用。

到晚上十一點鐘，我說你們也該走了。洪總說，我們往哪裡走？把你一個人留在這裡嗎？

我忘記我已經是個不中用的人。

月亮說，我在這裡。

洪總說，你確定嗎？

月亮說，確定。

洪總說，那我就不跟你競爭上崗啦，有什麼事隨時打電話找我，四十八小時恭候。他走了，背著月亮，給我做了個怪相。

房間裡只有兩個人。月亮坐在我的床邊，默默地看著我的腫腿，輕輕撫摸隨著腫起來的腳背。我說連腳背也失去感覺，她抽泣起來。

我說，這是幹嗎？以為是向遺體告別呀？

她噗哧笑了起來。

我遞給她在我床頭的紙巾。

她接過紙巾揩了眼淚說，我用熱毛巾敷敷你的腳背。起身去將開水瓶裡的水倒在綠色的塑料臉盆裡，一股熱氣直冒。她將她的花色毛巾從自己的包裡拿出來，放在盆裡。她擰了擰毛巾，嫌燙，去衛生間摻了一些涼水，端到我床前的椅子上擱著，再擰起毛巾說，蠻好。

擰乾了的熱毛巾，大面積地敷在我的腳背上，一陣溫軟的舒服。她弄痛了我一下，我忍不住一聲啊呀，她連說對不起對不起。接著是輕得不能再輕地敷呀敷。

傷腿是一點也不能絆動的，絆動了就扯起來痛。我上下車，再從推車到這病床上，無法忍受扯痛，仍是忍受著不叫，只是讓臉變形的咬牙樣子難看。在月亮面前，我覺得我可以叫出痛來。

意識要小便了。不能不讓月亮幫忙。她將病床搖動得我能靠起來。我接過她拿給我的小便器，塞到白色被單裡，遇到障礙。我穿的仍是牛仔長褲，雖然褲腿在咸甯醫院處理成短褲了，腰上仍是紮著皮帶。月亮幫我解了皮帶，褲子無法脫下來，她找護士借了把剪刀，將褲子開腸破肚，大卸成幾塊。

我說，內褲是要保護的。

她說，你不提醒我還不知道呢。

我們都笑。

小便的前期工作做好了，只是我怎麼也尿不出來，即便能尿出來，角度不對，小便器不能平放。月亮說，我掌著便器，你掌著你的，這樣可能好些。我忍不住笑，笑得哎喲起來。好在運作是在被單的掩護之下完成的，我說，謝謝合作。她也笑得哎喲。

白色塑料便器差不多灌滿了，黃湯似的蕩漾。她去廁所，倒在馬桶裡，沖馬桶的嘩嘩水聲，沖便器的嘩嘩水聲。料理好了，安頓了便器，我又感覺著要大便。我說怎麼辦呢？月亮說繼續合作唄。

我沒辦法坐在大便器上。我的雙手倒是能支援屁股稍微騰空，塑料便器卻經受不住我的重量，坐扁了，如何拉得出？

終是尋到一個辦法，我一釐米一釐米地將我的上身往床邊移動，在雙手的支撐下。月亮只能是怕我的上身會在移動中傾倒，將我摟住，增加一點保險係數。傷腿也隨著我上身的移動一點一點地直拖，絕對不能橫行。

拖動一次得八分鐘，再還原八分鐘，不到一米的距離，去來十六分鐘。大便器放置床邊靠椅上，好腿著力，在靠椅上蹲著，傷腿仍是橫陳床上，形成立體斜三角陣勢。

我一手撐著椅背，一隻手抓著月亮的手臂，保持平衡。她在我的背部，是我的靠山。她兩手在我的腋下受力，減輕我時間長度的重負。

好不容易拉了，月亮端到衛生間沖洗不說，還得替我揩屁股，再擰熱毛巾替我擦一擦。擦前面的部位，她不是一開始就到位的，漸漸地也覺得應當清洗，便自然地行動起來，我說「前面我自己來」，她說，還能有什麼禁區呢？

一個晚上我起碼解了三遍大手，五遍小手，像失禁似的。我不能入睡，月亮也不能入睡。我被腿折磨，月亮被我折磨。

到天光的時候，我和月亮都迷了一下。我又要小便，試圖自己解決。事先，要她將小便器放在我伸手可及的靠椅上。只是我不能老是靠著，還得平躺，搖動病床的事只有她了。我想自己解決還是不能解決。

月亮有感應似的，睜開眼，從鋼絲床上爬起來，輕聲說，要便嗎？又是折騰一陣，解決了問題，輕鬆了。她坐在我的床沿上，將手搭在我的手臂上。

我說，這樣下去，將月亮美人弄得形容憔悴怎麼是好？

月亮說，討厭。

我伸出手，在她的頭上輕輕拍了拍，聞著她的髮香。她順勢朝我身上一歪，與我並著坐躺，她的臉貼著我的臉。我感覺我的身子抖動了一下，像是靈魂顫慄，我的那個東西頓時活躍起來，不經意地把薄薄的白被單頂起，我扯被單掩護。

月亮視而不見地說，都是我。

我說，這是什麼話？

月亮說，不是我叫你去，怎麼會有你的腿傷。

我說，我不去冬泳，我就不會認識你，不認識你也就不會有這事。

月亮說，就是嘛。

我說，要是我妻子不去世，我也不會住在女兒跟前。不住女兒跟前，我也不會去那裡游泳，你也不會知道我是個啥蟲。

月亮說，你是個好蟲。

她伸手點點我的鼻子。

配合這個動作，月亮的嘴唇重疊在我的嘴唇上。她身子的扭動，碰了我的傷腿，我痛苦地一聲驚叫，又引得她連說對不起對不起，一副不知怎麼減少我傷痛的痛苦樣子。

我說，你不碰我就沒事了。

月亮忍不住笑說，誰碰你呀。

有輕輕敲門聲。月亮說請進。是護士來發藥，查體溫，量血壓，還問我大小便怎麼樣。月亮趁這個時候，去打了開水，在我的牙刷上擠好牙膏，漱口杯裡也盛了水。護士料理走了，她也為我料理好了。早餐車推到病房門口，聽到喊「開飯啦」。月亮問我想吃什麼，我說什麼都不想吃，她說一定要吃。我說如果有粥就喝碗粥吧。

她拿了飯菜票去房門口，回來的時候，用一次性的塑料碗端了兩碗黃亮亮的小米粥，擱在床頭櫃上，又去拿來青菜，土豆絲，酸豆角。

在月亮的鼓噪下，我喝了第一口小米粥，那個淡淡清香味，想不到正對勁。她將她的那碗也給我喝了。

收拾了碗筷，她打水給我漱口，用毛巾給擦了嘴臉，沒辦法，我又提出要求，要大便。

又是一番折騰就緒，正好宋推著醫用台小推車來了。他問了問我晚上的情況，拆開紗布看傷腿，說還好，沒發現特別的異常。傷口消毒處理，敷藥處理，重新包紮處理，他問我痛不痛。我說不痛在你身上。他說沒聽你叫嘛。我說你聽慣了叫，我偏不叫，看你把我怎麼樣。

月亮在一邊看著我的傷勢，那痛苦的表情，讓宋發表感概說，有美女照顧我的朋友，他會好得更快的。

女兒出差回來，直奔161。她見月亮在照顧我，感謝得不得了。她跟單位領導請了假，專門在病房照顧老爸，她才知道月亮照顧老爸的不容易。假滿了，月亮也跟她輪流值夜班。

一直比較忙的洪總也三兩天來一回。還不時送來他委託他老婆做的雞湯來。月亮也三不時送排骨藕湯來。

月亮說，他對你是真心。

她想告訴我一件事情。我問是不是你那個人的事？她說什麼你那個人你那個人，你吃醋啊？我說我是真心想問問：那個人現在怎麼了。

月亮伏在我懷裡一動不動，突然抽泣起來，說他到南方去了。他選擇了離開。她覺得他還是個好人，只是不能說凡是好人就可以作為愛人。

我回到她開始的話題說，是什麼事想告訴我啊？

月亮說，春節期間那個鬼人不是一直沒去游泳嗎？

我說，是，大年初一就沒看到他。

月亮說，他在醫院裡。

我說，我不知道啊，他怎麼沒告訴我？

月亮說，他誰也沒告訴，只有我知道。

我問怎麼回事，月亮講起了故事。她說春節前半個月，洪總給她打電話，說他在她家樓下，想到她家來一下。她問有什麼事，他說想你，想單獨跟你在一起。他說他今天把一切應酬都推了，是專門來見她的。她說不行，他問為什麼不行，她說不行就是不行。不由他再說什麼，把電話掛了。

我說，他是什麼意思啊？

月亮說，還能有什麼意思？龔老師這也不懂？

我說，你接著說。

月亮說，他就是這樣一個人。過了四天還是五天，他又打電話給我，說他病了，住在醫院裡。我想你病了與我什麼相干？我不想叫他難堪，還是客客氣氣問他什麼病，他說就是因為你。這就怪了，我不做聲，聽他說。

我說，他怎麼說？

月亮說，他說他在女人面前從來沒有打過敗仗，卻敗在我面前，無比傷心，越想越想不通，越想越受不了，一連幾個晚上睡不著，眼皮都未能合一合。醫生說是神經性失眠症，不能不住院。

我說，怪道有好長時間沒來游泳的。

月亮說，住了個把月醫院才好些。
我說，你怎麼現在才跟我講這事呢？
月亮說，我見他確實是對龔老師好，講了也無妨。要是以前講了，我怕破壞了龔老師與他之間的和諧。
我點著月亮的鼻尖說，還和諧呢。
此後我注意到，洪總見了月亮，規範多了，理性多了，只是調侃我和月亮依舊。

釀小說10　PG0962

幸福其實很簡單
──趙金禾中篇小說集

作　　者	趙金禾
主　　編	蔡登山
責任編輯	廖妘甄
圖文排版	陳姿廷
封面設計	秦禎翊

出版策劃	釀出版
製作發行	秀威資訊科技股份有限公司 114 台北市內湖區瑞光路76巷65號1樓 電話：+886-2-2796-3638　傳真：+886-2-2796-1377 服務信箱：service@showwe.com.tw http://www.showwe.com.tw
郵政劃撥	19563868　戶名：秀威資訊科技股份有限公司
展售門市	國家書店【松江門市】 104 台北市中山區松江路209號1樓 電話：+886-2-2518-0207　傳真：+886-2-2518-0778
網路訂購	秀威網路書店：http://www.bodbooks.com.tw 國家網路書店：http://www.govbooks.com.tw
法律顧問	毛國樑　律師
總 經 銷	聯合發行股份有限公司 231新北市新店區寶橋路235巷6弄6號4F 電話：+886-2-2917-8022　傳真：+886-2-2915-6275

出版日期	2013年5月　BOD一版
定　　價	400元

Printed in Taiwan

國家圖書館出版品預行編目

幸福其實很簡單：趙金禾中篇小説集 / 趙金禾著. -- 一版.
-- 臺北市：釀出版, 2013.05
面； 公分
BOD版
ISBN 978-986-5871-32-1（平裝）

857.63 102004868

讀者回函卡

感謝您購買本書，為提升服務品質，請填妥以下資料，將讀者回函卡直接寄回或傳真本公司，收到您的寶貴意見後，我們會收藏記錄及檢討，謝謝！

如您需要了解本公司最新出版書目、購書優惠或企劃活動，歡迎您上網查詢或下載相關資料：http:// www.showwe.com.tw

您購買的書名：________________________________

出生日期：________年________月________日

學歷：□高中（含）以下　□大專　□研究所（含）以上

職業：□製造業　□金融業　□資訊業　□軍警　□傳播業　□自由業

□服務業　□公務員　□教職　□學生　□家管　□其它_____

購書地點：□網路書店　□實體書店　□書展　□郵購　□贈閱　□其他

您從何得知本書的消息？

□網路書店　□實體書店　□網路搜尋　□電子報　□書訊　□雜誌

□傳播媒體　□親友推薦　□網站推薦　□部落格　□其他__________

您對本書的評價：（請填代號　1.非常滿意　2.滿意　3.尚可　4.再改進）

封面設計____　版面編排____　內容____　文／譯筆____　價格____

讀完書後您覺得：

□很有收穫　□有收穫　□收穫不多　□沒收穫

對我們的建議：________________________________

____

____

____

請貼
郵票

11466
台北市内湖區瑞光路 76 巷 65 號 1 樓
秀威資訊科技股份有限公司 收
BOD 數位出版事業部

（請沿線對折寄回，謝謝！）

姓　　名：________________　年齡：________　性別：□女　□男

郵遞區號：□□□□□

地　　址：________________________________

聯絡電話：(日)________________(夜)________________

E-mail：________________________________